W. S. Maugham

毛 姆 文 集

W. Somerset Maugham

克拉多克太太

Mrs Craddock

〔英〕毛姆 著　施佳能 译

上海译文出版社

致莱伊小姐的一封信

亲爱的莱伊小姐:

倘若我一时答不上来,具体是什么时候有幸与您相识的,您可别以为这是要惹您不高兴;这么说是因为,我虽明知那一天并不久远,却仿佛与您已经认识了一辈子。真的是前年夏天在那不勒斯吗?(我忘了您为何总爱挑八月中旬去冬季度假胜地;您给出的种种理由很是巧妙,但叫人难以信服——想必不是为了躲着您的同乡吧?)当时,我正在杰作美术馆看那令人惊叹的小阿格里皮娜[1]的半身雕像,而您正巧坐在我身旁,问了某个问题。我们便聊了起来——对了,我们从未互相打听对方的家庭状况是否令人满意;您想当然地认为我是个体面人物——自此,我俩共度了许多时光。其实,我心里几乎一直惦记着您。

既然你我要就此分道扬镳(这个词被说烂了,您听了一定不喜欢),请务必允许我告诉您:承蒙垂青,不胜欣喜;与君之交,其乐无穷;迫于无奈,相见时难,终以为憾。我承认我敬畏您——这话您不会信,您常说我油嘴滑舌(论油嘴滑舌,我可比您差远了);可当我说了某些话以后,您露出的一丝嘲讽的微笑一再让我感觉自己说了什么蠢话;我知道在您眼里,没有比说蠢话更大的罪过了……您跟我说过:若是哪个相识之人给我们留下了美好的回忆,我们应该抵挡住诱惑,不要刷新这段回忆;时移境迁,再相见便会产生新的印象,不可同旧日的回忆媲美,不相见就保留了最初的新鲜感,使回忆更显珍贵。这句箴言听起来不近人情,但也因而更可能是真理。话虽如此,我还是不希望在往后的日子里,我们之间剩下的唯有遗忘。

你我必定殊途：我将忙于别的差事，而您会消失在迷宫似的意大利旅馆之中，令我无从寻觅；您偏偏喜欢藏身其中隐匿锋芒。我看不到一丝重逢的希望（这听起来颇为伤感，而您讨厌过分流露感情。我这封信确实用了太多括号来表露感情）；尽管如此，我仍衷心盼望，有一天您能同意冒险一试，与我再度相会。您意下如何？

亲爱的莱伊小姐，我是——

您非常忠实的（别笑话我，我倒是想说：一往情深的），

毛姆

① 小阿格里皮娜（15—59），古罗马皇后，罗马帝国早期的著名女性人物，其外表美艳，心肠毒辣。

第一章

本书也可名为《爱情的胜利》。

伯莎望着窗外阴冷的天。天色昏暗,乌云黑沉沉地压下来。寒风掠过无人打扫的车道,两旁的榆树上不见一片叶子,光秃秃的枝丫冻得直哆嗦。眼下已是十一月底,天气十分阴郁。残年将尽,万物似乎都被蒙上了临终的恐惧。疲倦的心灵,任其想象,也想不到仁慈的阳光,想不到春天如少女般走来,提着篮子撒播鲜花和绿叶。

伯莎转身看向姑姑,她正从一本新出版的《旁观者》[①]上剪下几页纸。莱伊小姐寻思着该从米迪图书馆[②]要哪几本书,于是读了秋季的书单,以及精明的出版商从负面评论中摘录的溢美之词。

“伯莎,这一下午,你看起来坐立不安。”她见侄女久久凝视,便开口说。

“我想,我要去大门口走走。”

“前面一小时,你已经去过两趟了。难不成你发现了什么稀奇的玩意儿?”

伯莎不答腔,又转身看向窗外。刚才两小时的所见所闻牢牢印在脑中,记忆犹新,念念不忘。

“你在想什么呢,波莉姑姑?”她突然发问,转身看向姑姑,发觉姑姑正盯着她看。

“我在想,谁要是瞧女人背后的头发,就能看透她的心思,眼睛得有多尖。”

伯莎笑道:“我可不觉得我藏着什么心思,我感觉……”她寻思如何表达这种莫名的感觉。“我感觉好像该把头发放下来似的。”

莱伊小姐没有反驳，又看起了报纸。侄女言下何意，她没什么兴趣，伯莎的行事作风她早就见怪不怪了。其实，她唯独奇怪的是，按常理说，伯莎是个独立的年轻女子，做什么都很正常，可她身上从未充分体现这一点。三年前，伯莎的父亲去世，之后她们朝夕相处，这两个女人学会了极为融洽地彼此包容。她们之间的感情不温不火、恰到好处，怎么看都是两个难讨好的人舒服而得体地处在一块儿……当时，莱伊小姐被叫去意大利见她临终的哥哥，在坟墓前认识了伯莎。那时候，这姑娘已经很成熟，个性很独立，不会听生人的话；而莱伊小姐也丝毫没有欲望去管教谁。莱伊小姐十分懒散，不想管别人，也不想被别人管，除此之外，别无所求。但若她责无旁贷，必须照管失去双亲的侄女，那也有一个好处：伯莎十八岁了，撇开文明社会的监护规定不谈，已经完全能管好自己了。莱伊小姐可得好好感谢仁慈的上苍，她发现她的受监护人凡事我行我素，绝不会在她这个热衷自由的未婚姑姑身边绕着转。

她俩曾游历欧洲大陆，见了许多教堂、景色和城市。在参观的过程中，她们的主要目的似乎是对彼此掩饰自己的各种感受。在莱伊小姐看来，在某些动人的场面下流露情感是极为丢脸的事；就像北美印第安人，要遭受最可怕的酷刑，却不会皱一下眉头。她摆出一副文雅人愤世嫉俗的姿态，以此掩饰自身的多愁善感，用笑容来抑制泪水——在这方面她缺乏创意，总是把格里马尔迪[3]式的双重人格故伎重演，她因此常常窃笑自己。她觉得掉眼泪既不雅观，又不聪明。

“漂亮的女人哭起来都怪模怪样，”她说，“难看的女人要是哭

---

① 英国全国性周刊中历史最久的杂志，创刊于 1828 年。
② 英国著名出版商，主营流通图书馆，提供收费的图书外借服务。
③ 约瑟夫·格里马尔迪（1778—1837），英国喜剧演员，擅长饰演小丑。

起来，简直叫人作呕。”

最后，莱伊小姐把她在伦敦的公寓租了出去，跟伯莎住进了莱伊府，就在肯特郡，靠近黑马厩镇①，去那儿享受田园风光。两位小姐相处得十分融洽；不过，两人互相表露感情，仅限于早晚礼貌性地亲一次脸颊，彼此的态度几乎同样冷淡。她们对彼此的本事都非常钦佩，特别是在说些无伤大雅的挖苦话时偶尔表现出来的妙语连珠。这两人都太聪明，闹不了什么矛盾，相互的爱与恨掌握有度，找不出什么过不下去的理由。她俩之间的关系就是这般，如此一来，这一天伯莎的躁动在莱伊小姐看来，不过是因为年轻气盛，没什么别的问题。在寒冷又难受的冬日下午，她偏偏对大门产生兴趣，对此，莱伊小姐都懒得耸耸肩表示反对，也懒得挑挑眼皮表示奇怪。

伯莎戴了顶帽子出门了。栽有榆树的林荫道从莱伊府的正门笔直通往大门口，一度是何等壮观的景象，如今却清晰地宣告了古宅的衰败。到处都有树木枯萎和倒下，留下了难看的缺口。地上还躺着一根巨大的树干，是去年一场可怕的暴风雨留下的，管家和佃户也漠不关心，眼看着它慢慢腐烂。榆树的两旁都各有一片宽阔的带状草地，曾经打理得很好，如今长满了酸模②和遍地野草，脏兮兮的。几只羊在上面啃草，而一个世纪前，穿裙环③的漂亮淑女和戴佩鲁基假发④的绅士曾在此散步，讨论战争和理查森先生⑤的最后几卷书。再远处是疏于修剪的树篱，往外就是莱伊庄园的大片土地……伯莎沿着这条路走去，看着大门外的公路。没有莱伊小姐冷

① 虚构地名，对照现实中的“白马厩镇”（英格兰东南部肯特郡的一个滨海小镇）。
② 北欧阔叶野草。
③ 旧时用以撑开女裙。
④ 17 至 19 世纪流行的男子假发，后成为法官和律师职业装常用的假发。
⑤ 塞缪尔·理查森（1689—1761），英国著名小说家，代表作《帕米拉》。

冰冰地盯着自己看,可舒心多了。伯莎百感交集,心潮澎湃,内心像被困在网里的一群鸟儿,扑腾着挣脱束缚;但无论如何,她怎么也不会让任何人看到她内心的期望、渴望和许许多多奇怪的欲望。她走上连接黑马厩镇和特坎伯雷[1]的公路,来回扫视,浑身战栗着,心跳得飞快。然而,路上空无一人,只有寒风吹过,她失望极了,差点抽噎起来。

她不能回到府里去。这个时候待在屋顶下,会感到窒息,而四周的墙就像牢笼。凛冽的寒风灌进衣裳,冷得刺骨,倒别有一丝痛快。等待的滋味真不好受。她步入庄园,沿着车道望向那栋属于她的白色大宅子。这条路该修了,无人清理的枯萎的落叶在狂风中四处沙沙作响。方形的府邸矗立在那儿,与周遭格格不入。房子建于乔治二世[2]在位时,看上去像没有受到地面的支撑似的。建筑正面不加修饰,房子上有许多窗户,正中间是多立克柱式[3]门廊,看上去像是地上搭起来的纸牌屋,没有任何根基。岁月没有给它留下任何美感,一个多世纪以来没什么变化,仍旧大煞风景,俗里俗气,毫无底蕴。房子四周都是田地,没有花园,只种了些花坛,里头的花无人照料,要么慢慢荒芜,要么枯萎凋谢。

天渐渐黑了,阴沉沉的云看起来遮天蔽日。伯莎放弃了。可她再一次往山坡下望去,心脏猛地在胸口怦然一跳;她感觉自己涨红了脸,全身的血液突然急速地在血管里流动。她发现自己无法镇定下来,惶恐之余,恨不得马上掉头逃走。她已经忘了那揪心的等待,忘了自己花了多长时间,去寻觅此时正重步走上山来的那个身影。

那自然是个男人!他走了过来,是个二十七岁的高个子,身材

---

① 虚构地名,对照现实中英格兰东南部城市坎特伯雷。
② 乔治二世在位时间是1727年至1760年。
③ 古希腊建筑风格,柱身和柱头形式简朴。

魁梧，骨架子大，长胳膊长腿，胸膛宽阔。伯莎认出了那身装束，她见了总是欢喜——灯笼裤和一副绑腿、粗花呢的诺福克[1]上衣、白色宽大硬领圈和便帽；这一身打扮乡里乡气——也正是因为他，她才开始爱上这种乡土味道——从头到脚散发着充满活力的阳刚之气。就连穿在他脚上的大靴子也让她感到一阵愉悦——瞧那尺码。从鞋子的尺码可以看出性格上的某种坚定，以及善于掌控的特质，给人极强的安全感。这身款式的行头与棕色的道路、犁过的田地完美相映。伯莎寻思，他知不知道自己这么往山坡上走，胜似一幅画。

“下午好，伯莎小姐。”

他没有停下脚步的意思。想到他也许只是寻常打个招呼，姑娘的心顿时沉了下去。

“我看到有人走上山坡，就觉着是你。”她说着伸出手。

他停下来握了她的手。触到他大而有力的手指，她浑身颤抖。他的手这么大、这么结实，像是用石头凿出来的。她抬头望着他，冲他笑了笑。

“不冷吗？”她说。她一面渴望倾吐芳心，道出各种缠绵的情话，一面碍于世俗，除了寒暄，什么都不能讲，这种感觉着实难受。

“那是你从来没有一个钟头走上五英里路，”他高兴地说，“我到镇上去了一趟，想去买匹马。”

他就是健壮的化身。对他而言，十一月的寒风就像夏日的微风，他的脸上泛着凉爽的红光。他双颊飞红，双眸炯炯。他朝气蓬勃、活力四射，几乎能让人感受到他身体的温热。

“你要出门？”他问。

“噢，不，”伯莎没完全说实话，“我刚去大门口走走，碰巧看

① 一种有腰带和箱形褶裥的单排纽男用宽上衣。诺福克是英国的非都市郡。

见你。”

“我很高兴。现在难得能见到你,伯莎小姐。”

“希望你不要再叫我‘伯莎小姐’,”她大声说,“太见外了。”哪里是见外,简直是低声下气。“我们小时候用教名互相称呼。”

他的脸微微涨红,谦逊的态度赢得了伯莎的好感。

“没错,可是半年前你回来的时候,变了好多。我不敢这么叫——再说,你也管我叫克拉多克先生。”

“好,我以后不会了,”她笑着说,“我倒更喜欢叫你爱德华。”

她没有加上一句,说这个名字对她而言是所有教名中最好听的;也没告诉他,过去的几个礼拜,她自言自语千万次唤着这个名字。

“那就跟以前一样,”他说,“你还记得,那时你还没跟莱伊先生出国,还是一个小姑娘时,我们在一起玩得有多开心吗?”

“我记得你那时总是瞧不上我,就因为我还是个小姑娘,”她笑着回答。

“哎呀,多年后再见到你,第一眼就把我吓住了——你的头发往上拢了,穿着长长的连衣裙。”

“我看起来没那么糟糕吧。”

两人足足对视了五分钟。突然,没来由的,克拉多克涨红了脸。伯莎注意到这点,一种莫名而微妙的兴奋传遍她的全身。她也脸红了,深色的眸子比先前更明亮了。

“见你一面没这么难就好了,伯莎小姐。”他说。

“那得怪你自己了,亲爱的先生。通往我家的路你可是看得见的,走到底肯定能找到一扇门。”

“我有点怕你姑姑。”

伯莎差点要说“懦夫难赢美人心”,但为保持端庄,话到嘴边又咽了回去。她的情绪一下子高涨,感到格外高兴。

“你很想见我?”她问,心跳得飞快。

克拉多克的脸又红了,似乎不知道该怎么回答。在伯莎眼中,他窘迫的样子和天真的神情给他平添了几分魅力。

“要是他知道我多么爱慕他就好了!”她想,可她当然不会跟他挑明。

“这些年你变了好多,”他说,“我不了解你了。”

“你还没有回答我的问题。”

“我当然想见你,伯莎,”他连忙回答,似乎鼓足了勇气,“我希望常常能见到你。”

“好,”她嫣然一笑,说,“有时候我吃完晚餐,会散步去大门口欣赏夜色。”

“哎呀,我要是早点知道就好了。”

“傻子!”伯莎想,心里觉得好笑,“他没猜到,这其实是我头一个晚上这样散步呢。”

第二章

伯莎踩着轻飘飘的步子回到屋里，成百个小爱神像一群鸟儿在她头顶上盘旋。丘比特从这棵树上跳到那棵树上，把金箭射进她的心房，她心甘情愿。她的幻想给光秃的枝丫披上了嫩绿的外衣；她的快乐把昏暗的天空染成了蔚蓝色……爱德华·克拉多克如此明明白白地表达他的爱，还是头一回。放在以前，很多事情表明他并非不在乎，却也没有什么能让人完全信服，猜疑给她带来了所有想象得到的苦恼。而她呢，对自己毫不掩饰这份爱；她不觉得害羞，她狂热地爱他，拜倒在他脚下。她大方承认，他就是那个能给她幸福的男人，她愿意把自己的生命交到他坚实又强壮的手中。她下定决心，克拉多克要带她走向圣坛。

不知多少次，她曾幻想靠在他怀里——那强壮有力的臂膀中——单单是想一想这件事就可以保护她免于人世间的种种不幸。啊，她想让他把她搂入怀中亲吻；她幻想他的唇贴上她的唇，他呼吸的温热让她昏厥在爱的苦海中。

她自问，如何能熬到晚上；究竟要怎样忍受度日如年的感觉？她还得坐在姑姑对面，假装看书，或东拉拉西扯扯。太难熬了。接着，她又无缘无故心想，爱德华知不知道她对他的爱；他做梦也想不到她的迷恋有多么深。

“抱歉，误了茶点[①]。”伯莎边说边走进客厅。

“亲爱的，”莱伊小姐说，“黄油吐司或许不太可口，可我不明白，你怎么不吃蛋糕呢。”

“我什么都不想吃。”她叫道，一下坐在椅子上。

“可你像是要渴死了。”莱伊小姐接着说，一边用敏锐的目光盯着侄女，“要不要用大一点的早餐杯来喝茶?”

莱伊小姐断定，伯莎先是躁动不安，后来又长时间不见踪影，那就只有跟男人有关系了。她在心里耸了耸肩，对于此人是谁并不怎么感兴趣。

“当然，”她想，“肯定是个不够格的。但愿他们订婚后早点结婚。”

眼皮底下有个羞怯又害了相思病的乡村情郎，莱伊小姐是绝对忍不过几个月的。她发现，恋爱中的人都是可笑的。她看着伯莎一口气喝了六杯茶，两眼放光，两颊通红，呼吸急促，从中能看出一些怀春之意。莱伊小姐觉得好笑，但她认为，装糊涂是大度而聪明的做法。

“反正与我无关，”她想，“要是伯莎真打算结婚，最好是在下个季度结账日前完事，到时候布朗一家正好把伦敦的公寓交还给我。”

莱伊小姐坐在炉边的沙发上。她中等个子，身材非常苗条，瘦削的脸庞有许多皱纹。五官之中，嘴巴最显眼，长得不大，嘴唇有些过薄。那双唇总是紧紧抿着，给人一种意志坚定的感觉；但嘴角灵活，变化之间富有意味，与她身体其他部分给人的印象全然相反，显得相当特别。她喜欢用冷漠的双眼盯着别人，目光镇定，自己丝毫不觉得尴尬。别人都说，莱伊小姐像看傻子一样看着他们；实际上，她通常正是这么觉得的。她稀疏的灰白头发样式简单；身上的衣着极其朴素，显得有些古板，加上她最爱用极为一本正经、端庄得体的方式讲着荒唐之事，常常让偶遇的陌生人感到不解。她就是这么个女人，以前从来没人觉得她漂亮，而如今，人到中年，倒是分外迷人。

① 英国人的茶点时间一般在下午三点半至五点左右。

年轻男子都觉得她有些可怕,直到他们发现自己常常是她的笑料;而上了年纪的夫人都坚称,她有点古怪。

"要知道,波莉姑姑,"伯莎喝完茶后起身说道,"我觉得您在受洗时应该取名'玛莎'或'玛蒂尔达'。我觉得'波莉'①这个名字不适合你。"

"亲爱的,你不必刻意提醒说我已经四十五了,也不必笑成那样,就因为你知道我实际上有四十七了。说四十五只是讨个整数,再过一年我就说自己五十了。女人从来不会承认四十八这种不上不下的岁数,除非她要拖着十七个孩子嫁给一个鳏夫。"

"我在想,你怎么一直不嫁人,波莉姑姑?"伯莎说,视线转向别处。

莱伊小姐笑了笑,几乎难以察觉,她发现伯莎的话意味深长。"亲爱的,"她说,"我为什么要嫁人?我自己每年有五百英镑收入……啊,对了,我知道这不是你要的答案。很抱歉要让你失望了,我没有什么糟糕的风流韵事。老姑娘不结婚的唯一借口就是,三十年来她苦苦念着某个旧情人,而那人不是长眠于雪花莲下,就是娶了别人。"

伯莎不作声。此刻的她觉得整个世界都变美了,显露人性缺点的话,她一句也不想听。突然,整个宇宙都洋溢着主日学校的美好气氛,唤醒了她真善美的一面。她上楼坐在窗边,朝农场的方向凝望,那里住着她的心上人。她寻思爱德华此刻在做什么!是否与她一样焦急地盼着夜晚到来?这么大的山丘阻挡在两人之间,让她着实感到一阵伤心。晚餐时,她没怎么说话,而莱伊小姐宽容地保持沉默。伯莎吃不下饭,她把面包弄碎,拨弄着摆在面前的各种肉食。

① 教名"玛莎"寓意"女主人";"玛蒂尔达"寓意"战争的优胜者";"波莉"寓意"活力充沛的女人"。

她频频看向时钟，敲响整点的时候，她慌张地一下跳了起来。

她懒得向莱伊小姐编什么借口，把她留在了饭桌旁，随她怎么想。夜晚又黑又冷，伯莎从侧门溜了出去，像是做了什么冒险的事，心里很得意。可是她的腿差点架不住身子，有种前所未有的感觉；她从未觉得膝盖这般发软，生怕要摔倒。她的呼吸异常困难，心跳快得几乎要抽痛。她沿着车道走去，简直丢了魂儿似的。起先她强迫自己在屋里等着，直至无法控制要出门的渴望。她不敢想象，到了大门口，要是没人在那儿，她该有多难过。那就意味着他不爱她；她停下脚步，抽噎起来。不该等会儿再过去吗？时候还早。可她迫不及待，又往前走了起来。

她轻轻叫了一声，是克拉多克突然从黑暗中冒了出来。

“啊，对不起，”他说，“吓着你了，我以为你不会介意我今晚来，你没生气吧？”

她没法回答，心里那块大石头终于落了下来。她开心极了，这说明他是爱她的，还怕她生他的气。

“我盼着你来。”她低声说。装作保守和害羞有什么用？她爱他，他也爱她。她把真情实感告诉他有何不可？

“天太黑了，”他说，“我看不见你。”

她欣喜若狂，说不出话来。唯一能说的就是“我爱你，我爱你”。她走近一步，这样就能触碰到他。他为什么还不张开双臂抱住她，亲吻她，就像她梦中那样亲吻她？

可他握住她的手，这一下让她感到兴奋。她的膝盖软了下来，差点打了个趔趄。

“怎么了？”他说，“你在发抖？”

“只是有点冷。”她用尽力气让自己说话自然些，脑子里却一片空白。

“你没穿外套，”他说，“穿我的。”说完开始脱外套。

“不用，”她说，“那样你会着凉。”

“嗨，没事，我不冷。”

他现在的举止无私又体贴，让她倍感惊喜。她的感激之情溢于言表。

“你太好了，爱德华。”她低声说，差点要哭出来。

他把外套披在她肩上，他的手触到的那一下，让她失去了仅存的一点自制力。一种奇特的感觉传遍她的全身，她朝他贴得更近了。这时候，他的手往下滑，把披风放了下来，搂住她的腰。于是，她克制不住，全身心投入他的怀抱，仰着脸看他。他俯下身来亲吻她，吻得如此疯狂，她几乎呻吟起来。她说不清是痛苦还是满足。她伸出双臂一把搂住他的脖子，往自己这边扯。

“我好傻。”她终于开口，声音似哭非哭，似笑非笑。她稍稍缩回身子，但没太用力，不至于让他抽回将她搂得如此舒服的胳膊。

可他为什么一言不发？为什么不发誓说爱她？为什么不问她那个问题？她会迫切给出肯定的答案。她把头靠在他肩上。

“伯莎，你到底喜不喜欢我？”他问，“自打你回到这里住，我就一直想问你这个问题。”

“你看不出来吗？”这下她放心了，明白他以前说不出口，只是因为不好意思。“你真是太害羞了。”

“你知道我是什么身份，伯莎。再说——”他支支吾吾。

“再说什么，傻子？”她朝他怀里贴得更紧了。

“再说，你是莱伊府上的大小姐，我只是你家的一个佃户，没有任何背景。”

“我拥有的不多，”她说，“如果我每年有一万英镑收入，我只希望全部进献给你。”

“伯莎，你这是什么话？别挖苦我了。你知道我想要什么，可是——”

“我看出来了，”她笑着说，“你要我向你求婚。”

“嗨，伯莎，别笑话我了。我爱你，我想求你嫁给我。但是我没有什么能给你，我知道我不该这样——别生我的气，伯莎。”

“但我真心爱你。”她叫道，“我不要别人当我丈夫，你能给我幸福，别的我什么都不要。”

他再次狂热地把她搂入怀中，亲吻她。

“你从没看出来我爱你吗？”她低语道。

“我之前以为有可能，但不确定，我担心你觉得我不够好。”

“噢，我打心底里爱你，我从没想过这样爱一个人。噢，爱迪[①]，你不知道你让我多么快乐。”

他再次吻她，她又一把勾住他的脖子。

“你不该回去了吗？”他终于说，“莱伊小姐会怎么想？”

“噢，不，再过会儿。”她叫道。

“你打算怎么跟她说？你觉得她会喜欢我吗？她肯定会叫我放弃。”

“噢，我肯定她会喜欢你的。再说了，她不喜欢你又何妨？要嫁给你的又不是她。”

“她可以再次把你带到国外，你就会碰到更喜欢的人。”

“可我明天就满二十一岁了，爱德华，你知不知道？我就能自己做主。当不成你的妻子，我是不会离开黑马厩镇的。”

两人慢慢走向莱伊府，是他把她从那儿引出来的，现在，他担心她出来的时间太久。两人挽住胳膊走着，伯莎沉浸在幸福之中。

---

① 爱德华的昵称。

“拉姆齐大夫明天来用午餐，”她说，“我会告诉他们俩，我要嫁给你。”

“他不会高兴的。”他相当紧张地说。

“我当然不在乎。你我两厢情愿，别人爱怎么想就怎么想。”

“都听你的。”他说。

两人走到门廊处，伯莎犹豫地看着那儿。

“我想我该进去了。”她说，心里希望爱德华劝她再去花园里走一回。

“对，进去吧，”他说，“我怕你冻着。”

他这么关心她的身体，真是讨人喜欢。他自然是对的，他的一言一行都是正确的。这一刻，伯莎忘了自己任性的脾气，突然想臣服于他的权威之下。他的力量让她感到自己出奇地柔弱。

“晚安，我的爱人。”她深情地低语道。

她舍不得离开他，刚才太疯狂了。一通通狂吻久久回荡在脑中。

“晚安！”

她目不转睛地望着他，直到他消失在黑暗中，这才关上了门。

第三章

不论老少，悲伤过后，便是不眠之夜。对于老年人，狂喜同样令其心绪不宁；但年轻人呢，在我看来，他们更自然地看待快乐，因此睡眠不会受到影响。伯莎一夜无梦，醒来的时候，有一瞬间记不得前一天的事，但很快又想了起来，于是伸了伸懒腰，满足地舒了一口气。她躺在床上细想着眼前的幸福。她刚刚才意识到自己最大的心愿已经实现。上帝仁慈，对子民有求必应；她全心全意奉上无言的感恩。经过令人发狂的期待，历经种种希望和担忧，尝过暗恋一个人那种近乎快乐的痛苦，最终如愿以偿，这一切真奇妙。她现在别无所求，已然十全十美。啊，没错，上帝真的太仁慈了！

伯莎回想在黑马厩镇度过的这两个月……从最初兴奋地住进祖辈留下的房子，到后来安顿下来，过着平淡的乡村生活。她整天在乡间小路上游荡，或去海岸上看荒凉的海景。她读了许多书，期待用充足的时间来满足对知识的极度渴求。她长时间待在父亲建的书房中，莱伊家族家道中落后才沉湎于书籍之中；因负担不起别的爱好，也只能一门心思看书。伯莎看着这一卷卷书的书名，仔细通读历史上那些伟大的名字，莫名有些激动，憧憬着以后从中获得的乐趣。

一天，伯莎去教区牧师的住所串门，爱德华·克拉多克碰巧也在那儿，他刚过了个短假回来。她很早前就认识他，他的父亲是她父亲的佃户，他还是在那片田地上务农，但是两人有八年没见过面，她几乎认不出他了。尽管如此，在她眼里，他穿着灯笼裤和厚长袜，是个帅小伙。他走到她跟前搭话，问她还记不记得他，她并未因此感到不快。他坐下来，一股宜人的农场气味飘向她，那是一种香味，由浓烈的烟草味和牛马的气味混合在一起。她不明白为何因此心跳加速，但她尽情地吸气，眼里闪着光。他开始说话，他的声音在她听来如此悦耳。他用大大的灰眼睛看着她，她觉得那双眼睛非常招人喜欢。他的脸刮得很干净，嘴巴很迷人。她涨红脸，觉得自己像个傻瓜。她煞费苦心，让自己显得越迷人越好。她知道自己的深色眸子很漂亮，便用那双眼睛盯着他。最后，他同她握手道别，她又脸红了。她方寸大乱；他站起来的时候，浓烈的乡村男性的气味钻入她的鼻孔，令她一阵眩晕。她庆幸莱伊小姐不在场，没有瞧见她这副模样。

她在夜色中走回家，努力使自己镇定下来，脑子里想的全是爱德华·克拉多克。她回忆过往，努力回想两人相识时的点点滴滴。晚上，她梦见他，梦见他吻她。

早上醒来的时候，她想的还是克拉多克，觉得这一天见不到他就不能过了。她想过邀请他来吃午餐或茶点，却又不敢；况且，她暂时还不想让莱伊小姐见他。于是，她想起了农场，可以去那儿，那儿不也属于她吗？他肯定在那儿干活。爱神大发慈悲，她在一块田里看见他，他正在指挥某种生产作业。她一见到他就浑身哆嗦，心跳得厉害。他看到她，便上前问好。她脸一红，跟着又煞白，模样窘迫极了。他迈着轻盈的步子，漫步到树篱旁，那模样实在是英俊。最重要的是，他身强力壮，一想到他肯定力大无比，伯莎就觉得高兴。她几乎没有掩饰对他的爱慕。

“噢，我不知道这是你的农场，”她边说边跟他握手，“我只是随便逛逛。”

“我想带你四处瞧一瞧，伯莎小姐。”

克拉多克打开大门，带她来到放马车的棚子里，指给她看在隔壁田地里犁地的几匹健壮的马;又领她看他养的牛,还戳了戳猪身上的肉,让她瞧瞧,他把它们养得多壮实。他把猎马也夸了一番,又带她去看了羊——所有东西说了个遍,她在边上听得入迷。克拉多克极其自豪地带她看各种机器,讲解马拉搅拌机怎么用,以及买收割机花了多少钱。她想,她平生从未听过这么吸引人的东西。但最要紧的是,伯莎想去他住的地方看看。

"能给我杯水吗?"她说,"我好渴。"

"快进来。"他边说边打开门。

他带她来到一间小客厅,地板上铺着一块油布。桌子占了屋子的大半空间,上面铺着一块印花红布。椅子和沙发上盖着又旧又破的皮革,摆放得再呆板不过了。壁炉台上除了烟斗和烟罐子,还有艳丽的瓷花瓶,里面装着灯芯草,台子中间有面大理石做的时钟。

"啊,多漂亮呀!"伯莎激动地叫道,"你一个人在家肯定很孤独。"

"不会,我总是不着家。给你倒点牛奶好吗?比喝水好。"

这时,伯莎见桌上有条餐巾和一壶啤酒,还有一些面包和奶酪。

"我是不是妨碍你用午餐了?"她问,"真对不起。"

"一点也没关系。我十一点的时候会吃些点心。"

"噢,我能吃点吗?我爱吃面包和奶酪,正好饿极了。"

两人面对面坐着,这突如其来的一顿饭看起来荒唐可笑。他切成大块的面包味道很好;当然,啤酒也胜似甘露。但后来,伯莎担心,克拉多克准会觉得她有些古怪。

"我这样跑来和你共进午餐,你会不会觉得我很古怪?"

"我觉得你真没架子。莱伊先生以前也常来这儿和我父亲一起吃点心。"

"噢,是吗?"伯莎说。当然,有了他这句话,她今天的举动显得自然多了。“不过我真得走了，不然波莉姑姑会找我麻烦的。”

他求她带些花回去，接着匆忙采了一束大丽花。她收了下来，难为情地表示了感谢。握手道别时，她的心又离谱地扑扑直跳。

莱伊小姐问这些花打哪儿来。

“噢，”伯莎沉着地说，“碰巧遇见一个佃户，他给我的。”

“哼，”莱伊小姐嘀咕了一句，“付租金可比这实在多了。”

莱伊小姐不久便离开了房间。伯莎饱含深情地望着整齐的大丽花，大笑了一声。

“欺骗自己没有任何好处，”她喃喃自语，“我彻底陷入爱河了。”

她亲吻着那束花，感觉好开心……她显然是恋爱了，因为从那晚起伯莎就下定决心要嫁给爱德华，否则就不活了。她一刻也不耽误，一个月不到，他们的婚期已然在望。

莱伊小姐讨厌一切形式的情感表露。在圣诞节，按说人人都该对邻里关怀备至，满怀万般柔情，这种做法却让她觉得别扭。这个时候，她喜欢去某个欧洲大陆城市躲起来，在那儿她谁也不认识，好避开别人泛滥的爱心。即便在夏天，莱伊小姐但凡看到冬青树，就会反感得有点起鸡皮疙瘩；脑中马上就浮现出中产阶级家中的布置，浮现出煤气枝形吊灯下垂着的槲寄生①，还有愚蠢的老绅士亲吻离群的女性以此取乐②。伯莎到了成年的岁数，她的监护人③拉姆齐大夫想安排仆人和贫穷的佃户为她庆祝，而她觉得应该回绝，莱伊小姐对此很满意。莱伊小姐可以想象，这种场合的庆祝活动——握手、欢呼，还有英国乡村男人露骨的快活劲儿——比起俗

① 一种植物，常用作圣诞节悬挂饰物。
② 按西方习俗，圣诞夜，男性可随意亲吻站在槲寄生枝下的女性。
③ 根据英国当时的法律，须为未成年的伯莎另指定一名男性监护人，管理其财产。

丽廉价的圣诞狂欢，可能更让人受不了。不过，幸好伯莎和莱伊小姐一样，打心底里讨厌这些东西，也告知了相关人等，最大的恩惠莫过于别跟她提那些在她看来无关紧要的活动。

然而，拉姆齐大夫的盛情难以遏制。对于什么叫合情合理，他有一种老派纯正的英国式观念。他热衷于用某种方式行事，纯粹是因为世世代代以来大家都这么做。他执意要郑重地向伯莎当面致以祝贺，送上祝福，说上几句身为管事的该说的话。

伯莎下楼的时候，莱伊小姐已经在吃早餐，一看就是女士用餐，除了一块一平方英寸的咸肉和一小片没涂黄油的吐司，没什么能填饱肚子的。莱伊小姐着实有些不安，因为她不得不提起伯莎的生日，这让她伤脑筋。

“这就是女人的一大优点，”她自言自语，“过了二十五岁，她们把生日当作见不得人之事避而不谈。而男人呢，深深佩服自己聪明过人，竟有本事来到这个世界，所以总对生日兴致盎然；而且，这些愚蠢的男人以为别人都爱过生日。”

这时候，伯莎走了进来，亲了亲她。

“早安，亲爱的，”莱伊小姐说，然后为侄女倒了杯咖啡，“我们可敬的厨师为庆祝你成年把牛奶给烧糊了。我相信她不会以喝醉的方式来给你庆生——怎么着，也得等到晚餐以后。”

“希望拉姆齐大夫不要过分热心。”伯莎回答，她明白莱伊小姐的心思。

“噢，亲爱的，想到他到时候那副乐呵呵的模样，我心里就发怵。他心肠倒是不坏。我认为，他的品格高尚，学识也不会比一般的全科大夫差。可他有时候过于友好，让人头疼。”

然而，伯莎只是表面上镇定，脑子里却乱糟糟的，心里激动得怦怦乱跳。她迫不及待要宣布喜讯。伯莎能隐约预感事情的戏剧性效果，而且有点期待那样的场面——当她王国的钥匙交到她手中之时，她宣布早就选好了身旁的国王，与她一道统治王国。她还预感，跟莱伊小姐单独作出必要的解释会很尴尬。拉姆齐大夫心直口快，倒还更容易应付。而某人装腔作势，认为任何人都不该多管闲事，不管她心里想什么，更喜欢藏而不露；跟这种人打交道，总会令人表现得不自在。伯莎给克拉多克送了张便条，告诉他下午三点来，她要引荐他这位莱伊府未来的男主人。

拉姆齐大夫到了以后，立刻蹦出一长串祝福，有几分幽默，也有几分凝重和感伤，可进了莱伊小姐挑剔的耳朵里，没一句中听的。伯莎的这位监护人是个宽肩膀的大个子，一头浓密的金发正渐渐发白；莱伊小姐声称，他是世界上最后一个留羊排络腮胡①的人。他的面颊特别红，加上魁梧的身材、乐呵呵的模样和那红润的面色，给人一种健康永驻的印象。他的下巴刮得光光的，身材壮实，声音洪亮，看起来像旧时的自耕农——后来，由于糟糕的时代和教育的普及，农民才变得不伦不类，既像城里的职员，又像纽马克特②的驯兽师。拉姆齐大夫的长礼服和高顶礼帽，虽说是他多年的穿戴习惯，但穿在他身上显得很不协调，就像是把礼拜服穿在干农活的人身上。莱伊小姐喜欢用挖苦之词形容别人，或灵机一动，给人安上恰当的比喻，但在拉姆齐身上却从未找到贴切的词，这多少让她感到不快。在她眼中，这位大夫唯一和“人性”沾得上边的，就是对古董的某种喜爱，他家里堆满了古老的鼻烟盒、瓷器，以及别的珍贵古玩。所谓的“人性”，在莱伊小姐看来，只有一小部分人拥有：主要是女性，中年，未婚，经济独立，游历欧洲大陆，读上流文学，憎恶绝大多数的人类同胞，尤其憎恶的是——人类嚷嚷着博爱，把自己的

① 脸颊两旁上窄下宽的络腮胡子。
② 英国东南部城镇，著名的赛马中心。

宗教信仰强加于人，或是争强好斗地锻炼肌肉！

拉姆齐大夫狼吞虎咽地吃午餐，莱伊小姐心想，肉贩见到他胃口这么好，肯定特别欣慰。她出于礼貌问候了他的妻子，而她私下里很反感这个女人对丈夫逆来顺受。对那些完全充当丈夫的影子的女人，莱伊小姐向来敬而远之，特别是她们谈论家务事的时候，更是唯恐避之不及。拉姆齐太太除了礼拜天会去想做礼拜要穿的衣服，平日里一门心思只顾着丈夫那惊人的食欲，以及如何满足他的食欲。

他们回到客厅，拉姆齐大夫开始跟伯莎说起地产，说说这个佃户是谁，谈谈那片农场的收成如何，说到最后就是：时势可怜，收租无望。

"那么，伯莎，现在你看该怎么办？"他问。

伯莎总算逮着机会了。

"我？"她平静地说，"噢，我打算结婚。"

拉姆齐大夫张大嘴巴，猛地仰头狂笑。

"真是妙极了，"他叫道，"哈哈！"

莱伊小姐挑起眉毛看着他。

"现在的姑娘长进得真快，"他乐不可支地说，"哎呀，我们那会儿，年轻的女子只会羞答答的，目不斜视。要是有谁跟她们谈婚论嫁，她早就祈祷上天来场地震，好让她钻进地缝里。"

"胡扯！"莱伊小姐说。

伯莎看着拉姆齐大夫，忍住不笑，被莱伊小姐给察觉到了。

"伯莎，你打算嫁人？"大夫说，又笑了起来。

"没错。"

"什么时候？"莱伊小姐问，她并不觉得伯莎的话只是闹着玩。

伯莎望着窗外，想着爱德华什么时候到。

"什么时候?"她转过身来重复道,接着回答,"四个礼拜后的今天!"

"什么!"拉姆齐大夫跳了起来,嚷嚷道,"可别告诉我你找到对象了! 已经订婚了? 啊,我知道了,知道了,你们跟我开了个小玩笑。你为什么不告诉我伯莎早就订婚了,莱伊小姐?"

"我的好大夫,"莱伊小姐镇定自若地说,"在这一刻之前,我对此事一无所知……我想我们应该向她道贺,一天把两次祝贺都道完,我巴不得呢。"

拉姆齐大夫茫然地瞧瞧这一个,又看看另一个。

"哎呀,说实在话,"他说,"我真搞不懂。"

"我也是,"莱伊小姐回答,"但我保持冷静。"

"事情很简单。"伯莎说,"我昨晚订婚了,我说了,我打算四个礼拜后的今天嫁人——嫁给克拉多克先生。"

"什么!"拉姆齐大夫嚷嚷道,震惊地跳了起来,把地板都快给震翻了。"克拉多克! 什么意思? 哪个克拉多克?"

"爱德华·克拉多克,"伯莎冷冷地回答,"比尤利农场的那位。"

"呵!"拉姆齐大夫的惊叹无以言表,但听起来很凶! "那个无赖! 太荒唐了,绝对不行。"

伯莎看着他,温柔一笑,懒得回答。

"你未免言重了,亲爱的大夫。"莱伊小姐说,"这位绅士是谁?"

"他可不是什么绅士。"拉姆齐大夫说,气得脸色发紫。

"他马上就是我的丈夫了,拉姆齐大夫,"伯莎说,紧紧抿着嘴唇,莱伊小姐已经习惯她这个样子。伯莎又转向她。"我从小就认识他,我父亲和他父亲是很要好的朋友。他是位绅士农民。"

"也就是说,"拉姆齐大夫说,"既不是农民也不是绅士。"

“我倒是忘了您的父亲是干什么的?”伯莎说,其实她记得清清楚楚。

“我父亲是农民,”拉姆齐大夫有些激愤地说,“谢天谢地！他从不装成绅士。他用双手亲自干活,我常常见他拿着干草叉翻弄一堆肥料,没有人在身边帮忙。”

“原来如此。”伯莎说。

“但是我父亲跟这件事扯不上关系。你不可能嫁给他,他三十年前就去世了;你也不可能嫁给我,我已经有妻子了。”

莱伊小姐被大夫的直言不讳给逗乐了,憋着没笑;而伯莎生气极了,觉得他非常无礼。

“你说他哪里不好?”她问。

“如果你想出丑,他也没有资格让你这么做。他知道自己配不上你。”

“为什么,我爱他还不行吗?”

“为什么!”拉姆齐大夫嚷嚷道,“因为他是农民的儿子,跟我一样,而你是莱伊府上的大小姐。因为那种地位的人,连五十英镑都拿不出来,是不配偷偷向有大笔财产的姑娘求爱的。”

“所谓的财产是收不到租金的五千英亩田地。”莱伊小姐嘀咕道,她总是唱反调。

“你说不出他有什么不好,”伯莎反驳道,“你自己跟我说过他口碑极好。”

“我当时不知道原来你是在问我,他当你丈夫合不合适。”

“我问的不是这个意思。我不在乎他的名声,就算他是个懒散、放荡的酒鬼,我也会嫁给他,因为我爱他。”

“亲爱的伯莎,”莱伊小姐说,“你说这话,大夫听了会中风发作的。”

“你跟我说过,他是你见过最棒的男人,拉姆齐大夫。”伯莎说。

“我不否认。”大夫叫道,红扑扑的脸蛋上泛出了吓人的紫色。“他清楚自己的职责,干活努力,为人正派又可靠。”

“天哪,大夫,”莱伊小姐叫道,“此人定是乡村美德的奇迹。他若是完美无缺,伯莎断然不会爱上他。”

“如果伯莎要找代理人,”拉姆齐大夫继续说,“我肯定不会推荐别人,至于要说嫁人……”

“他按时交租金吗?”莱伊小姐问。

“他是我们最好的佃户之一。”大夫低吼道,对莱伊小姐无聊的打岔有些恼火。

“当然,在这种艰难的时期,”莱伊小姐决定,不让拉姆齐大夫装得像个严父,弄得过于严肃,便又接着说,“依我看,这位可敬的农民唯一的出路,就是把女东家娶回家。”

“他到了!”伯莎插嘴道。

“上帝呀,他到这儿来了?”她的监护人叫道。

“是我叫他来的。记住,他就要做我的丈夫了。”

“那就让我下地狱!”拉姆齐大夫说。

第四章

因为方才那番争论，伯莎满面愁容，一肚子火气，此刻却一扫而光。门开了，她娇羞得脸红了，精灵般的王子走了进来，她的脸上乐开了花。她走过去牵着他的手。

“波莉姑姑，”她说，“这位是爱德华·克拉多克先生……这位是拉姆齐大夫，你认识的。”

他跟莱伊小姐握了手，又看向大夫，可大夫马上扭过身子背对他。克拉多克满脸通红，在莱伊小姐边上坐了下来。

“我们刚才还在说你呢，亲爱的。”伯莎说。他一来，打断了他们的争论，场面有些尴尬。克拉多克相当紧张，想着要说些什么，而莱伊小姐并没有帮他解围的意思。“我跟波莉姑姑和拉姆齐大夫说过了，我俩打算四个礼拜后的今天结婚。”

这还是克拉多克头一回听说准确的日子，但他没有表现得特别惊讶。事实上，他正在回忆之前想好在这个场合要讲的话。

“我会尽力当个好丈夫，照顾好您的侄女，莱伊小姐。”他开始说话。

然而，他的话却被这位小姐给打断了。她已经看出来了，他这种人，在某个特定场合，很可能会说出意料之中的话。在她眼中，这可是罪该万死的。

“噢，这我毫不怀疑。”她回答，“你知道，伯莎可以自己做主了，对她自己的行为负责，不用跟别人交代。”

克拉多克有些尴尬。他本想说自己高攀了，一定会尽自己的责任，还要交代自己的底细，可莱伊小姐的话似乎把他进一步的辩白给堵了回去。

“这倒省事了,”伯莎替他解围,说,“我有自己的想法,过自己想过的生活,谁也干涉不了。”

莱伊小姐琢磨,这个小伙子有没有把伯莎这句话当作未来太平日子的好兆头,反正看起来,克拉多克没觉得有什么不对头。他看着伯莎,感激地笑了笑,她也投来一瞥,眼里满是最深情的爱。

打从克拉多克进门起,莱伊小姐便一直在仔细观察他。她知道,伯莎急着想弄清楚她对克拉多克的看法,身为女人,她对此不禁有些得意。克拉多克外表迷人。莱伊小姐通常很喜欢年轻男子,而这位算是长得英俊的。他的眼睛很好看,除此以外,脸上没有特别引人注目的地方。他看起来很健康,脾气也好。莱伊小姐甚至还注意到,他不啃指甲,双手强壮而结实。他品行端正,体格健壮,跟一般的英国小伙真的没有任何区别;不过,这个群体确实讨人喜欢。莱伊小姐确信无疑,可以说是伯莎主动找上他的,但只有一点让她纳闷:这类的男性有千千万万,伯莎为何偏偏看中了他。

莱伊小姐转过头看着他。

“伯莎带你看过我们养的鸡吗?”她镇定地问。

“没有,”他说,没料到她会问这个,“希望她能带我瞧瞧。”

“噢,当然可以。你知道,我对农业一窍不通。你出过国吗?”

“没有,我一直待在国内,”他回答,“对我来说,这儿够好了。”

“我想也是。”莱伊小姐看向地上说,“伯莎一定得带你去瞧瞧我们养的鸡。我对它们感兴趣是因为它们像极了人——笨得很。”

“每年这个时节,我养的鸡一颗蛋也下不出来。”克拉多克说。

“当然,我不是农学家,”莱伊小姐重申道,“可我倒觉得鸡很有意思。”

拉姆齐大夫笑了起来,而伯莎气得涨红了脸。

“以前可没见您对鸡感兴趣呀,波莉姑姑。”

“是吗,亲爱的?你忘了昨晚我说过,晚饭吃的那只鸡嚼都嚼不烂吗?……你认识伯莎多久了,克拉多克先生?”

“好像已经认识了一辈子,”他回答,“而且我想更深入地了解她。”

这回伯莎笑了。莱伊小姐虽然确信这个机智的回答只是无心插柳,却也不觉得有什么可挑剔的地方。

拉姆齐大夫始终一言不发,他的这种态度激起了伯莎的怒气。

“我可从没见过您一声不吭坐上五分钟,拉姆齐大夫。”她说。

“我想,我要说的话怕是不会讨你喜欢,伯莎小姐。”

莱伊小姐希望他们别吵起来,以免搅乱了这趟客套又尴尬的会面。

“你又在想租金的事了,大夫,”她说,又看向克拉多克,“这位可怜的大夫不高兴是因为我们一半的佃户说交不上租。”

这位可怜的大夫哼了一声,抽了下鼻子,莱伊小姐觉得这个年轻男子是时候告辞了。她看着伯莎,伯莎很快就懂了,便站起身来,说:

“我们别打扰他们了,爱迪。我带你在这儿转转。”

他欣然起身,显然是结束了煎熬,如释重负。他和莱伊小姐握手,这回忍不住要说两句话。

“我从您身边带走伯莎,希望您不要生我的气。我希望很快能对您更了解一些,希望我们能做好朋友。”

莱伊小姐大吃一惊,但确实觉得他这一招用得不错。这样的表现已经算好的了,不管怎样,他没有提到向上帝发誓或责任什么的!接着,克拉多克转身走到拉姆齐大夫跟前,伸出了手,令他没法拒绝。

“我们找个时间再见个面,拉姆齐大夫,”他镇定地看着大夫说,“我觉得您想跟我谈谈,我也想。您什么时候方便见我呢?”

伯莎听他说得这么坦诚，开心得脸都红了。他有胆量主动应付这个乖戾的老头，莱伊小姐很满意。

“我觉得这主意很好。”大夫说，“今晚八点可以见面。”

“好！再见，莱伊小姐。”

他跟伯莎走了出去。

有些人认为，凭些许迹象就下定论有失严谨，莱伊小姐可不是这种人。她认识一个人不到五分钟，就把对方在她脑子里给定型了，但凡有谁问起，她最喜欢把这些印象说给别人听。

“说实在话，大夫，”门一关上，她便说，“他没我想的那么差劲。”

“我从没说过他长得不好看，”拉姆齐大夫尖锐地回答，他坚信所有女人在帅气的男人面前都愿意犯傻。

莱伊小姐面露微笑。“我亲爱的大夫，美貌是人生的较量中不可或缺的三大禀赋之一。一个相貌平平的姑娘活得有多悲惨，你是想象不到的。”

“那你同意伯莎的荒唐想法咯？”

“说实话，你我同不同意，都没什么要紧。所以说，还不如平静地接受现实。”

“你爱怎么办就怎么办，莱伊小姐，”大夫不客气地回答，“我可要阻止这件事。”

“没用的，亲爱的大夫，”莱伊小姐说着又笑了起来，“我比你更了解伯莎。我跟她一起生活三年了，在观察她性格的时候，总能发现无穷的乐趣……我来给你讲讲，我是在什么样的情形下开始了解她的。当然，你知道的，我跟她父亲多年来一直关系不好。他把自己的钱打水漂了，又想拿我的钱去干那种愚蠢的行当。我坚决反对，他就大发脾气，说我是个忘恩负义的小人，直到死仍对我心怀不满。哎，他妻子死后，他的身子就垮了，跟伯莎在欧洲大陆漂泊了好几年，伯莎接受了尽可能好的教育，是在六七个国家断断续续念的书；但她并不十分愚昧无知或品行恶劣，这让我很惊讶。要说人性本善，她就是个绝好的例子。”

莱伊小姐笑了笑——她自己坚信的，恰恰是人性本恶。

“嗯，有一天，”她接着说，“有人通过我的诉状律师给我发了份电报：‘家父去世，方便就来。——伯莎·莱伊。’电报是从那不勒斯发来的，而我当时在佛罗伦萨。我自然就急着去了，只带了个包，放了几码黑面纱，还有一些嗅盐①。来火车站接我的是伯莎，我跟她十年没见过面了。我见到的是个高挑、健美的年轻女子，外表沉着冷静，身穿最时新的长袍，好看极了。为了应景，我收敛地贴了贴她的面颊。驱车回去的路上，我问她什么时候举行葬礼，手里拿着嗅盐，以备她突然大哭一场。‘哦，办过了，’她说，‘一切办妥后我才发了电报。我想这事只会让你伤心。我已经通知了别墅的房东和仆人。其实根本不必劳您的驾来这儿，只是大夫和家里的教区牧师似乎认为，我一个人在这儿很奇怪。’结果我自己倒用了嗅盐！想想看我当时的心情：我原以为会见到一个哭得稀里哗啦的黄毛丫头，还有一堆乱七八糟的糟心事等着我去办。结果却发现，什么事都安排得妥妥当当，我要是愿意的话，所谓的黄毛丫头反倒有意要照顾我。吃午餐的时候，她看了看我身上的旅行服装。‘你离开佛罗伦萨好像走得很仓促，’她说，‘你要是想穿黑色的衣服，可以去找我的裁缝，她的手艺不错。下午我得去那儿试试衣服。’”

① 一种芳香碳酸铵合剂，有刺鼻的气味，用作苏醒剂，是维多利亚时代英国贵妇的必备之物。

莱伊小姐停下来瞧了瞧大夫，看看她说的这番话有什么效果。他一言不发。

“她给我的这种印象，”她又说，“自那以后只增不减。你要是能阻止伯莎做她拿定了主意的事，那就算你厉害。”

“你的意思是，你打算同意这桩婚事？”

莱伊小姐耸耸肩。“亲爱的拉姆齐大夫，我跟你说了，不管我们祝不祝福，也丝毫不能改变这件事。他看起来是个普通的小伙子，她没找更差劲的，我们就该谢天谢地了。至少他受过教育。”

“是，他念过书。他在特坎伯雷的里吉斯中学念过十年书，应该有些见识。”

“他父亲到底是做什么的？”

“他父亲跟他一样，是个绅士农民。跟他儿子一样，在里吉斯中学上过学。他认识大多数绅士，但算不上绅士；他认识所有农民，但也算不上农民。他家一代代都是如此，非驴非马，不伦不类。”

“这些人正是报上说的乡村的脊梁骨，拉姆齐大夫。”

“那就让他们待在该待的地方，在背后待着，”大夫说，“你想怎么办就怎么办，莱伊小姐，我可要给此事画上句号。毕竟，莱伊老爷让我做这位姑娘的监护人。尽管她二十一岁了，我仍觉得我有责任确保她不会落入第一个向她求婚的穷光蛋的手里。”

“你也是，高兴怎么办就怎么办，”莱伊小姐有些烦了，反驳道，“跟伯莎对着干落不着什么好处。”

“我不会去找伯莎，我直接去找克拉多克。我打算毫不客气地训他一顿。”

莱伊小姐耸耸肩。拉姆齐大夫显然没看清楚此事谁占主导地位，她觉得自己没义务提醒他。

“问题是，”她平静地说，“难不成让她嫁给一个更差劲的？我得说，伯莎没想嫁给贝斯沃特[1]那种地方的什么人，我已经很欣慰了。”

大夫告辞了。过了一会儿，伯莎回到莱伊小姐身边。显然，莱伊小姐打算不去妨碍真爱的发展。

“你得想想置办嫁妆的事了，亲爱的。”她不动声色地笑了笑说。

“我们打算私下里结婚，”伯莎回答，“我俩都不想大操大办。”

“我觉得你们很明智。大多数人结婚，自以为在干一件破天荒的大事。殊不知，自从有亚当和夏娃以来，早就有多少人结过婚了。”

“我邀请了爱德华明天来共进午餐。”伯莎说。

① 伦敦西部一地区，住着许多不同国家和民族的人。

第五章

第二天，吃完午餐，莱伊小姐便躲进客厅，打开包裹，取出刚从米迪图书馆送来的书。她粗略地翻了翻，跳着读了几页，看了看大致的内容，一面还在想刚吃完的那顿饭。当时，爱德华·克拉多克有些紧张，在椅子上坐不住，见莱伊小姐需要，就总是给她递盐和胡椒这类东西，显得有些过分殷勤。显然，他想表现得亲切友好。同时，他也很克制，没有热恋中的人应有的快活和热情。莱伊小姐不禁自问，他是不是真的爱她侄女。在这个问题上，伯莎显然深信不疑。她满面春风，一个劲地盯着小伙子看，仿佛他是她见过最讨人喜欢、最令人赞叹的物件。莱伊小姐没想到，这姑娘还有这么奔放的一面，尤其是跟她以往的矜持相比。现在，就算全世界都知道她的感情，她似乎也不在乎一丝一毫。她不仅爱得幸福，而且爱得自豪。大夫自以为可以搅和这段感情，莱伊小姐可要笑出声了……莱伊小姐很清楚，理智的洒水壶浇不灭爱情的烈焰；她既然因此无意妨碍这对恋人，也就不想目睹这场姻缘的开始。于是，吃过午餐，她就说乏了，想去躺会儿，便独自去了客厅。一来成全了这对恋人，他们落得舒坦，二来给自己行了方便，她也落得自在，这样一想她就高兴。

她从那捆书中挑了本看着最顺眼的读了起来。不一会儿，仆人打开门，通报格洛弗小姐来访。莱伊小姐的脸上掠过一丝厌烦的神色，紧接着又换上一副甜美而亲切的面孔。

“噢，不用起身，亲爱的莱伊小姐。”见女主人缓缓从沙发上站起来，这位客人便说道。

莱伊小姐跟她握了手,便攀谈起来。她说很高兴见到格洛弗小姐,心里想的却是,这位可敬之人的知礼守礼真叫人生厌。上个礼拜,格洛弗兄妹到莱伊府赴宴;七天后,格洛弗小姐便准时来登门道谢。

格洛弗小姐为人正派,却很呆板,这让莱伊小姐无法忍受。在她看来,做一个蓓姬·夏普这样的邪恶之人,比做一个爱米莉亚这样的愚蠢之人①要好上一万倍。

“抱歉,女士,众所周知,萨克雷给我们呈现了爱米莉亚这样内心纯洁、心地善良的英国姑娘,她的这种优良品德正是大不列颠之所以伟大,盎格鲁-撒克逊民族之所以高贵的根源所在。”

“我毫不怀疑,萨克雷的本意确是如此。但是依你看,小说家在描画普通的英国姑娘时,为什么把她们无一例外地写成十足的傻瓜?”

“女士啊女士,您这可是异端邪说。”

“不,先生,这不过是个问题,出于好奇而提出的问题。”

“想必是他们缺乏技巧。”

“是这样倒好了。”

格洛弗小姐是天底下脾气最好、心肠最好的大善人,有惊人的克制力和无私精神;不过,谁要是觉得她风趣,那此人绝对是个十足的疯子。

“她真是个可敬的大好人,”莱伊小姐这样评论她,“在教区做了一件又一件好事,可她真的太无趣了,只适合待在天堂!”

这时,莱伊小姐的脑海中闪过一幅画面——格洛弗小姐年事渐高,却神采依旧,苍白的头发披在背部和羽翼后面,手抚一把金色竖琴,从早晨到中午,直至晚上,用她的尖嗓子唱着赞美诗。实际上,

① 《名利场》中的两位女性角色。

一般对于天堂服装的概念在格洛弗小姐身上并不适用。她是个二十八岁上下的女子,但看上去从二十到四十岁之间皆有可能。你会感觉她从来都是那副模样,岁月丝毫无法磨灭她那股精气神。她没有什么身段,衣服挺括,而且硬邦邦,感觉像是穿了副盔甲。她几乎总是穿着一件紧身的黑色罗纹短上衣,一看就非常耐穿,裙子极其朴素,脚上穿着一双结实的靴子,真的很结实!她的帽子不论阴晴冷暖都能戴,而且是她自己做的!她从不戴面纱,脸上的皮肤又干又硬,紧紧绷在骨头上,棱角显得异常分明。她突出的颧骨红扑扑的,红得不均匀,毛细血管清晰地露出来,形成一张网。她的鼻子和嘴巴,说得好听点,显得性格坚毅。她浅蓝色的眼睛微微凸起。吹了十年的东英吉利①寒风,她脸上的柔滑全给吹走了,凛冽的狂风似乎把她的头发也吹白了,说不出是褪了色的棕色,还是失去了光泽的金色。发根从头盖骨上冒出来,间距异常远,莱伊小姐总是想,记录天使②数起她的头发丝该有多轻松。不过,尽管她外表看起来强硬不妥协,让人以为她意志坚定,但其实,格洛弗小姐特别忸怩,特别怕难为情,动不动就脸红,一见到生人就痛苦得要命,半天憋不出一句话来。同时,她心肠极软,体恤他人,有同情心,心里充满了对人类同胞的爱和怜悯。她还格外多愁善感!

"令兄近来可好?"莱伊小姐问。

格洛弗先生是利纳姆③的教区牧师,利纳姆临近特坎伯雷公路,距莱伊府约一英里。他任职后,一直由格洛弗小姐替他操持家务。

"噢,他很好。当然,他最近在为不奉国教者④的事发愁。要知

---

① 在英国东部,包括诺福克郡和萨福克郡。
② 基督教《圣经》所载专门记录人的行为善恶供末日审判用的天使。
③ 虚构地名,对照现实中肯特郡的一个行政教区"莱纳姆"。
④ 指不顺从英国国教的新教徒。

道，这些人正在利纳姆盖一座新的教堂，太可怕了。”

“午餐时，克拉多克先生说起过此事。”

“噢，他和你们一起用午餐了？我不知道你们跟他的交情都到这份上了。”

“我想他这会儿还没走，”莱伊小姐说，“他没来道别过。”

格洛弗小姐看着她，想知道更多信息。但在事情变得更复杂之前，千万别指望莱伊小姐会把一切说清楚。

“伯莎最近好吗？”格洛弗小姐问，她的话题无非是打听双方都认识的人。

“噢，当然好了，她乐得飞上了七重天①呢。”

“啊！”格洛弗小姐说，她完全不明白莱伊小姐的意思。

她有些怕这位年长的女士。她的哥哥查尔斯说，恐怕莱伊小姐是个老于世故的人，尽管如此，格洛弗小姐不得不敬重这位在伦敦和欧洲大陆住过的女子——她跟法勒教长②碰过面，还见过玛丽·科雷利小姐③。

“当然，”她说，“伯莎这么年轻，自然是朝气蓬勃。”

“嗯，真的，我希望她过得幸福。”

“你一定很担心她以后的生活，莱伊小姐。”格洛弗小姐发现这位女主人的言论真是晦涩难懂，倒感觉自己傻乎乎的，脸上一下子火辣辣的。

“一点也不担心。她能自己做主了，而且跟大多数年轻女子一样，四肢健全，头脑清楚。当然，话说回来，这也是一大隐患。”

“抱歉，莱伊小姐，”牧师的妹妹说，语气中透着忧虑，让莱伊小

① 西方传说中的至善之地、极乐世界。
② 弗雷德里克·威廉·法勒(1831—1903)，英国圣公会牧师、教师、作家，曾任坎特伯雷大教堂教长。
③ 玛丽·麦基(1855—1924)，英国小说家，笔名玛丽·科雷利，是当时的畅销书作家。

姐感到一阵内疚,“可我真的不明白,隐患是什么?”

“婚姻,亲爱的。”

“伯莎要嫁人了?噢,亲爱的莱伊小姐,恭喜你。你一定又高兴又骄傲!”

“亲爱的格洛弗小姐,别激动。你要是想恭喜谁,那就恭喜伯莎,别恭喜我。”

“可我太高兴了,莱伊小姐。想到亲爱的伯莎要嫁人了,查尔斯也会高兴坏的。”

“她要嫁给爱德华·克拉多克先生。”莱伊小姐不动声色地说,生生打断了对方的一腔热情。

“啊!”格洛弗小姐吓得张口结舌,脸色都变了,接着又回过神来。“不会吧!”

“你好像很意外,亲爱的格洛弗小姐。”这位年长的女士说,淡淡地笑了笑。

“太意外了。我以为他俩不怎么熟,况且——”格洛弗小姐突然不说话了,看起来很尴尬。

“况且什么?”莱伊小姐尖刻地问。

“唔,莱伊小姐,克拉多克先生当然是个不错的青年,我很喜欢他,可我从没想过他和伯莎般配。”

“那就要看你怎么理解‘般配’了。”

“我一直期望伯莎能嫁给托尔斯那儿的小布兰德顿先生。”

“哼!”莱伊小姐说,她可不喜欢邻乡那位乡绅的母亲,“真不知道布兰德顿先生好在哪里,除了拥有四五代特别愚蠢的祖先留下的财产,还有两三千英亩租不出去也卖不出去的田地。”

“克拉多克先生当然是个优秀的青年,”格洛弗小姐接着说,她怕自己多嘴,“您要是认可这门婚事,别人谁也不能多说什么。”

“我没有认可这门婚事,格洛弗小姐,但我还不会傻到提出反对。对一个有足够的钱养活自己的女人而言,结婚从来都是不可救药的愚蠢之举。”

“婚姻是教会的制度,莱伊小姐。”格洛弗小姐相当严肃地应道。

“是吗?”莱伊小姐反驳道,“我一直认为,婚姻只是一种协议,是给离婚法庭的法官赏碗饭吃。”

格洛弗小姐倒是识趣,没有接这茬。

“你觉得他俩在一起会幸福吗?”

“我觉得不大可能。”莱伊小姐说。

“嗯,你不觉得你有责任——恕我多嘴,莱伊小姐——做点什么吗?”

“亲爱的格洛弗小姐,我认为,他们不会比大多数夫妻来得更不幸。人活在这个世上,最大的责任就是不管闲事。”

“这我可不敢苟同,”格洛弗小姐不以为然地说,“要是责任来得那么轻松,那还配叫什么责任。”

“啊,亲爱的,你眼里的幸福生活就是老干些不讨好的事,而我则喜欢采集玫瑰,及时行乐——而且要戴上手套,免得被棘刺扎到手。”

“这可不是赢得成功人生的办法,莱伊小姐。我们都得努力奋斗。”

“我亲爱的格洛弗小姐!”伯莎的姑姑说。

她想,一个比她小二十岁的女人规劝她,让她更努力地生活,这有些无礼。可是,她想到这样一幅画面——这个可怜兮兮、打扮难看的姑娘和一个有角有尾的分趾蹄魔鬼在搏斗——就觉得虽很可笑,却也可怜。于是莱伊小姐勉强克制住内心的冲动,没去与她争论，没去吓唬她这位可敬的朋友。

就在这时，拉姆齐大夫走了进来。他和两位小姐握了手。

“我想我该顺道来看看伯莎。”他说。

“可怜的克拉多克先生又多了个对手，”莱伊小姐说，“格洛弗小姐认为，我应该严肃对待此事。”

“我的确这么认为。”格洛弗小姐说。

“我还是少女的时候，”莱伊小姐说，“就总是尽量不严肃地对待事情，恐怕我现在是轻浮得无药可救了。”

这番断言和莱伊小姐古板的样子放在一块儿，对比之下，着实好笑，但格洛弗小姐只觉得无法理解。

“说到底，”莱伊小姐接着说，“十有八九的婚姻多少是有些不如意的。你说小布兰德顿更合适，但事实上，祖宗再多，对婚姻幸福也没什么特别的帮助。除此之外，我没发现他和爱德华·克拉多克之间有什么明显的区别。布兰德顿先生上过伊顿公学①和牛津大学，可他本事真大，居然让人瞧不出来。实际上，他比克拉多克先生这样的绅士农民好不到哪儿去，只不过一家走上坡路，一家走下坡路。布兰德顿家代表过去，克拉多克家代表未来。尽管我不喜欢改革和进步，但放在嫁人上面，我个人更喜欢振兴家业而不是败家的人。天哪！你这是在逼我说教呀。”

真是奇怪，反对的声音倒让莱伊小姐成了爱德华·克拉多克的捍卫者。

“嗯，”大夫用他严肃的声音说，“我喜欢那些安分守己的人。这年头，谁都想往上面一层爬，干苦力的学做买卖的，做买卖的模仿专业人士。”

---

① 英国著名的贵族中学，创办于1440年。

“而专业人士是所有阶层中最糟糕的①，亲爱的大夫，”莱伊小姐说，“他们学贵族老爷的样子，而贵族之中很少有值得钦佩的榜样。有趣的是，每一个阶层都认为自己跟上面的阶层同样出色，同时对下面的阶层不屑一顾。事实上，唯一正确看待自身地位的社会阶层是仆人。我一直认为，南肯辛顿②那些绅士家里的仆人比他们的主子要讨人喜欢多了。”

这个话题不是格洛弗小姐和拉姆齐大夫有资格讨论的，所以冷场了片刻。

“你能说出这桩婚事的哪怕一个好处吗？”大夫突然发问。

莱伊小姐看着他，样子像是在思考，接着又冷冷一笑，说：“我亲爱的大夫，克拉多克先生是个实在人，就算他把月亮给望穿了，也诗情画意不起来。”

“莱伊小姐！”牧师的妹妹说，带着恳求的语气。

莱伊小姐逐一扫了两人一眼。“要我认真说吗？”她问，样子比平常严肃许多，“姑娘真心爱他，我亲爱的大夫。毕竟，婚姻有风险，只有情欲，才让人值得冒这个险。”

一听到“情欲”这个词，格洛弗小姐不自然地抬起头。

“不错，我知道在英国大家都怎么想，”莱伊小姐说，她捕捉到了那个眼神，也明白其中的含义，“大家认为，结婚的理由可以是千千万万种，却唯独不是天经地义的那个——而那正是繁殖的本能。”

“莱伊小姐！”格洛弗小姐惊呼，脸一下羞红。

“噢，你不小了，也该理智地看待此事了，”莱伊小姐回答，语气有些冷酷，“伯莎不过是个被男性吸引的女性，这是婚姻唯一合情合

① 指医生、律师等，暗讽拉姆齐大夫。
② 伦敦一高级住宅区。

理的基础——要是反过来，在我看来只能说是下流。男方的社会地位不同又有什么关系，本能与社会阶层毫不相干。我要是爱上了谁，就算是个跑堂的我也不在乎，只要他向我求婚——我一定会嫁给他。"

"哟，这话倒是不假！"大夫说。

然而，莱伊小姐的兴致来了，便插嘴道："女人的特定功能是繁殖后代，聪明的女人会选择强壮健康的男人来当孩子的父亲。我可受不了那些看脑子嫁人的女人。会算深奥的数学题的丈夫有什么用？女人就需要男人有强壮的臂膀和牛一样的消化能力。"

"莱伊小姐，"格洛弗小姐打断了她，"我争不过你，但我知道你说得不对。我觉得不应该听你的，查尔斯也一定不爱听。"

"亲爱的，你跟大多数英国姑娘一样长大——也就是说，跟傻瓜一样。"

可怜的格洛弗小姐涨红了脸。"无论如何，我从小受的教育就是把婚姻当作神圣的制度。我们生在世上要禁欲苦行，而非沉迷其中。希望我绝不会动了心思，把这种事想成你说的那样。我要是嫁人，我知道我根本想不到肉欲。我把婚姻视作精神上的结合，我的责任是爱、尊重、服从我的丈夫，协助他、照顾他，与他共度一生，直到生命走到尽头，也能从容面对。"

"一派胡言！"莱伊小姐说。

"我本以为，在所有人当中，"拉姆齐大夫说，"你是头一个要反对伯莎下嫁的。"

"他们不可能幸福。"格洛弗小姐说。

"为什么？我以前在意大利认识一位尤斯蒂蒂娅·肖夫人，她嫁给了家里的侍从。她让他跟着她姓，两人经常豪饮。他们非常幸福地在一起过了四十年，后来男的饮酒过度死了，可怜的尤斯蒂蒂娅夫人过于伤心，后来震颤性谵妄①发作，也一命呜呼了。怪可怜的。”

“我不能想象，你会饶有兴致地盼着自己唯一的侄女遭此厄运，莱伊小姐。”格洛弗小姐说，她对待什么话都那么严肃。

“要知道，我还有个外甥女，”莱伊小姐回答，“我的妹妹，沃德雷太太，有三个孩子。”

这时，大夫插嘴道：“噢，我认为你不必操心此事；我有权向你宣布，伯莎和小克拉多克的婚约就此解除。”

“什么！”莱伊小姐叫道，“我不信。”

“真的吗？”格洛弗小姐同时喊出声来，“啊，我可算放心了。”

拉姆齐大夫满面笑容，得意得直搓手。“我知道我该阻止这事，”他说，“莱伊小姐，现在你怎么想呢？”

看到她窘迫的样子，他显然很得意，莱伊小姐变得十分生气。

“你不把话说清楚，我能想什么？”她问。

“他昨晚来见我——还记得吧，他主动要求和我面谈——我把事实摆在他面前。我跟他谈了，告诉他这门婚事不可能成。我还说，利纳姆和黑马厩镇的人会说他攀高枝儿。我恳求他为伯莎着想。他是个诚实坦率的男人，我总是这么说他。我让他明白这样做是不对的，最终他承诺解除婚约。”

“他不会信守那种诺言的。”莱伊小姐说。

“噢，是吗！”大夫叫道，“我可是看着他长大的，他宁死也不肯食言。”

“可怜的小伙子！”格洛弗小姐说，“他一定难过死了。”

“他像个男子汉一样挺住了。”

莱伊小姐噘起嘴，都快看不见嘴唇了。“那他应当什么时候把

① 又称戒酒性谵妄，急性脑综合征，多发于酒精依赖者突然断酒或减量。

你那荒谬的建议付诸行动呢，拉姆齐大夫？”她问。

“他说他今天到这儿吃午餐，会借此机会叫伯莎放手。”

“这男人真蠢！”莱伊小姐自言自语地嘀咕道，但叫人听得很清楚。

“我觉得他太伟大了，”格洛弗小姐说，“我一定要当面夸夸他。”

“我说的不是克拉多克先生。”莱伊小姐厉声道。

格洛弗小姐看着拉姆齐大夫，想看看他面对无礼有什么反应。可就在这时，门开了，伯莎走了进来。莱伊小姐瞥了一眼就看出了她的心思。伯莎显然一点也不难过，脸上没有泪痕，不过双颊比平常更红，嘴唇紧紧抿着。莱伊小姐断定，侄女这是粉面含煞。然而，她驱散了脸上的怒气，满面笑容地跟客人打招呼。

“格洛弗小姐，你能来，真是太好了。你好！拉姆齐大夫……噢，对了，我想我必须请你，嗯，今后不要干涉我的私事。”

“亲爱的，”格洛弗小姐插嘴道，“这么做是出于好意。”

伯莎看向她，脸更红了，说：“啊，我算看出来了，你们一直在合计着这件事。你们可真行！爱德华一直在劝我跟他分手。”

拉姆齐大夫满意地点点头。

“被我拒绝了！”

拉姆齐大夫一下子跳了起来，格洛弗小姐抬起手，叫道：“哎呀！哎呀！”莱伊小姐放声大笑，她这一辈子，别人难得有机会见她这么笑。

这会儿，伯莎确实喜形于色。“他声称要解除婚约，被我一口回绝。”

“你的意思是，他求你，你也不会放他走？”大夫说。

“你以为我会让我的幸福毁在你手里？”她轻蔑地问，“我发现你一直在捣鬼，拉姆齐大夫。可怜的人儿，他认为，我不谙世故，是占了我的便宜,这样做不光彩。我告诉他,我跟他说过一千遍,我爱他,不能没有他……噢,我觉得你应该感到害臊,拉姆齐大夫。你拆散我和爱德华,居心何在?”

最后一句话伯莎说得怒不可遏,喘着粗气。拉姆齐大夫吓了一跳,格洛弗小姐则低下头,心想,这种说话方式有失淑女风范。莱伊小姐敏锐的目光玩味地从这几个人身上扫过。

“你以为他真的爱你?”格洛弗小姐终于开口了,“依我看,他要是爱你,不会这么轻易就想放弃。”

莱伊小姐笑了。向来如天使般善良的一个人,居然提出如此狡诈的意见,真是稀奇。

“他主动提出跟我断绝来往,是因为他爱我,”伯莎自豪地说,“他这么做,让我更爱他一万倍。”

“我真受不了你,”大夫叫道,气得不能自已,“他娶你,是看上你的钱。”

伯莎轻轻一笑。此时她正站在炉火旁,于是转身对着镜子……她看着自己搁在壁炉台边缘的双手,生得小巧玲珑,手指纤细,指甲呈最柔和的粉色。这是世上最纤柔的一双手,专为爱抚而生就。她知道自己的手有多美,所以没戴戒指。这双手让伯莎颇为满意。接着,她抬头瞧了瞧,看见镜子里的自己:她对着自己深色的眼眸凝视了一会儿,这双眸子有时闪着光,有时热切地传达爱的信号。她望着自己的耳朵,小小的,呈粉红色,像贝壳一样;这双耳朵让人觉得,没有什么材料比组成人类身体的材料更受艺术家那双手青睐的了。她的头发也是深色的,如此浓密,都不知道该怎么打理才好,只能任其拳曲,叫人看着都想用手抚过她的发丝,可以想象摸起来一定很舒服。她用手指在一侧拨弄,捋了捋一绺散乱的头发。她心想,随便别人怎么说,她的头发就是好看。伯莎不知道自己为什么浑身都是深色的。实际上,她橄榄色的皮肤使人想起南方炽热的激情:她有翁布里亚[1]美女般的肤色,光洁而柔滑得难以形容。有个画家曾说,她的皮肤蕴含落日全部的色彩,是落日边缘那光辉与天空交织的色彩,里面有许多柔和的色调——奶油色、象牙色、玫瑰花蕊的浅黄色,还有最浅最浅的浅绿色,统统焕发着灿烂的光华。她又瞧了瞧自己饱满的丹唇,简直性感得要命。伯莎对着自己笑了,露出整齐又白亮的牙齿。这一番打量,让她自己也脸红了,姣好的暗色面容显得更标致了。她缓缓转过身子,面对正在看她的三人。

“你认为没有哪个男人会看上我这个人?您真不会讨人欢心,亲爱的大夫。”

莱伊小姐心想,伯莎确实胆大得很,竟敢如此招惹两个女人的非难,两个还都是未婚;但她没说出来。莱伊小姐的目光从那雕塑般的脖子,移到那细巧的胳膊上,再望向那姣好的身段。

“你美得不能再美了,亲爱的。”她微笑着说。

大夫面露愠色,说:“你拿她这种疯狂之举也没办法吗,莱伊小姐?”

“亲爱的拉姆齐大夫,我自己的生活就够我操心的了,可别叫我再掺和别人的事了。”

---

① 意大利中部和北部一地区。

第六章

伯莎彻底沦陷,纵情享受着爱。她生性乐观,做事从来不会半心半意,她现在不想费心隐瞒自己的感情了。爱是一片大海,她勇敢地跳入海中,不管是浮是沉。

“我真傻,”她跟克拉多克说,“我还以为,在我之前没人谈过恋爱。我感觉这个世界才刚刚开窍。”

她一刻也不愿与他分开。上午,她一心只盼着恋人来家里吃午餐,餐后陪他走回农场。下午的时光似乎没有尽头,要想再次见到他,还得熬过好几个钟头,每一秒她都细数着。但是,等他干完活,过来见她,两人挨着坐在炉火旁,一边说着话,可别提有多幸福了。伯莎不需要别的亮光,只要煤块燃烧时忽明忽暗的火光,这样一来,除了他们坐着的一小块地方,整个屋子都是黑的。红色的火焰照在爱德华的脸上,映出一片红光和奇特的影子。她就爱盯着他看,看他轮廓分明的面孔,看他灰色的双眸。接着,她情难自已。

“闭上眼睛。”她低语道,说完吻了吻他闭着的眼睑,又将双唇缓缓划过他的唇,柔软的触感让她全身一震,笑出声来。她把脸埋进他的衣服里,吸入那慑人的乡间气味,那一直以来让她神魂颠倒的气味。

“你今天都干什么了,亲爱的?”

“嗨,这阵子农场上没什么事,就是犁地和运送根茎。”

听他讲农场上的事情,她便陶醉其中,可以的话,她能听他讲上几个钟头。爱德华说的每一个字都富有魅力和新鲜感,伯莎的目光没有从他身上移开过。她喜欢看着他说话,往往没怎么听进去,只是注视着他的神情变化。他说话的时候,比如讲某块地的灌木排水问题时,有时正巧发觉她笑得无比开心,便对此感到费解。不过,她确实对他所有的家畜都有浓厚的兴趣,但凡有哪头小阉牛抱了恙,她总会问候一番。想到这位壮汉和他的牲畜在一起的画面,她就觉得高兴,想着想着,连她自己的肌肉都紧实了起来。她决定学骑马、学打网球和高尔夫,这样就能陪他消遣。她自己的才艺似乎是多余的,甚至是丢脸的。看着爱德华·克拉多克,她意识到,人类的确是万物的主宰。她看着他大步流星地跨越田野,到处给工人下命令,有本事指挥他们农作,一副无畏、勇敢、自如的模样。她通过观察他的形象,发现了这么多优秀品质,真让人难以置信。

随后,说起他雇的人,她想象不出比拥有这样一位主人更大的福气了。

"我真想在你的农场里当挤奶工。"她说。

"我不请挤奶女工,"他回答,"倒有个男的送奶工,更顶用。"

"你这个可爱的家伙,"她叫道,"真是实在!"

她抓起他的手盯着看。

"我有时候挺怕你的,"她笑着说,"你这么强壮。在你身旁,我感觉自己太软弱,太无能了。"

"你怕我打你?"

她仰头望着他,又低头看着他结实的双手。

"我觉得,你要是真动手,我也不会在意。我想,那样我只会更爱你。"

他突然大笑起来,亲了亲她。

"我没开玩笑,"她说,"我现在明白了,为什么有些女人喜欢粗暴的男人。据说有的女人可以忍受丈夫做的任何事。男的越野蛮,这些女的就越爱。我想我就是这类人。但我从没见你发过脾气,爱迪。你发火的时候是什么样子?”

“我从来不发火。”

“格洛弗小姐跟我说,你是天底下脾气最好的。你这么完美,我很害怕。”

“别把我想得太好,伯莎。要知道,我不是模范男人。”

他说了这么一番可笑又谦虚的话,她当然要吻他了。

“我很满足,”她回答,“我不要你完美。你当然有缺点,不过我还没发现。等我发现了,我知道我只会更爱你。女人要是爱上丑陋的男人,就会说丑陋反而平添了他的魅力。我会爱你的缺点,因为我爱你的一切。”

两人坐了一会儿,相顾无言,此时无声胜有声。伯莎希望能永远这样依偎在他的怀里。她忘了克拉多克很快就要胃口大开,饱餐一顿。

“让我瞧瞧你的手,”她说。

她也爱这双手。这双手又大又粗,因为干粗活,又挨冻,所以长得很结实;她想,比起城里男人那种软绵绵的手,这双手要迷人十倍。她感受到这双手坚实而阳刚,让她想起意大利一家博物馆里的一只雕塑手,是用斑岩雕刻的,因为某种原因未经最后打磨,细部的缺失让她感受到一种巨大的力量,与这双手给她的感觉一模一样。他的双手也很可能就是半神半人或英雄的手。她展开那一根根又长又壮的手指——克拉多克本就不怎么了解她,这一来,使他诧异又饶有兴味地看了看她。她发觉他瞥了她一眼,便笑着俯身亲吻他的手心。她想在这个强壮的男人面前卑躬屈膝,俯首帖耳。她愿做他的女仆,为他干最卑贱的粗活,才能让她得到莫大的满足。满腔的激情,她无从表达。

伯莎喜欢跟她的情郎步行到镇上,吸引别人投来注视的目光,她知道他们对这门婚事多么感兴趣。爱德华·克拉多克打小他们就认识，就算他们没想到她竟会看上他，又怎么样呢？她为他感到骄傲，为当他的妻子而感到自豪。

一日，天气舒适——在这个时节，这种天算是暖和的了——她靠在篱笆旁的台阶上，克拉多克站在她身边。两人不说话，只痴痴地望着彼此。

“瞧，”克拉多克突然开口说，“是亚瑟·布兰德顿。”

他瞥了眼伯莎，然后不安地来回扫视，好像不希望跟那人碰面。

“他之前一直不在家，对吗？”伯莎问，“我想见见他。”她十分乐意全世界的人都看见他俩。“下午好，亚瑟！”那个年轻人走近时，她喊道。

“噢！是你吗，伯莎？嘿，克拉多克！”他看着克拉多克，寻思他怎么会跟莱伊家的大小姐在一起。

“我们刚溜达去了利纳姆，我累了就在这儿歇歇。”

“啊！”小布兰德顿觉得奇怪，伯莎竟然跟克拉多克去散步。

伯莎大笑起来。“噢，他还不知道，爱德华！整个郡里只剩他没听说了。”

“听说什么？”布兰德顿问，“我上个礼拜在约克郡，到我姐夫家去了。”

“我和克拉多克要结婚了。”

“你俩，啊！”布兰德顿叫道。他看了看克拉多克，然后尴尬地表示祝贺。他们闭着眼都能瞧出他的错愕。克拉多克脸红了，他知道错愕的原因是，伯莎竟会愿意嫁给自己这种身无分文的穷光蛋，这种没有家世的人。“希望你们会邀请我参加婚礼。”年轻人这么说是为了掩饰他的困惑。

“噢，我们不打算大张旗鼓，就请几个自己人，拉姆齐大夫、我姑姑，还有伴郎。”

“那我不能去吗？”布兰德顿问。

伯莎迅速看了眼爱德华，想到他会找个在当地没什么分量的人给他当伴郎，她心里早就有些不舒服了。她毕竟是莱伊府上的大小姐，她也早就发现了恋人的某些朋友不怎么上得了台面。这下机会来了，解决这个问题的现成办法就在眼前。

“恐怕不行，”她这样回应布兰德顿的恳求，“除非你能让爱德华请你担任伴郎这个重要角色。”

结果两个男人都被她弄得十分尴尬。布兰德顿不怎么想给爱德华当伴郎——“当然了，克拉多克是个不错的男人，擅长运动，但你不会想到伯莎·莱伊这样的姑娘会嫁给他这种家伙。”而爱德华呢，心里很清楚这个比自己小的男人是怎么想的，因此默不作声。

不过，布兰德顿到底还是懂些上流社会的礼节，于是打破了片刻的冷场。

“克拉多克，谁来当你的伴郎？”他只能这么问。

“不知道，还没想过。”

这时，布兰德顿领会到伯莎的眼色，突然明白她的意图及其背后的原因。

“要不让我来当？”他马上说，“你或许会发现我悟性很高，伴郎该做的事我很快能学会。”

“我很愿意，”克拉多克回答，“你人真好。”

布兰德顿看着伯莎，她笑了笑表示感谢，他发现她这下高兴了。

“你们去哪儿度蜜月？”他马上又问，想找些话题说。

“不知道，”克拉多克回答，“我们现在没什么时间去想。”

“你们真是对什么计划都还没主意。”

他跟两人握手道别，伯莎用力握了一下以表感激，他便离开了。

“傻瓜,你真的没想过蜜月的事?”伯莎问。

“没有!”

“好吧,我想过。我想好了,都定下来了。去意大利,我打算带你去看看佛罗伦萨、比萨和锡耶纳,一定会是趟美妙的旅行。我们不去威尼斯,那儿太伤感。都十九世纪末了,有自尊的人没法在凤尾船上谈恋爱……噢,我渴望与你去意大利南部,去看那湛蓝的天空和夜晚数不清的繁星。”

“我从没出过国。”他不冷不热地说。

但她的热情足够两人份了。“我知道,我乐意带你去一一领略。这趟旅行我会比以往任何时候都更尽兴。你肯定会大开眼界。要是我们愿意,可以待上半年。”

“啊,我绝对不行,”他叫道,“想想农场怎么办。”

“哎哟,别管什么农场了。这可是我们的蜜月,*我的爱人*[①]。”

“我想我绝不能离开两个礼拜以上。”

“胡说什么!我们不可能在意大利只待两个礼拜。没有你,农场照样能好好的。”

“一二月份呢,产羊羔都在这个时候。”

他不想打击伯莎的热情,但羔羊来到这个危险的世界时,他要是不在场照看着,确实一半的羔羊都得没命。

“那你也得去,”伯莎说,“我下定决心了。”

他把头低下去了一会儿,看起来相当不高兴。

“一个月不行吗?”他问,“你真要什么,我都会去做,伯莎。”

但他明显不喜欢这个提议,这可伤了她的心。见他要顶嘴时,她才会犯倔;而他刚一松口,她便深怀愧疚,心软了下来。

---

① 原文为意大利语。

“我真是自私又蛮横！”她说，“我不想让你难受，爱迪。我以为出国能让你高兴，我已经把一切都计划得如此完美……那我们不去了，我讨厌意大利。咱们就去伦敦待两个礼拜，像两个乡巴佬进城一样。”

“噢，可是你不会喜欢的。”

“我当然喜欢。你喜欢的，我都喜欢。只要能跟你在一起，你觉得我还会在乎去哪儿吗？……你没生我的气吧，亲爱的，对吗？”

克拉多克的脾气可好了，表示他没生气。

莱伊小姐被格洛弗小姐强迫，心不甘情不愿地给某个慈善机构做事。伯莎告诉她蜜月计划有变的时候，她正在织婴儿穿的短袜（这是她能做的最小的服装），听到这个消息，她漏织了一针！莱伊小姐聪明得很，什么也没说，但她心想，世界末日是不是要来了。伯莎原先的一连串计划像易碎的玻璃被打破，可她确实看起来很高兴。放在一个月前，若是有人反对，让她放弃早就拿定了的主意比让她横渡重洋、攀登绝壁还要难。果然，爱情是魔术师，可以像把手帕变成花盆一样，轻易就把狮子变成羔羊！莱伊小姐对爱德华·克拉多克佩服了起来。

克拉多克跟伯莎分开后，在回家的路上遇到利纳姆的教区牧师。格洛弗先生是个高个子，脸庞瘦削，肤色白皙，身材单薄，双颊泛红——颇像男版的格洛弗小姐，但他身上有一股明显的消毒剂的味道。莱伊小姐断言，他准是在衣服上撒满了碘仿粉，每天用石炭酸洗澡。他精力充沛，乐善好施，憎恶不奉国教者，且年过四十。

“啊，克拉多克，我正想要见你。”

“牧师,不是谈结婚公告[1]的事吧?我们要得到特许[2]才结婚呢。”

和许多乡下人一样,爱德华觉得神职人员总有几分滑稽——可别不让他们笑话,这可是他们生活中唯一的笑料——他经常拿牧师开玩笑,别的事情他可开不起玩笑。牧师大笑起来,这是乡下牧师的一大优点,他们乐意听教区居民说笑,被居民逗乐。

“这么说,婚事都定下来了?小伙子真有福气。”

克拉多克挽着格洛弗先生的胳膊,友好的态度自然地流露出来,他这么多朋友就是这么来的。“对,我有福气,”他说,“我知道你们这些人都觉得伯莎和我结婚很奇怪,但我俩很相爱,我要全心全意对她好。我从不到处寻欢作乐,牧师,你知道的,对吗?”

“没错,孩子,”牧师说,被爱德华的这番推心置腹所打动,“大家都知道你靠得住。”

“当然,她原本可以找社会地位比我高得多的人,但我会尽力给她幸福。我跟有些男人不一样,凡事对她没有任何隐瞒。我对她,就像她对我一样,完全坦诚。”

“能说这话,实属幸事。”

“我从来没爱过别的女人,至于往后的日子——嗯,当然,我年纪轻,进过几次城,但我对城里总是又讨厌又反感。待在乡下,努力干活,什么坏事也找不上门。”

“听你这么说,我很高兴。”格洛弗先生回答,“希望你能幸福,我也认为你会幸福。”

---

① 举行婚礼前三个星期天在所属教区教堂等处预先发布,给人以提出异议的机会。
② 特许是由坎特伯雷大主教签发的特殊婚姻许可,即可不必发布结婚公告,亦可不受通常的婚礼地点与时间限制。婚姻特许在当时很不常见,通常只颁发给贵族等社会上层人士,所以这是一句玩笑。

牧师感到一丝内疚，一开始他和妹妹都说这两人门不当户不对①（这个词兄妹俩都念得很难听），等他们得知此事已成定局，才开始明白自己的态度有失宽容。随后，两位男士握手告别。

“我把肚子里这番话一吐为快讲给你听，希望你别介意，牧师。我觉得，从某种角度来说，这事也归你管。我一直想把这样的心里话讲给莱伊小姐听，可不知怎么的总找不着机会。”

① 原文为法语。

第七章

正如伯莎所宣布的那样，她二十一岁生日的正好一个月后，婚礼举行了。随后，小两口动身前往伦敦度蜜月。伯莎明知道自己路上不会看书，却仍然带了一本，那就是《马可·奥勒留沉思录》[1]。至于爱德华，他认为乘火车旅行总是乏味的，便特地买了一本《六指女人之谜》，是书名吸引了他。一本小说还不够，他在车站又买了份《体育时报》[2]，这是下定决心不让自己闲下来。

"噢，"火车开动了，伯莎如释重负，长舒了一口气，说，"好开心，终于过上二人世界了。这下谁也不能烦我们，谁也不能拆散我们，我们一辈子都能在一起了。"

克拉多克一坐下就习惯性地翻开报纸，听到伯莎说话，便把报纸放了下来。

"婚礼总算办完了，这也让我很开心。"

"你知道吗，"她说，"去教堂的路上我很害怕，心想着，你也许不在那儿，你也许反悔逃走了。"

他笑了起来。"我到底为什么要反悔呢？这种事我从来不干。"

"噢，我可不能一本正经坐在你对面，弄得好像我们结婚已经有一百年了。你倒是往边上挪挪呀。"

她坐到他身旁，紧紧依偎着他。

"说你爱我。"她低语道。

"我很爱你。"

他俯身亲吻妻子，接着搂住她的腰，让她靠得更近。他有点紧张：要是哪个好事之徒，不顾车厢上写着“有人”，在这个时候走进来，克拉多克也不会真的不高兴。跟伯莎在一起，他不怎么自在，而且对命运的改变仍旧不知所措。莱伊府与比尤利农场之间确有天壤之别。

“我好幸福，”伯莎说，“有时候也害怕……你觉得会长久吗？你觉得我们会像现在这样一直幸福吗？我要的都得到了，我完完全全、彻彻底底心满意足。”她摸着他的手，沉默了一会儿。“爱迪，就算以后我变得又老又丑，你也会一直爱我，对吗？”

“我不是那种会变心的家伙。”

“噢，你不知道我有多爱你，”她深情地叫道，“我对你的爱永不会变，坚不可摧。我会全心全意永远爱你，直到生命的心头。要是能把我的感受统统说出来给你听就好了。”

英语近来似乎难当大任，不足以表达出她心中的百般滋味。

两人住进了一家远远超过他们负担能力的豪华宾馆。克拉多克为了省钱，建议别这么铺张，但伯莎不听。身为莱伊家的大小姐，二流的旅馆她从来都住不惯；况且，她对自己的新姓氏十分自豪，带着这个姓氏，不是伦敦最好的宾馆，她绝不登记入住。

伯莎越是看清丈夫的心思，越是觉得有意思。她爱这个男人的淳朴天真。她像扔掉破烂的丝绸披风一样，摒弃了多年来伴其左右的矫情，披上了那件非常适合她夫君的结实的土布袍子。见他对一切都怀着纯真的乐趣，她不禁着迷。对他而言，一切都是新鲜又稀奇的。他会冲着连环漫画报纸突然大笑起来，又总能在日报上发现

① 公元2世纪后期古代罗马皇帝马可·奥勒留传下来的一部个人哲学思考录，主要思考人生伦理问题，兼及自然哲学。
② 英国的一份体育周报，创刊于1865年，主要内容为体育运动，尤其是赛马。

叫他觉得精辟独到的评论。他是保持童真的大自然的孩子,他的心灵未受文明社会的无数反常现象的污染。在伯莎看来,了解他的过程就是在学习英国人身上的纯洁善良与正直刚毅。

他俩经常去剧院,伯莎喜欢看丈夫简单地享受乐趣。看到情节剧①的悲情桥段,伯莎不屑一顾地撇撇嘴,觉得有些好笑,而到了他那儿,随随便便就博得了眼泪。在黑暗中,他握紧她的手安慰她,以为妻子和自己有同样的感受。啊,她能感受到倒好了。她厌恶在国外受过的教育,在对各种画作、宫殿和罕见民族的研究过程中,她的思想从黑暗之中得以释放,却也摧毁了她一半的幻想。此刻,她宁愿变得简简单单、大字不识,保持天真无知,做回那个典型的、奶油色皮肤的英国姑娘。要学识有什么用? 精神贫乏之人才有福: 女人最需要的是纯洁和善良,还有,或许就是会做几道家常菜。

剧中的那对恋人——受伤的女主角和受冤枉的男主角——彼此心碎地道了别。此时,帷幕落下,掌声四起。爱德华清了清嗓子,擤了擤鼻涕。

“太精彩了!”他转身对妻子说。

“你真可爱!”她轻声说。

见他有如此深切的感受,她很感动。他的心灵该有多么干净又宽厚,多么简单又善良! 他轻易就会流露情感,这让她对他的爱平添十倍。没错,她因此厌恶起那些老于世故的人,他们尖酸刻薄,嘲笑内心简单的人淌下热泪。

帷幕升起,下一幕开场。爱德华迫不及待想看接下来的剧情,伯莎的话说到一半,他立马不去听了,全身心投入到剧中。观众已经看得够难受了,接下来就是轻松幽默。滑稽演员拿各种衣物插科

① 18 世纪末至 19 世纪中叶流行于欧洲的一种戏剧,其特点是充满奇情和夸张,多为惩恶扬善的结局。

打诨，在桌子和椅子上翻跟头。看到丈夫开怀大笑，伯莎再次为之着迷。听到他放肆地哈哈大笑，她便忍俊不禁。他仰起脑袋，双手放在两侧，放声大笑。

“他性格真好。”她心想。

克拉多克有极其严谨的道德观念，绝对不肯带妻子去歌舞杂耍戏院。伯莎早就在国外见过许多这类表演，是爱德华做梦都没见过的，但她尊重他的无知。她喜欢看他坚定地维护自己的原则，被他当作小女生的时候，她又觉得有些好笑。他们把剧院去了个遍。爱德华之前难得来过几次伦敦，观光的时候都是精打细算。这一回，又是买剧院的正厅前排票，又是穿礼服，全是他从没有过的体验，令他非常高兴。伯莎喜欢看丈夫穿晚礼服，黑礼服与他红润的气色很相配，而高领白衬衫衬托出他那饱受风吹日晒的古铜色的脸。他看上去无比强壮，男子气概十足。他是她的丈夫，除了死亡，谁也不能将他们分开——她深深爱着他。

克拉多克对戏剧的兴致丝毫不减，他总想知道剧情的发展，就连难懂的音乐喜剧的情节，他也能聚精会神地跟上。他什么都看不厌。连最单纯的人都觉得，欢乐门剧院①的滑稽讽刺剧中，那些幽默桥段与和声表演看多了有些发腻，就像太妃糖和黄油硬糖，长大后我们便无法理解年少时对这种美食的渴望。伯莎在国外学过一点音乐，在那里，学音乐是一种乐趣，而非义务。听到副歌部分了无新意的流行乐曲，她背上就一阵阵发麻，而克拉多克的内心深处却被打动。听到节奏强劲的庸俗曲调，他会跟着打拍子；乐队演奏爱国主题的进行曲时，随着铜管乐器刺耳的嘟嘟声和隆隆的敲鼓声，他的脸上焕发出容光。接下来几天，他总是吹着口哨，哼着那首曲

① 英国一家历史悠久的剧院。

子。“我爱音乐，”幕间休息[1]时他对伯莎说，“你不爱吗？”

她嫣然一笑，说她喜欢，且没有暗示那首曲子差点让她作呕，生怕伤了爱德华的心。但就算他在这方面的品味值得商榷，那又如何。毕竟，真诚朴实的曲子能打动人心，也非一无是处。只有在某种约定俗成的看法中，人们才认为，《田园交响曲》[2]是比《嗒啦啦嘣嘀唉》[3]更出色的艺术作品。或许在两三百年后，干什么都要靠电力，那时，人人平等，我们都成了幸福的社会主义者，受到良好的教育，拥有更高尚的品德。到了那时候，贝多芬那些复杂的曲子便一无是处，只有真诚朴实的滑稽歌曲才能迎合我们最简单的感受。

“等我们回到家，”克拉多克说，“我想让你弹给我听，我太喜欢了。”

“我很乐意。”她轻声说。她开始想象他俩在钢琴旁度过多少个漫漫冬夜；丈夫在身边为她翻着谱子，一面惊奇地听着她展现伟大作曲家的各种宝贵财富。她确信，他的品味确实不凡。

“我会好多曲子，我妈妈以前经常弹给我听，”他说，“哎呀，好想再听听，有些老歌真是百听不厌——《夏日最后一朵玫瑰》[4]《家啊，甜蜜的家》[5]，还有好多这样的歌。”

“啊，那场演出太棒了，”吃晚餐的时候，克拉多克说，“回家前我想再看一回。”

“你想做什么都可以，亲爱的。”

“我觉得晚上看演出对人有好处。能让我打起精神。你看了不

---

① 原文为法语。
② 贝多芬的代表作之一。
③ 19 世纪末开始传唱的一首英国民谣。
④ 一首古老的爱尔兰民谣。
⑤ 一首英国民谣，创作于 1823 年。

精神吗?”

“看见你开心,就对我有好处。”伯莎婉转地回答。

在她看来,演出很低俗,但由于丈夫热衷于此,她只能怪自己神经脆弱,荒唐可笑。她何必自命不凡,摆出一副鉴赏家的姿态?能给单纯的人提供这般乐趣的东西,她若觉得低俗,这种姿态本身不也有失高尚?她就像那种暴发户[①],为大众普遍缺乏高贵气质而犯愁。她已经厌烦了追根究底、吹毛求疵,以及堕落的文明的一切产物。

“看在老天爷的面上,”她想,“做人简单点,随便一逗就能乐。”

她记得有四个年轻小姐,出场时穿着肉色的紧身衣,别的便不值一提;她们跳着极不优美的吉格舞[②],观众看得兴起,硬是让再跳两遍。

在伦敦,若是没有正事可干,没有朋友可见,要想知道怎么打发时间,可就伤脑筋了。伯莎倒愿意成天跟爱德华坐在私人客厅里,望着他,沉浸在极度的幸福之中。可是爱德华有盎格鲁-撒克逊民族特有的充沛精力,一刻也不能闲着,正是这种精力造就了英国运动员、传教士和下院议员。

他每次吃早饭,刚塞下一大口,便无一例外地问:“今天我们干什么?”于是伯莎绞尽脑汁,翻遍《贝德克尔旅游指南》[③],找找有什么名胜可去。把伦敦当成异乡,有计划地探索一番,是他俩唯一的消遣。他俩去了伦敦塔,目瞪口呆地看了许多王冠和权杖,以及各种勋位的徽章;去了威斯敏斯特教堂,混在一群美国人和乡下人当中,被一个穿黑袍的教堂司事呼来喝去;还去了历代国王的墓地,看

① 原文为法语。
② 一种起源于英国通常为三拍子的快步舞,节奏活泼欢快。
③ 19 世纪德国出版商贝德克尔发行的欧洲各国旅行指南。

了所有该看的东西。伯莎对伦敦的古物产生了兴趣。她喜欢做库克旅行社①的游客，听凭看管人的指挥，叫她看哪儿就看哪儿，对最不可信的信息统统信以为真，很享受这种迟钝无知的感觉。伯莎感受着这种愚蠢，发现自己和同行者的关系更贴近了。爱德华对每一样东西的喜爱程度不同，图画就能让他厌烦（他唯一真正厌烦的东西），他俩的国家美术馆之行并不顺利。大英博物馆也没有得到他的认可。举个例子，他费尽心思转移伯莎的注意力，想让她的目光不移向各种裸体雕塑——展出这种雕塑完全不考虑保守之人的感受。有一回，她在一组雕塑面前驻足，赞叹雕塑很美——雕塑上只佩了些盾和剑，没穿什么衣物。爱德华不安地四处张望，生怕有人注意到他俩，敷衍地赞同这些雕塑好看，然后立马拉着她走开，去看不那么有争议的东西。

“我受不了这些个破玩意儿，”他对着帕提农神庙的三座女神雕像②说，“这破地方再叫我来，我一个子儿也不会给。”

他说的这几座雕像伯莎在心里是暗暗赞赏的，听了他的话倒感觉有些羞愧。

“你说说看，”他说，“那些没脑袋的东西美在哪里？”

伯莎说不出来，他便扬扬得意。他真是个可爱的棒小伙，她全心全意爱他！

不过，自然历史博物馆引起了克拉多克浓厚的兴趣。他在这儿轻松多了，没什么害臊的东西得防着妻子靠近，动物是谁都看得明白的。但动物让他想起肯特东部的乡下，想起他最喜欢过的生活。伦敦哪儿都挺好，可就是让他觉得不自在，而且他开始感到索然无味。伯莎也说起家里和莱伊府；比起当下，她总喜欢憧憬未来，就算

① 世界上第一家旅行社，创办于19世纪中期，创始人托马斯·库克（1808—1892）。
② 指收藏于大英博物馆的著名雕塑作品《命运三女神》。

是现在，在她最幸福的时刻，她也盼着之后回到利纳姆的日子，到了那时候，圆满的幸福才真正属于她。

眼下，她已经很满足了。这才婚后第八天，她却急切地希望安定下来，希望所有期盼得以实现。他们谈了谈要给房子做一些改建，克拉多克已经有了计划，要把花园整顿一番，要接管家用农场，由他自己来打理。

“我们现在在家就好了，”伯莎说，“伦敦我玩腻了。”

“我觉得我们待满两个礼拜也不要紧。”他回答。

克拉多克早就做好准备要在城里待上十四天，他的脑子可转不过弯来。要他改变原计划，认真考虑新计划，他就感到不安。而且，他总是坚持打定了主意的事，对此他引以为荣。

这时候，莱伊小姐寄来一封信，说她收拾好了行李，动身要去欧洲大陆。

“我们该叫她留下来吧？”克拉多克说，“这么快就把她给撵出去，好像有些粗暴。”

“你不想让她跟我们住一块儿，不是吗？”伯莎有些诧异地说。

“对，不想。可我不明白，你为什么这样把她打发走，就好像她是个仆人，给了她一个月时间走人。”

“噢，我会开口挽留她的。”伯莎说，丈夫再小的意愿，她也渴望去顺从。这样的顺从很容易，她知道莱伊小姐绝对不会接受这样的好意。

伯莎这时候谁也不想看见，尤其不想见她姑姑；她心里慌乱地感觉到，被一个参与过她旧生活的人侵扰，有碍自己的幸福。而且，她的感情太热烈，是藏不住的，要是在莱伊小姐面前喜形于色，让她发挥她挑剔的天性，伯莎会觉得羞耻。伯莎见了这位年长的小姐，只会觉得不自在：伯莎因为丈夫的缘故而由衷珍爱的东西，却被这位小姐不动声色地讽刺，温文尔雅地蔑视。

不过，莱伊小姐的回信表明，她对侄女这点心思的猜测，或许比伯莎料想的还要准。

我最亲爱的伯莎：

你的丈夫如此客气，请我留在莱伊府，我不胜感激。但我自忖，你们还不至于真以为我会不识趣到欣然接受这番好意的程度。新婚夫妇总会闹出诸多可笑之事（都说，这是人类最高贵的品质，是他们唯一有别于牲畜的地方）。但我是个特别克己的人，不会利用这样的机会。或许一年后，你们会开始发现彼此的缺点；到时候，你俩虽不如以前那样逗人发笑，却会变得更耐人寻味。我不留下来了，我要去意大利了，再次投身于一家家廉价小旅店和二等旅馆，这就是独身女性的命运，拿着中等收入，在那种地方过一辈子。我带了本旅游指南，这样一来，要是哪天我自以为不至于像常人那般愚蠢，就看看那红色封面，提醒自己，我不过是普通人。对了，我希望你不要把来往信件给你的丈夫看，尤其是我写的。男人永远不能理解女人的书信往来：男人读女人的信，只用简单的二十六个字母，但他要想读懂，起码需要五十二个字母，就算这点也嫌少。幸福的夫妻假装对彼此没有秘密，这种行为很愚蠢，只会带来更深的欺骗。不过，要是你认为有义务把我的这封信给爱德华看，一如我猜测的那样，或许他会发现，多少能从中看清我的性格，对此我自己也研究了好多年，还觉得挺有意思。

我不给你留地址了，如此，这封信你不回，也能说得过去了。

你亲爱的姑姑，

玛丽·莱伊

伯莎不耐烦地把信扔给爱德华。

“她这是什么意思?”他读了一遍问道。

伯莎耸耸肩。“她只信一件事,就是别人都是傻瓜……可怜的女人,她从来没谈过恋爱!我俩确实不会对彼此藏着秘密,爱迪。我知道,你永远不会对我隐瞒什么,而我呢,我做什么不都顺着你吗?”

“这封信真有意思。”他说着又看了看信。

“不过我们自由了,亲爱的。”她说,“房子腾出来了,咱们马上回家吧?”

“可我们在这儿还没待满两个礼拜。”他反驳道。

“有什么关系呢?我俩在伦敦都玩腻了,咱们回家开始新生活。接下来的日子,我们都要过新的生活,不如快点开始。蜜月太无聊了。”

“好吧,我倒无所谓。啊,想一想,要是我们去意大利待上六个礼拜,那还了得?”

“哎呀,我原本也不知道蜜月是什么样的。我觉得我想象中完全不是这样的。”

“瞧,我一开始就说对了,可不是吗?”

“你说得当然对,”她说着,猛地伸出双臂搂住他的脖子,“你永远是对的,我的宝贝……啊!你不晓得我有多么爱你。”

第八章

利纳姆与黑马厩镇之间的肯特郡海岸阴郁而凄凉。在整个漫长的冬季,北海的风一路往南吹过来,把树木都吹弯了腰。幽暗的海域上空不断升起乌云,云团积聚,堆成大片大片的浓云。在这片乡土上,人们有什么样的脸色,这儿就有什么样的天色:有时,昏暗的色调和寂静的大海表明一片静谧和安宁;有时,冷飕飕的微风让血液在静脉中急速流动;此外,荒凉的气氛呼应最深切的忧思,阴沉的天空映射甚于死亡的痛苦。某一刻的心境似乎总是再现于周遭的景象中,而景象之中,可以说,融合了各种情感。伯莎站在莱伊府门前的公路上,从高处俯瞰属于她的那片土地。附近唯一能住人的是两间简陋的小屋,经过时间洗礼和日晒雨淋,几乎看不出人造的痕迹。小屋位于公路远处的果树林间——成了大自然的一部分,毫不突兀,不像莱伊府,总是煞风景。四周全是田野、大片大片犁过的土地和长满粗草的草地。远处的树木寥寥无几,这儿一棵,那儿一棵,随风摇曳,惹人注目。再过去就是黑马厩镇,那儿散布着横七竖八的灰房子,边上是给来此避暑的伦敦人新建的一排别墅;海上帆影点点,都是那个渔镇上的小渔船。

伯莎看着眼前的景象,心中的感觉从未有过。阴沉沉的乌云悬于头顶,把整个世界挡在外头,她感觉有道隐形的屏障把自己隔绝于万物之外。这片土地是她出生的地方,也是她和先辈的发家之地。他们都曾风光一时,到头来,一个个打哪儿来,又回到哪儿去,尘归尘,土归土。她没有像祖先那样,过浮华虚荣的日子,而是耕地,播种,收获。她的孩子,她的子子孙孙,将属于一个全新的世系,比原来的世系更强壮,更好看。莱伊家族已经堕入灭亡的黑暗之中,她的孩子将拥有另一个姓氏。这些事,都是她对着褐色的土地和昏暗的海雾才想明白的。她有些累了,身上的感觉导致精神的疲乏,她突然在自己身上感觉到一个家族的疲倦,这个家族存在太久了。她知道,让新的血统融于莱伊家族的古老血统中,她这么做是对的。它需要新鲜的血液和年轻的朝气,让她力大无比的丈夫为这个衰落的家族带来生机。她思绪万千,想起了她的父亲,那个半吊子的艺术爱好者,他游遍意大利,寻找本国无法给他的美好事物和美妙情感;又想起了莱伊小姐,她对生活的态度就是耸耸肩,摆出一副颇有涵养的不屑的笑脸。她身为莱伊家族的最后一代,何尝不是聪明之人?伯莎感觉自己虚弱得无法独自站住脚,所以选了个伴侣,他的意志力和活力是她抵御衰弱的力量支柱。她丈夫的肌肉里还有他母亲的力量,大地母亲那股不知软弱为何物的野蛮力量。他是征服者,而她是他的女仆。这时,山下有人朝克拉多克太太挥舞着伞,她笑了笑,瞧那男人模样的步态,就知道是格洛弗小姐来了。

就算从远处看,这个未婚女子的决心和毅力也一眼就能看出。她走了上来,这么一爬,脸比往常还要红。她穿着一件镶有饰边的上衣,裹得严严实实,就像被塞进了罐头的沙丁鱼。

"我是来看你的,伯莎,"她叫道,"我听说你回来了。"

"我们回来好几天了,要把家里归置归置。"

格洛弗小姐劲道十足地同伯莎握了手,她们沿着两旁都是秃树的林荫道,一道走回屋子里去。

"好了,跟我说说蜜月的事,我好想从头到尾听一听。"

可伯莎不怎么想说话,她天生就不喜欢把私事告诉别人,从来也没什么强烈的欲望去博得别人的共鸣。

"噢,我想没什么好说的,"她俩在客厅,她一面给客人倒茶,一面答道，“我想蜜月这种事都差不多。”

“你这姑娘真古怪，”格洛弗小姐说，“玩得不开心吗？”

“开心，”伯莎说，露出近乎狂喜的笑容，接着停了一下，说，“我俩玩得很开心，把剧院去了个遍。”

格洛弗小姐感觉，伯莎结婚后跟以前有些不一样了，看出这种变化让她很惶恐。她不安地看着这位已婚女子，感到一阵一阵的脸红。

“你真的幸福吗？”她脱口而出。伯莎笑笑，脸红了，看着比以往都妩媚。

“是的，唔，我想，我十分幸福。”

“难道你不确定吗？”格洛弗小姐问，她对生活中的每一件事都养成了力求精确的习惯，对那些连自己内心想法都不知道的人，她有很大的意见。

伯莎看了她一会儿，好像是在考虑这个问题。

“要知道，”她终于说，“幸福和我们期盼的从来都不是一模一样的。它远远超出了我的奢望，但也和我想象的不太一样。”

“好啦，我看还是别讨论这些事了，”格洛弗小姐略带严肃地回答，心想，让一个刚结婚的女子理清思路实在不合适，“我们应该随遇而安，乐天知命。”

“是吗？”伯莎满不在乎地说，“我从不这么想……我从来不满足于现状。”

这时，只听见前门开了，伯莎跳了起来。

“爱德华来了！我得去迎接他。你不介意吧？”

她连蹦带跳地走出房间。婚姻啊，真是奇特，她原本举止端庄，看不出什么女孩子气，结果婚后都被抹了个干净。她仿佛年轻了几岁，快活了许多。

“她这人真有意思!”格洛弗小姐想,“做姑娘的时候,浑身上下都像个已婚女子;现在真的为人妻了,反倒成了小女生。”

牧师的妹妹吃不准,以伯莎如今需要负起责任的身份来看,这种不负责任的态度是否合适;以她如今需要严肃对待的灵魂状态来看,这种不寻常的放声大笑是否得体。

“希望她能恢复正常。”她叹息道。

伯莎不顾一切冲上去亲吻丈夫,还帮他脱了外套。

“又见到你,我好开心。”她叫道,被自己的急不可耐给逗笑了,两人也就午餐后才分开。

“有客人吗?”他看到格洛弗小姐的伞,便问道。他有些机械地回应妻子的拥抱。

“过来瞧瞧,”伯莎说着挽起他的胳膊,拽着他走,“你肯定渴得要命,真可怜。”

“格洛弗小姐!”他说着同这位小姐握了手,两人握起手来力道相当。“你真好,特地来看我们。见到你,我心里别提有多高兴了。你看,我们回来比预期的要早。哪儿也比不上这乡下,对吗?”

“你说得对,克拉多克先生。我也受不了伦敦。”

“噢,你不了解伦敦,”伯莎说,“在你眼里,那里只有充气面包店、埃克塞特会堂①和一场场教会会议。”

“伯莎!”爱德华喊道,语气很惊讶,他无法理解跟格洛弗小姐开玩笑。

这位大好人心肠太好了,伯莎说什么话她都不生气,只严肃地笑笑,她也只会这么笑。

“跟我说说你俩在伦敦干了些什么。伯莎那儿我什么都打听不

① 位于英国南部的一座会堂,主要用于举办宗教会议等。

出来。"

克拉多克打心里爱跟人说话,没什么比给人提供信息更让他高兴的了;他总是随时准备着和整个世界分享他知道的事。他一得到什么消息,就急着要告诉别人。有些人一旦得知了什么事情,便马上对此失去兴趣,懒得再去讨论,但克拉多克不是这类人。不论说上多少遍,他都能乐此不疲地给听的人讲个明白。他能跟一百个人说当天的新闻,到了第一百零一个,他还有那股子新鲜劲。这种品质无疑是一种天赋,对教师和政治家来说最有用,但听的人就会觉得有些唠叨。克拉多克顺客人的意,给她详细描述了在伦敦的新鲜经历,讲了他们看过的戏剧及其情节和演员。他一个不落地列举了他们去过的博物馆、教堂和公共建筑。他一边讲,伯莎一边望着他,见他讲得兴致勃勃,她幸福地笑了。她不怎么在乎他说了什么,只要听见他的声音,她就觉得悦耳。他要是把《惠特克年鉴》[①]从头到尾大声朗读一遍(对了,这种事他完全做得出来),她也会津津有味地听完。就格洛弗小姐对新婚男女的理解,爱德华可比伯莎像样多了。

"他是个好男人。"后来,格洛弗小姐对哥哥说,这时他们正在吃晚餐,吃的是凉掉的羊肉,两人庄重地坐在一张长桌的两端。

"没错,"牧师用他疲倦但有耐性的声音回答,"我认为他会是个好丈夫。"

格洛弗先生是忍耐的化身,这一点让莱伊小姐有些厌烦,她喜欢有锐气的男人,而格洛弗先生一丁点锐气也没有。他对什么都逆来顺受:饭不好吃,他忍了;人性反常,他忍了;不奉国教者存在,他(几乎)忍了;薪水微薄,他忍了;把他逼死,他都能忍。莱伊小姐说

① 由英国出版家约瑟夫·惠特克(1820—1895)于1868年创刊,被誉为英国最好的年鉴和微型百科全书。

过，他就像那些西班牙的驴子，没精打采地驮着死沉的重物，排成一串蹒跚而行——忍，能忍，真能忍。可驴子也没有格洛弗先生能忍，驴子有时候会尥蹶子，而这位利纳姆的教区牧师打死也不会。

“我真的希望这场婚姻顺顺利利，查尔斯。”格洛弗小姐说。

“我希望如此，”他回答，又停顿了一下，接着说，“你问了吗，他们明天去做礼拜吗？”他拿了些土豆泥吃，发现又是烧焦的，这一点他忍了很久。土豆总是烧焦，他却忍气吞声。

“噢，我给忘得一干二净，”妹妹回答，“但我想他俩一定会去。爱德华·克拉多克平常总会来。”

格洛弗先生不答腔，直到吃完饭，两人再没说一句话。刚吃完饭，牧师就进了书房，把次日的布道准备好，而格洛弗小姐从篮子里拿出她哥哥的毛线短袜，开始补袜子。她织了一个多小时，心里一面想着克拉多克夫妇。她每次见完克拉多克，就越发喜欢他了，她感觉这个男人值得信任。一开始她不赞成这门婚事，现在她有些责备自己，那样不合基督教教义。她自问，该不该向伯莎和克拉多克道歉。一想到做这种丢面子的事，她就想得入神。可伯莎跟别的姑娘不同，想到她，格洛弗小姐越想越慌乱。

这时，时钟响起滴答声，要报时了，她抬头望了一眼，离十点只差五分钟。

“没想到这么晚了。”

她站起身，整整齐齐地收拾好针线活，从簧风琴顶上拿下《圣经》和上面的大部头祈祷书，把两本书放在了桌子的一头。她替哥哥端了把椅子，耐心坐着等他来。时钟敲响，她听见书房的房门打开，牧师走了进来。他一言不发，朝那两本书走去，坐下来，把《圣经》翻到他要读的地方。

“好了吗？”她问。

他抬眼从眼镜上方看了看。"好了。"

格洛弗小姐探身向前,打响铃,仆人拿着一篮子鸡蛋来了,她接过来放在桌上。格洛弗先生看着她,等她在椅子上坐定后,才开始选读经文。结束后,仆人点了两根蜡烛,向两人道了晚安。格洛弗小姐数了数鸡蛋。

"今天有几个?"牧师问。

"七个。"她说着,把鸡蛋一个个标上日期,把数字记在专门的本子上。

"好了吗?"这回是格洛弗先生问的。

"好了,查尔斯。"她说着,拿起一根蜡烛。

他灭了灯,拿着另一根蜡烛随她上楼。她在房门口停下,向他道了晚安;他冷冷地吻了她的额头,两人各自进了屋。

星期天的早晨,乡间的宅第里总是一阵忙乱。空气中有种星期天独有的气氛,一种警觉和期待的状态。做礼拜的准备工作虽然年复一年,每个星期都在循环往复,但依旧让人无法泰然处之。空气中干净的亚麻布的气味一闻便知,所有人都非常拘谨,甚至有些局促不安。家中成员互相询问是否准备妥当,纷纷寻找祈祷书。女士们从不及时梳妆完毕,临了只好一边匆匆出门,一边扣手套。男士们怒气冲冲地直跺脚,不停地掏怀表看时间。爱德华自然是身穿燕尾服,头戴高顶礼帽——乡绅去做礼拜,这身行头非常合适,没人比爱德华更注重规矩。他身板挺得笔直,表现出人们认为这种场合应有的稍显刻意的庄重。

"我们要迟到了,伯莎,"他说,"会很难堪的,这还是我们婚后第一次去做礼拜。"

"亲爱的,"伯莎说,"你大可以笃定,就算格洛弗先生轻率地先行开场,对于会众来说,只有我俩到场,仪式才算真正开始。”

他们乘坐一辆老式的四轮单马马车,这种马车只用于去做礼拜或赴晚宴。消息马上从门廊处闲荡的人那儿传进了教堂内教徒的耳朵里。克拉多克先生和太太从走道走向属于他们的前排长椅,顿时引起了众人的注意和一阵窃窃私语。

“他看起来自在得很,对吧?”几个本地人嘀咕道——爱德华的表现比他妻子的表现更让他们感兴趣,因为他妻子对他们来说高不可攀,几乎算是个陌生人。

伯莎翩然而行,仪态端庄,丝毫不理会注视着她的一双双眼睛。她对自己的外表很满意,对俊美的丈夫也深感自豪。布兰德顿太太——克拉多克那位伴郎的母亲——把镜片扶稳,盯着他俩看,这是乡村贵妇的习惯。布兰德顿太太的这种气质具有浓重的乡间风格;她小个子,头发灰白,爱咯咯笑,嗓门又尖又嘶哑,净说些蠢话,戴了顶从巴黎直接拿来的过于稚气的女帽。她是个贵妇人,这自然是不得了的身份。她对此引以为豪(颇为高贵地表现出来),嘴边总挂着那句“上流人士终归是上流人士”。你要是哪天忽然反应过来,就会明白,这句话意味深长。

“待会儿,我打算去找克拉多克夫妇聊聊,”她小声对儿子说,“这对利纳姆的居民会产生正面的影响;不知可怜的伯莎有没有感觉到。”

布兰德顿太太妄自尊大到近乎超凡脱俗的境界。她从不会想到,有谁能心肠坏到怨恨她施与恩惠。她施舍是出于好意——给穷人送汤和果酱,甚至会让自己的厨子去给生病的穷人读《圣经》;除此之外,她还给各色人等出各种主意。她原本想亲自去的,只是她强烈反对与下层社会打成一片,这会让他们没规没矩,经常不懂礼貌。布兰德顿太太毫不动摇地认为,她和她那个阶层的人是上帝用不同的黏土做成的，有别于普通人。但她身为有教养的贵妇人，不会当着普通人的面说穿这一点；当然，除非他们自己摆架子，这时她就觉得把话挑明对他们有好处。论出身、家业或才智，布兰德顿太太没有任何显著的优势，却从不怀疑自己指点事务和潮流的权利，就连邻居的思维方式她也要管。她全凭一股自负的气场，使他们臣服于她的专横之下三十年，一面憎恨她，一面又将她请客吃顿寒酸的饭当成什么好事。

至于该如何对待克拉多克夫妇，布兰德顿太太心里权衡过一番。

“不知道我有没有责任拆散他俩，”她说，“爱德华·克拉多克绝不是莱伊家的大小姐该嫁的那种男人。可是这附近名门世家太少，而且谁跟谁结婚，放在二十年前，当然做梦也想不到。这年头，就连最上层的社会也血统混杂。或许，我还是大发慈悲为好！”

布兰德顿太太一想到莱伊家需要她的支持，就有些得意——请她儿子当伴郎就证明了这点。

“上流人士终归是上流人士，这是事实。如今，满大街都是猪肉贩子和做家具的，上流人士必须互相扶持。”

礼拜仪式过后，趁教区居民都在教堂庭院四下站着，布兰德顿太太朝克拉多克夫妇翩然走去，后头跟着亚瑟，接着用她又尖又哑的嗓门跟爱德华聊了起来。她一面密切留意周围的利纳姆居民，确保她的举止得到充分的注意，一面拿出贵妇人对待一个出身不太好的男人应有的样子，跟克拉多克说着话。克拉多克自然是十分高兴，受宠若惊。

第九章

经过应有的初步接触——这是布兰德顿太太绝不会略过的——过了些日子,克拉多克夫妇收到了晚宴请柬。伯莎默默地把请柬递给了丈夫。

“不知道她还会请些谁。”他说。

“你想去吗?”伯莎问。

“怎么,你不想去? 那天我们没有约,不是吗?”

“你在她那儿吃过饭吗?”伯莎问。

“没有。我去参加过网球聚会什么的,但几乎没进过她家门。”

“唔,我觉得她这个时候叫你去很唐突。”

爱德华张大嘴巴,说:“你到底什么意思?”

“噢,你看不出来吗?”他妻子叫道,“他们叫你去,不就因为你是我丈夫,这是在羞辱人。”

“胡说!”爱德华笑着回答,“要真是那样,我也不管! 我脸皮可没那么薄。那个礼拜天,布兰德顿太太对我很客气。我们要是不去也说不通。”

“你觉得她客气吗? 你没见她那高人一等的样子,把你当成马夫似的。我见了就光火,差点没管住我的嘴巴。”

爱德华又笑了起来。“我什么也没看出来。这不过是你的臆想,伯莎。”

“我可不去她那讨厌的宴会。”

“那我自己去。”他笑着回答。

伯莎的脸色变得煞白,好像挨了当头一棒。可他还在笑,他当然只是说着玩。她急忙答应他所有的要求。

“当然，你要是想去，爱迪，我也会去……我是为了你好，才不想去的。”

“我们得跟邻里处好关系，我想跟所有人交朋友。”

她坐在他椅子的扶手上，伸出胳膊搂住他的脖子。爱德华轻拍她的手，她看着他，眼里满是对爱的渴望，她低头亲吻他的头发。刚才有一瞬间，她以为他不爱她，这个想法多么愚蠢！

不过，伯莎不想去布兰德顿太太家，还有一个原因。她知道爱德华到时候会遭到尖刻的评判，想到这儿，她就觉得难受。他们会议论他的外表和举止，会纳闷这两人是怎么走到一起的。伯莎很清楚爱德华在利纳姆的地位，布兰德顿家和他们那类人打他小时候起就认识他，也仅仅当他是个认识的人而已。对他们而言，见了他只是打声招呼，交情就到这里。这是他头一回被他们平起平坐地对待；这是他初次踏入布兰德顿太太喜欢说的利纳姆的上流社会。这着实让伯莎火冒三丈；想到这么多年来，他习惯了这么丢脸地活着，她就感到痛心——可他好像并不在乎。

“我要是他，”她说，“死也不去。他们以前总是不把他当回事，现在看在我的面子上，倒抬举起他来了。”

但爱德华似乎一点骨气也没有；当然，他本来脾气就好，对谁都不会心存恶意。布兰德顿家以前瞧不上他，现在又唐突地发出邀请，他都没有怀恨在心。

“我要是能让他醒悟就好了。”

晚宴前的那个礼拜，伯莎过得忧心忡忡。她猜到了还有哪些客人会去。他们会笑话他吗？明面上当然不会。布兰德顿太太是这些人当中最不宽容的那个，自恃出身高贵；而爱德华生性腼腆，一跟生人在一起，就局促不安。对伯莎而言，这与其说是缺点，不如说是魅力。他略带忸怩的坦诚打动了她，比起假想中的花花公子那种可笑的世故，这种特质更讨她欢喜；她总把花花公子的放荡与丈夫的美德对比。但她知道，她所谓的这种讨人喜欢的*天真无邪*①，到了哪张恶毒的嘴里，就会变成难听的词。

大日子终于到了，两人坐着那辆老式四轮马车缓慢而行，前去赴宴。伯莎做好了十足的准备，谁要是对她丈夫有一丁点侮慢，她就跟谁没完。王座庭庭长顾及一个公司创办人的名声，也不及克拉多克太太顾及丈夫的感受来得迫切；而爱德华则像那个金融家，对此事毫不在乎。

布兰德顿太太为了撑场面，把乡里的上流人士都找来了。他们来自黑马厩镇、特坎伯雷和法弗斯利②，以及这些地方周围的别墅和宅第。梅斯顿·赖尔太太来了，戴着漂亮的乌黑假发，身穿宽松的紫罗兰丝绸连衣裙。瓦格特夫人也来了。

"她不过是城里某个爵士的遗孀罢了，亲爱的，"女主人对伯莎说，"但她虽不是什么显贵，倒还算是个好人，所以不能对她要求太高。"

汉考克将军到了，带着两个长着绒卷头发的女儿；她俩其貌不扬，却装作不自知。本来她俩走在前头，这位老兵喘着粗气蹒跚而入的时候，俩姑娘（年纪加起来有六十五岁高龄了）躲到后头脱下靴子，穿上放在包里的鞋子。不一会儿，主任牧师也来了，他温顺又有些健谈；格洛弗先生沾他的光，也被请来了，当然还少不了查尔斯的妹妹。她穿着发亮的黑色缎子衣服，看起来像过节似的。

"可怜的乖乖，"布兰德顿太太对另一位客人说，"这是她唯一

① 原文为法语。
② 虚构地名，对照现实中肯特郡的一个集镇"法弗舍姆"。

的晚礼服，我见她穿了好多年了。我很愿意把我的几套旧衣裳送给她，只不过，我怕给了她，倒惹她不高兴。那种阶层的人敏感得不得了。”

来人通报说阿特希尔·巴科先生到了。他曾参加议会席位竞选，此后被视为通晓国事的权威。随后到的是詹姆斯·莱西特先生和莫尔森先生，两个自以为是的红脸膛乡绅。他俩一个模样，像两颗长在一起的豌豆；当地有个笑话传了三十年，说除了他俩的妻子，没人能把他俩区分开来。莱西特太太很瘦，文静又稳重，头戴两条小蕾丝饰带充当便帽。莫尔森太太毫不起眼，没人留意过她的长相。这是布兰德顿太太有代表性的一场聚会，除了高贵之人，还需高尚之人来锦上添花，最后得教化了谁才算圆满。她本人兴致勃勃，嘶哑的嗓音又高又尖。她很注重一身成功的装束，也确实品味不凡。她那身连衣裙，要是穿在岁数比她小一半的女人身上，看起来会很迷人。布兰德顿太太还认为，待人亲切是女人的分内之事，便对着那些老绅士又是赔笑脸，又是抛媚眼，那模样着实吓到了他们。阿特希尔·巴科先生真以为她看上他风度翩翩，在打他的主意呢。

晚餐简直算不上一顿像样的饭。布兰德顿太太是上流社会的女人，看不起乡下晚宴上的大鱼大肉——浓汤、煎鳎、羊排、烤羊、野鸡肉、俄式奶油布丁、果酱。（前几道菜根据季节变化有所不同，但俄式奶油布丁和果酱不会变。）不，布兰德顿太太说了，她必须有些“与众不同”，便给客人提供清汤、储藏的开胃小菜、虚有其表的松软甜点。这场筵席极为讲究，却填不饱肚子，胃口大的年长乡绅可不乐意了。

“我在布兰德顿家从来没吃饱过。”阿特希尔·巴科气呼呼地说。

“唉,我了解这个老婆子。”莫尔森先生回应道。他跟布兰德顿太太一个年纪,但实在是个下流胚,竟自以为很年轻,可以跟汉考克家相对好看的那个女儿调情。“我太了解她了,来之前我特地喝了一杯雪利酒,里头打了几个蛋。”

“这葡萄酒真的很低劣,”梅斯顿·赖尔太太说,她以自己的味觉为骄傲,“我总喜欢随身带个小酒壶,装点上等的威士忌。”

食物虽不丰盛,话题却很丰富。关于叙事有条公理:真事应该源自有可能发生的事,讲真事的人难免会受夸大之词的影响。布兰德顿太太这场晚宴上的对话若是一字不差地记下来,读起来会像是耸人听闻的漫画。全场都在讲趣闻轶事。梅斯顿·赖尔太太讲起牧师的轶事最拿手。她接连讲了两个故事:索罗尔德主教与他白皙的双手,威尔伯福斯主教与那该死的铲形教士帽。(在场的夫人小姐听了有些花容失色,但梅斯顿·赖尔太太不能省去那个诅咒语,免得破坏了故事的重点)主任牧师讲了件自己的轶事,梅斯顿·赖尔太太回以另一个故事,说的是坎特伯雷大主教与惹人烦的助理牧师。阿特希尔·巴科先生讲了政界的轶事:格莱斯顿先生①与下议院的会议桌,迪齐②与农业工人。汉考克将军一讲他那关于惠灵顿公爵的著名的系列故事,便迎来了全场高潮。每一个故事都让爱德华开怀大笑。

伯莎的眼神从没有离开过她丈夫身上。脑子里闪过的念头让她心生厌恶,她居然会产生这些念头,这可是对丈夫的贬低。可她仍然提心吊胆。难道他不完美,不英俊,不讨人喜爱吗?她为何要担心这群傻子的想法?可她就是忍不住。她再怎么瞧不起这些邻

① 指威廉·尤尔特·格莱斯顿(1809—1898),英国自由党领袖,曾四次出任英国首相。
② 指本杰明·迪斯雷利(1804—1881),英国保守党领袖,两度出任英国首相,迪齐是其昵称。

居,也免不了被他们的看法所伤。爱德华又是怎么想的?他和她一样紧张吗?他受苦的样子她想都不敢想。布兰德顿太太起身离开桌边的时候,伯莎如释重负。伯莎看着开门的亚瑟,想叫他好好关照爱德华,为此她可以付出一切代价,可她不敢这么做。她生怕那些老乡绅会故意冷落他,叫他无地自容。

刚进客厅,格洛弗小姐就发现伯莎在她边上,同其他人有些距离。这个巧合似乎是冥冥之中设计好的;她先前贬低爱德华,觉得有责任向克拉多克太太赔不是,这下机会来了。对于此事,她想了又想,认为道歉确有必要。可格洛弗小姐紧张得要命,一想到要提起这么棘手的话题,她便感受到说不出的煎熬。但也正是这种别扭让她放心:如果道个歉这么难为人,显然她有责任开口。然而,那些话卡在嗓子眼说不出口,于是她寒暄了起来。她怪自己太胆小。她咬紧牙关,涨红了脸。

“伯莎,请你原谅我。”她脱口而出。

“到底原谅什么?”伯莎睁大双眼,惊愕地看着这可怜的女子。

“我觉得之前那样说你丈夫有失公道。我本来以为他跟你不配,我还说了想都不该想的话。我非常抱歉。他是我见过最好、最体贴的男人。你嫁给他,我非常高兴,我相信你们会非常幸福。”

伯莎笑得眼泪都要流出来了。看着一脸严肃的格洛弗小姐,伯莎好想一把搂住她的脖子,此时此刻的这番话叫人宽慰。

“我当然知道你说那些话是无心的。”

“噢,对不起,我当时就是有意的。”格洛弗小姐回答,她不允许为自己的罪责作任何辩护。

“我已经完全忘了这码事。我相信,你很快会像我一样爱上爱德华的。”

“我亲爱的伯莎,”格洛弗小姐回答,她从不说笑,“爱上你丈夫？你准是在开玩笑。”

这时，布兰德顿太太的尖嗓子打断了她俩的对话。

“伯莎，亲爱的，我要跟你谈谈。”伯莎笑着在她身边坐下，布兰德顿太太低声继续说着。

“我必须告诉你，人人都说，你俩是郡里最俊俏的一对，我们都觉得你丈夫人很好。”

“你们讲的笑话都把他逗笑了。”伯莎回答。

“对，”布兰德顿太太说，眼睛往上面瞧了瞧，又朝边上瞟了瞟，像只金丝雀，“他的性情如此开朗。我可一直很喜欢他，亲爱的。我刚才还跟梅斯顿·赖尔太太说来着，自打他出生起，我就跟他很亲。我想，你要是知道我们都觉得你丈夫人很好，一定会很高兴。”

“我非常高兴。希望爱德华也对你们大家同样满意。”

克拉多克家的马车来得很早，伯莎主动提出要送格洛弗兄妹回家。

“我在想，那位夫人是不是吞了根又长又硬的拨火棍。”客厅的门一关上，莫尔森先生便说道。

汉考克家的两位小姐听见这俏皮话，立刻尖声大笑起来，就连主任牧师也轻轻一笑。

“她那钻石首饰打哪儿来的?”汉考克家的大女儿说，“我还以为他们穷得跟教堂里的耗子一样哩。”

“钻石首饰和几幅画是他们仅剩的家当，”布兰德顿太太说，“虽然按理说，那种处境的人还留着这么好的珠宝首饰很荒唐，可她家里总是不肯把这些东西卖掉。”

“男的倒是讨人喜欢，”梅斯顿·赖尔太太用她深沉而威严的声音说，“不过我同意莫尔森先生说的，女的明显喜欢摆架子。”

“莱伊家几代人都跟雄火鸡一样傲慢。”布兰德顿太太继续说。

“不管怎样，我可不觉得克拉多克太太现在有什么好骄傲的。”汉考克家的大女儿说。她自己没什么显赫的祖先，就以为那些祖上显赫的人都自命不凡。

“或许她是有些紧张吧，”瓦格特夫人说，她虽不高贵，但人很好，“我知道我当新娘那会儿，只要去参加晚宴，就浑身发抖。”

“胡说，”梅斯顿·赖尔太太说，“她非常镇定。一个姑娘家如此沉着，我看不是什么好事。我想应该得有人告诉她，一个年轻的妇人跟王室似的，在宴会上比谁都走得早，而在场的还有一定辈分的女性，论地位也无疑不比她低，这样做很难说是有教养的表现。”

“哎呀，他们才结婚不久，喜欢两个人待着，可怜的小两口。”瓦格特夫人说，“我知道我刚嫁给塞缪尔爵士那会儿，就是这个样子。”

“我亲爱的瓦格特夫人，”梅斯顿·赖尔太太怒气冲冲地应道，“这可是两码事。克拉多克太太是莱伊家的大小姐，自然应该懂些上流社会的规矩。”

“噢，你们知道她跟我说了什么吗？”布兰德顿太太说着，挥了挥她那细胳膊，“我跟她说，我们都很喜欢她的丈夫。我还以为能让这可怜的姑娘稍稍舒心一点，结果她说，她希望她丈夫也同样对我们满意。”

梅斯顿·赖尔太太有那么一刻愣住了，但很快回过神来。

“真有意思，”她从椅子上站起身来，叫道，“哈哈！她希望爱德华·克拉多克先生能对我梅斯顿·赖尔太太满意呢。”

汉考克家的两位小姐异口同声地打起哈哈。随后，来人通报说这位贵妇人的马车到了。她和众人道了晚安，拖着窸窸窣窣的紫色丝绸衣服扬长而去。宴会这时才真正算是结束，其余人等也随之成群结队地散去。

他们把格洛弗兄妹送到家后,伯莎紧紧依偎在丈夫身旁。

“好高兴,终于结束了。”她低语道,“只有跟你过二人世界的时候我才开心。”

“这个晚上过得很愉快,对吧,”他说,“我觉得他们都特好。”

“你玩得开心,我就高兴,亲爱的。我还怕你会觉得无聊。”

“天哪,怎么可能。时不时听听那样的对话对人有好处,让我心情大好。”

伯莎有些吃惊。

“老巴科是个见多识广的人,不是吗?就算他说中了这届政府六年期满后会下台,我也不奇怪。”

“他总让我感觉他是首相的心腹。”伯莎说。

“还有,将军是个滑稽的老伙计,”爱德华接着说,“惠灵顿公爵那个故事他讲得很精彩。”

不知怎么地,这句话在伯莎身上产生了奇特的效果。她忍不住,突然歇斯底里地尖声大笑起来。她丈夫以为她是在笑那个故事,也跟着哈哈大笑起来。

“还有主教的绑腿套那个故事!”爱德华叫道,又放声大笑。

他越是笑,伯莎越是乐不可支。两人坐着马车穿过寂静的夜晚,一路大喊大叫,笑得前仰后合,不能自已。

第十章

就这样,克拉多克夫妇顺着一条通不到任何地方的大道开始了他们的旅程,这条大道叫做神圣的婚姻之道。春天到了,许多新鲜的乐事随之而来。伯莎仔细观察延长的白昼,从土里迸出来的彩色番红花,还有大叶野茉莉。二月温暖潮湿的天气催开了报春花,跟着是紫罗兰。二月是慵懒的,全世界昏昏欲睡、没精打采,哪管四月的骚动和五月的生机。大自然的种子正在萌芽,万物的脉搏在有节律地跳动。海雾从北海上升起,给肯特郡土地罩上一层薄薄的水汽望去,白色而近乎透明。透过水汽,光秃秃的树看起来歪歪扭扭、奇形怪状,树枝就像长长的手臂,扭动着从冬天的束缚中挣脱出来。湿地上的草绿油油的,羔羊活蹦乱跳,冲着羊妈妈咩咩直叫。矮树篱上已有歌鸫①和乌鸫②在鸣唱。三月闹腾腾地呼啸而来。高挂的云朵被疾风在天上吹来吹去,有时候堆积成厚厚的云团,接着被吹散,往西边飘去,一朵紧跟着一朵,匆忙之间,前一朵绊倒了后一朵。大自然正在休息,可以说是屏住呼吸,准备铆足劲儿诞育万物。

伯莎渐渐更了解丈夫了。刚结婚时,她除了知道自己爱他,别的确实什么都不晓得。一切全凭感觉说了算;她和他不过是两只木偶,被大自然凑到一块儿,弄得相互吸引,以便传宗接代。伯莎内心的情欲像火一般燃烧着,她猛地扑进丈夫的怀里,给他粗暴的爱——以及神圣的爱。他是亚当,她是夏娃,世界便是伊甸园,是用爱的魔法幻化而成的。而更深的了解带来的是更深的爱。伯莎一点一点读着爱德华的心思,欣喜地发现了出乎意料的纯洁。意识到他的纯真让她有一种奇特的幸福感。她看得出来,他从来没恋爱过，女人对他而言是陌生的东西，他以前几乎不了解。她很骄傲，她的丈夫没有沾染过别人，干干净净来到她身边，吻她的那两片唇也是干净的。他们从没聊起过这个话题，但她对他纯粹的贞洁确信无疑。他的内心洁白无瑕。

这样的他，怎能叫她不爱！只有跟丈夫在一起的时候，伯莎才快乐。他们之间的纽带不可切断，只要他们活着，就将长相厮守，永不分离——每念及此，她就感到莫大的满足。她像小狗一样跟着他，百依百顺，实在感人。她的傲气彻底消失，渴望只活在爱德华的世界里，把她的性格融于他的性格之中，与他合二为一。她要把他当成自己唯一的实体，把自己比作攀援橡树的常春藤。他便是那棵橡树，是强壮的支柱，是她的依靠。早餐过后，她都会陪着他巡视农场；只有她不能在场的时候，才会待在家里打理家务。书是读不进去了，她干脆把书都扔在一旁。何必要看书？若是为了消遣，大可不必去读，丈夫就是她终身的消遣。既然她懂得如何去爱，别的知识还有何用？她被独自留在家里的时候，往往待了一会儿便会拿起一本书，思想却立马开小差，心思又飘到爱德华身上去了，想着要跟他在一起。

伯莎如今的生活就是一场美梦，这场梦永远无需醒来。她的幸福并非惊天动地、轰轰烈烈的那种，而是风平浪静、顺顺当当的。她住在玫瑰色的乐园里，那里没有浓重的昏暗，也没有刺眼的光芒。她住在极乐之地，与凡间唯一的联系就是去利纳姆参加每周一次的礼拜仪式。未加装饰的教堂里有股宜人的人间烟火气——北美油松、漆得光亮的长椅，以及润发脂和利洁时③增白丸的气味。爱德

① 一种背部为褐色、胸部有褐色斑点的鸟。
② 雄鸟黑羽黄喙，雌鸟棕色，见于欧洲。
③ 英国著名家居护理集团，创建于 1823 年。

华穿着安息日的服装，风琴手奏出讨人嫌的声响，乡村唱诗班吟唱得跑了调；格洛弗先生机械地讲着祈祷文，巧妙地剥夺了其中所有的美感，他的布道味同嚼蜡。做礼拜的两个小时让伯莎直观感受到尘世的气息，这才能让她意识到，生活并非只有精神层面。

四月到了。莱伊府门前的榆树上开始冒出新叶；嫩绿的叶芽似点点细雨，挂满枝头；离得远些，可见一层碧绿的雾霭，走近一看，便没了影踪。褐色的田野也披上了夏装；三叶草一株株探出头来，葱翠又繁茂，庄稼也丰收有望。有段日子，空气算是温和宜人，阳光暖和，令人心情雀跃；此时，终于能确定，春天近在咫尺。温暖舒适的春雨渗入土壤；树枝上总挂着数不尽的雨滴，在雨后的阳光下闪闪发亮。含羞的郁金香绽开花瓣，给大地铺上了艳丽的色彩。利纳姆上空的云朵往上散去，世界跟着舒展开来，形成更大的圆。此时，鸟儿的啁啾没了三月时的变化无常，而是尽情欢唱，歌声荡漾在空气中。莱伊府后院的山楂树上，第一只夜莺一展歌喉。春回大地，香气四溢：沃土细雨清香扑鼻，丽日微风沁人心脾。

可有时候，雨从早到晚下个不停，于是爱德华高兴得直搓手。

“但愿雨能下一个礼拜，乡下正需要雨水。”

在这样的一个雨天，伯莎正躺在沙发上，而爱德华站在窗边，望着淅淅沥沥的雨。她想起去年十一月的那个午后，她也是站在这扇窗户前，凝视着冬天的阴沉，心里却充满爱和希望。

“来，坐我身边，爱迪宝贝，”她说，“我一整天都没怎么见到你。”

“我得出门了。”他头也不回地说。

“噢不，干吗非得走。过来坐下。”

“我再待两分钟，趁他们还在拉双轮马车过来。”

“吻我。”

他亲了亲她，她笑了。“你真滑稽，我看你根本不想吻我。”

他没法回答，因为马车到门口了，他跳了上去。

“你上哪儿去？”

“我要驾车去赫恩，找老波茨买些羊。”

“就为这事？既然我让你留下，你没想过下午留在家里？”

“为什么？”他回答，“留在家也没事干，我看没客人要来。”

“我要跟你在一起，爱迪。”她哀怨地说。

他笑了。“恐怕我不能因为这个而爽约。”

“那我跟你一道去好吗？”

“去干什么？”他惊讶地问。

“我就是想和你待在一起，我不喜欢老是和你分开。”

“可我们并没有一直分开。见鬼，在我看来，咱俩总是黏在一块儿。”

“你不会留意我在不在你身边，不像我。”伯莎轻声说，头低了下来。

“可外面下着倾盆大雨，你要是跟来，会淋得湿透的。”

“和你在一起，我什么也不在乎！”

“你想跟来就跟来吧。”

“你不在乎我去不去，你不把这当回事。”

“嗨，我觉得你要是冒雨跟来就太傻了。当然，我也是没办法才得去。”

“那你去吧。”她说。她欲言又止，怨言到了嘴边又咽了回去。

“你还是待在家里的好。”丈夫欢快地说，“我五点回来吃茶点。回见！”

他本可以说除此之外的千言万语。他本可以说，她能陪他，让他再高兴不过了；他本可以说，让约会见鬼去吧，他会在家陪着她。可他走了，还欢快地吹着口哨。他不在乎。他此般拒绝羞辱了她，伯莎气得两颊泛红。

“他不爱我。”她说着突然泪如泉涌——这是她婚后生活中第一次掉泪，也是父亲去世以来头一回哭，这是羞辱的眼泪。她努力克制，却克制不住，哭得不能自已。爱德华的话听起来太冷酷了，她没想到他竟会说这种话。

“或许早该料到，”她说，“他不爱我。”

她生起他的气来，想起他不经意的冷漠好几回伤了她的心。好几回，她上前抚摸他，他却差点把她推开，就因为当时他在忙别的事。好几回，她郑重声明会永生永世爱他，他却没有任何回应。他难道不知道，这样做刺痛了她的心？当她说全心全意爱他时，他却在念叨有没有给钟上过发条！伯莎生了两个钟头的闷气，全然忘了时间，听到门口又有马车的声音时，不觉吃了一惊。她的第一反应就是跑去给爱德华开门，但她忍住没去。她还生着气呢。他进门了，嚷嚷着跟她说，他浑身湿透了，得换身衣服，一面咚咚地上了楼。当然，他没有注意到，这是结婚以来头一回，他进门后妻子没有在门厅迎接他——他才不会长心眼儿呢。

爱德华走进房间，神清气爽，容光焕发。

“哎呀，还好你没去。雨简直倒下来似的。茶点好了吗？我饿死了。”

伯莎要他道歉、要他虚心认错、要他恳求原谅，可他还想着他的茶点。他和往常一样快活，丝毫没有意识到妻子痛哭过一场，正憋了一肚子气。

“羊买了吗？”她怨愤地说。她急于让爱德华注意到她心绪不宁，这样她就能怪他犯了错。可他什么也没察觉。

“没买几头，”他叫道，“统统买下来要五英镑，我没肯付。”

“还不如跟我待在家里，我可是跟你说过的。”

“单看这桩买卖，确实不如不去。但我觉得，乡间这趟跑下来，对我身体有好处。”他总能随遇而安。

伯莎拿起一本书读了起来。

“报纸呢？”爱德华问，“我还没看头条呢。”

“反正我不知道。”

晚餐前，两人就这么坐着，爱德华有条不紊地翻看《标准报》①，一栏接着一栏。伯莎翻弄手中的书页，想要把书看进去，结果从头到尾都在忙着伤心。晚餐时，两人几乎没有说话，因为爱德华没怎么说话。他只是说起很快要收新土豆了，还有他见过拉姆齐大夫的事情。伯莎用一两个字打发了他。

“你都不说话，伯莎，”晚些时候，他说，“怎么了？”

“没事！”

“头疼？”

“没！”

他没有问下去，以为她这么安静是出于生理原因。他似乎没有察觉到她跟平时有什么两样。她尽力克制住自己，可最终还是爆发了，接起了他一小时前的话茬。

“我头疼不头疼你真的在乎吗？”这与其说是问题，不如说是讥讽。

他惊讶地抬起头。“到底怎么了？”

她看着他，摆出不耐烦的姿势，别过身去。这时候，他走过去搂住她的腰。

① 创刊于1827年，伦敦地区主导日报，主要报道英国国内外新闻及伦敦地区财政情况。

“你不舒服吗，亲爱的？”他关切地问。

她又看向他，但此时眼里噙满了泪水，止不住地抽噎。

“噢，爱迪，对我好点。”她说，突然软了下来。

“快告诉我发生了什么。”

他搂住她，吻她的唇。这一搂一亲，把垂死了一个小时的爱给唤醒了，她簌簌地掉下眼泪。

“别生我的气，爱迪。”她抽噎道。她居然自己赔礼道歉。“是我对你太凶，是我控制不住。你没生气，对吗？”

“到底为什么呢？”他问，彻底搞糊涂了。

“下午我伤透了心，你似乎一丁点也不在乎我。你一定要爱我，爱迪，否则我不活了。”

“你真是个傻瓜。”他笑着说。

她擦干眼泪，面露微笑。他能原谅她，让她倍感安慰。此刻，她感到格外幸福。

第十一章

然而，爱德华绝不是热情似火的爱人。伯莎刚开始察觉到他的冷淡时，还不能断定这一点。起初，她只知道自己全心全意爱丈夫，只知道自己的激情照亮了他稍显暗淡的爱慕之情，直到他的感情似乎跟她的一样绚丽夺目。可她逐渐开始觉得，自己倾注了这么多感情在他身上，他却鲜有回应。造成她不满的原因简直难以理解：一个退缩的小动作，一次对她感受的漠视——都是些看似近乎可笑的小事。一开始，伯莎把爱德华比作菲德拉的继子希波吕托斯①，未经驯服，没有开化，女人的吻让他受惊。她把他的冷静当成淳朴、未开化的表现，刚开始很讨她喜欢。她还说，自己的热情能融化他心中的冰柱。可没过多久，她不再觉得他的这种被动有意思了。有时，她会因此责怪他，但往往是一个人偷偷抹泪。

"不知你有没有意识到，你有时伤我有多深。"伯莎说。

"嗨，我想我没有做过伤害你的事。"

"你没看出来……我吻你的时候，你第一反应就是把我推开，好像——就好像你受不了我一样。"

"瞎说！"

在爱德华看来，自己和刚结婚时没两样。

"当然，你不能指望男人在结婚四个月后，还跟度蜜月似的。不可能老是打情骂俏，搂搂抱抱的。到了什么时候，就该做什么事，"他接着说，语气里带着男人对哲学谚语一贯的热衷。

干完一天活，他喜欢静静地读《标准报》，伯莎要是凑上来，他就轻轻把她推开。

“让我单独待会儿，乖。”

“噢，你不爱我了。”于是她叫道，感觉心都要碎了。

他盯着报纸，头也没抬，也没答腔；他正在读一篇社论。

“你怎么不说话？”她叫道。

“因为你在胡说八道。”

他是脾气最好的男人，伯莎的火气从来搅不乱他的安宁。他知道女人有时候容易发脾气，但只要男人由着她们出气，一会儿这气自然就消了。

“女人就像母鸡，”他跟朋友说过，“让它们痛痛快快跑上一通，再用结实的铁丝网好好圈着，便闹不出什么乱子来；它们咯咯叫的时候，你只管坐着不动，别去搭理。”

婚姻没有让爱德华的生活发生多大的变化。他的生活习惯一直很有规律，这些习惯他婚后也继续保持。当然，他比以前活得舒服了。

“不可否认，男人需要女人来照顾。”他跟拉姆齐大夫说过，有时候在拉姆齐大夫巡访时能碰上他。“没结婚的时候，我经常没多久就把衬衫给穿坏了，而现在，要是我看到袖口有点破，就丢给老婆，她会把衣服变成新的一样。”

“现在你还要负责家用农场，又多出来一堆活要干，对吗？”

“嗨，多谢你牵挂，我可享受了。实际上，这点活还不够我干的。在我看来，这年头想靠务农赚钱，就得铺开了干。”

爱德华整天都在忙，不是在农场上忙，就是在黑马厩镇、特坎伯雷和法弗斯利的生意场上忙。

“游手好闲这种事我可不赞成，”他说，“人们常说，你不找事

---

① 希波吕托斯是雅典国王忒修斯之子，因拒绝继母菲德拉的勾引而遭诬陷。

干，魔鬼就会帮你找事干。说实在的，我认为这话很有道理。”

格洛弗小姐听他这么说，自然十分认同，爱德华说完马上出去了，剩下她和伯莎，她便说道：

“你丈夫真是个好男人！我这么说，你不会见怪吧？”

“不见怪，你高兴就好。”伯莎不动声色地打趣道。

“我听各方都对他称赞有加。当然，查尔斯对他的评价最高。”

伯莎没有作声，格洛弗小姐继续说：“你无法想象，看到你这么幸福，我有多高兴。”

伯莎笑了笑。“你心肠真好，范妮。”

这场谈话单调乏味，冷场了五分钟后，格洛弗小姐起身告辞。门关上的时候，伯莎颓然倒回椅子里，陷入了沉思。这一天她过得不开心——爱迪去了镇上，她本来想陪他去的。

“我认为你最好别跟我去，”他说，“我赶时间，会走得很快。”

“我也能走得快。”她说，脸色阴沉下来。

“不，你走不快，我知道你所谓的快是多快。你愿意的话，可以在我回来的路上接我。”

“噢，你想尽办法让我伤心。看样子一有机会你就想伤害我。”

“你真是蛮不讲理，伯莎。你没看见我赶时间吗，我没时间闲逛，没时间跟你闲扯什么毛茛植物。”

“那好，我们驾车去。”

“不行。母马身体不舒服，矮种马昨天累坏了，今天得休息。”

“你就是不想让我去罢了。总是这样，天天如此。你为了打发我，什么借口都编得出来。”

她突然泪如雨下，明知自己说的话有失公允，却还是觉得受了莫大的委屈。爱德华面露微笑，脾气好得令人恼火。

“等你冷静下来，就会后悔说了刚才那些话，到时候就会让我原谅你。”

她抬起头，涨红了脸。“你以为我是个幼稚的傻子。”

“没有，我只是觉得你今天心情不好。”

然后，他吹着口哨出门了。她听见他跟花匠吩咐了几句，语气跟往常一般，高兴得跟个没事人似的。伯莎知道他已经忘了这个小风波。什么事都影响不了他的好心情。她可以哭，可以把心掏出来（打个比喻），砰地砸到地上，就算这样，爱德华也不会在意；他依然会气定神闲，性情温和，宽宏大量。用他的话说，狠话伤不到骨头——“女人就像母鸡，它们咯咯叫的时候，你只管坐着不动，别去搭理！”

爱德华回家后，似乎没瞧出妻子正在气头上。他总是心平气和，而且没有眼力见儿。她用一两个字应付他的话，他却喋喋不休说个没完，得意地说着自己在镇上的谁那儿做了笔划算的买卖。伯莎盼着他关心她几句，这样她就可以大吐苦水，但爱德华迟钝得无可救药；要不然就是他已经看出来了，但不想给她机会发作。这几乎是伯莎头一回当真生丈夫的气，把她自己都吓到了——突然间，爱德华似乎成了敌人，她想要让他吃点苦头。她都搞不懂自己了——接下来会发生什么？他为什么不问问她，好让她倾吐肚子里的苦水，然后跟他和好如初！天色渐渐暗了，她依旧闷闷不乐，心里要命地疼了起来。到了晚上，爱德华还是没有反应，她到处找机会挑起这一架，可就是逮不着机会。伯莎假装要去睡觉，临睡前没有吻他，这可是爱人之间天长地久的吻，两人每天都会互相亲吻。这下他总能察觉到了吧，他总能问她有什么烦心事了吧，然后，她就终于能让他屈膝投降了。但他什么也没说。干了一天的累活，他筋疲力尽，一句话也没说便睡了。过了五分钟，伯莎听到他沉重而均匀的鼾声。

于是她崩溃了。没有跟他道晚安，没有他的吻，她怎么可能睡得着。

“他比我坚强，”她说，“因为他不爱我。”

伯莎默默流泪，她不忍对丈夫发火。她什么都能忍，就是不能窝着火过夜，把难受留到明天。她感到颜面扫地。终于，她再也忍不了痛苦，把他叫醒了。

“爱迪，你还没有跟我说晚安呢。”

“哎呀，我给忘干净了，”他睡意蒙胧地回答。伯莎忍住一声抽泣。

“嘿，怎么了？”他说，“你不会是因为我忘了亲你就哭了吧，我累得要死，你知道的。”

他确实什么都没注意到；她在饱受痛苦的时候，他和往常一样高高兴兴、扬扬得意。可伯莎的火气冒上来片刻，便马上消了下去。此时，她要不得自尊心了。

“你没生我的气吧？”她说，“你不吻我，我睡不着。”

“傻丫头！”他低声说。

“你是爱我的，对吗？”

“对。”

他以她喜爱的方式吻了她，她高兴得把怒火忘得一干二净。

“你若不爱我，我便活不下去了。噢，我若能让你明白我有多爱你就好了……我们又和好了，对吗？”

“我们从来没有不好过。”

伯莎松了口气，躺在他的怀里，感到幸福极了。一分钟后，她从爱德华的鼾声中听出来他已经睡着了。她不敢动弹，生怕吵醒他。

夏日给伯莎带来了新的乐趣，她决心享受曾经幻想的田园生活。莱伊府前的榆树此时已枝繁叶茂,浓密的青葱草木紧挨着房子,令其尽显宏伟庄严。榆树是最体面的树,或许有点自命不凡,但出身非常高贵。就连树荫也非同寻常,既浓密又自恃,与郡中世家的庄园很相称。倒在地上的树干已经搬走,到了秋天,就会在空地上栽种树苗。爱德华下定决心要把这地方收拾像样。春天的时候,莱伊府外面新刷了一层漆,看起来像证券经纪人的郊区别墅一样焕然一新。多年来无人照料的花坛如今整齐地长着讨人厌的毯状花草;正方形的红色天竺葵和圆形的黄色蒲包花形成对照;蔓生的黄杨木被剪到适当的高度;山楂树篱在劫难逃,爱德华安排好了,用木栅栏和月桂灌木把庭院围住。车道上铺了几车的石子,如此一来,这古老而萎靡的家族的新继承人便能以此为荣。克拉多克取而代之,当家做主还没满两个礼拜,林荫道两旁的草坪上,满身污垢的羊群就被赶了出去,此后草坪常常有人修剪和推平。现在,地上已划出一片网球场,如爱德华所说,这就像个家了。最后,铁门漆上了黑色和金色,气派极了,配得上绅士宅第的入口。翻新过的门房向所有人证明,莱伊府如今当家的男人明事理,懂规矩。

尽管伯莎憎恶所有新事物,她还是逆来顺受地接受了爱德华做的修缮,这些改进引起了讲不完的话题,他的热情总叫她欢喜。

“哎呀,”他搓着手说,“这些变化肯定会把你姑姑吓一跳,对吗?”

“还真会。”伯莎笑着说。

一想到莱伊小姐要说的那挖苦人的好话,伯莎就有些不寒而栗。

“到时候,她都快认不出这地方来了。房子跟新的一样,这庭院五六年前就该好好布置一番……再给我五年时间,就连你也会认不出你的老家的。”

莱伊小姐最终接受了爱德华执意送去的雪片似的邀请,写信说,她会下乡一周。爱德华自然高兴得很。如他所说,他想和所有人成为朋友,而伯莎唯一的亲戚要是故意回避,似乎说不过去。

“她这个样子,就好像是不赞成我们结婚的,还惹人闲话。”

他去车站接这位有教养的小姐,迎接她的时候热情得让她有些反感。

“啊,您终于来了!”他吆喝道,还是那友好而快活的样子。“我们以为您再也不会来了。到这儿来,脚夫!”他拔高嗓门,连站台都轰隆隆地为之一震。

他抓住莱伊小姐的双手,她脑中闪过一丝可怕的念头——他会在众人面前亲吻她。

“他在学乡绅的样子,”她想,“但愿他别再学了。”

他拿起她数不清的行囊,分给了侍从。他甚至作势想让她扶着他的胳膊走上双轮马车——如此殊荣,她断然拒绝。

“好,请绕到这边来,我扶您上去。行李随后由矮种马送到。”

他张罗着一切,一副自信的当家派头。莱伊小姐注意到,婚姻让他不再腼腆,这曾是他身上相当迷人的特质。他越来越大大咧咧、热情奔放,也越来越胖了。富足的生活和上升的地位让他腰板变宽,肩膀变挺。他的胸围比她初见他时足足宽了三英寸,腰围也相应增加了。

“照这样下去,”她想,“到了四十岁,帅小伙就成庞然大物了。”

“当然了,波莉姑姑,”他说,擅自去掉了他此前一直称呼的“莱伊小姐”这一尊称,虽然他的这位新亲戚不是哪个男人都敢跟她套近乎的,“你一个礼拜后就走实在太荒唐了,起码得住上几个月。”

“你这是好心,亲爱的爱德华,”莱伊小姐冷冷地回答,“但我另有安排。”

“那就别去了，我不能让人刚来我家就走。”

莱伊小姐扬起眉毛，笑了笑。都成“他家”了？天哪！

“我亲爱的爱德华，”她回答，“我去哪儿住都不会超过两天——第一天我对人家说话，第二天我让人家对我说话，第三天我就走了……我在旅馆住一个星期是去寄宿①，是去把衣服洗好、晾干。”

“你这是拿我们这儿当旅馆呢。”爱德华笑着说。

“我这可是非常看得起这儿，私宅往往招待极其不周。”

“好啦好啦，不说这个了。不过，我会叫人把你的行装搬到储藏室，钥匙我来保管。”

莱伊小姐干笑了一声，意思是对方的话并不好笑，她自己想到的倒挺好笑。不一会儿，两人到了莱伊府。

“跟你上次走之前相比，看出什么两样了吗？”爱德华欢快地问。

莱伊小姐环顾四周，噘起了嘴。

“好得很。”她说。

“我就知道你会吓一跳。”他笑着嚷嚷道。

伯莎在门厅欢迎她姑姑，用严肃而端庄的姿态拥抱她，她俩的关系从来都是如此。

“你真是聪明，伯莎，”莱伊小姐说，“竟然保持了曼妙的身姿。”

随后，她郑重地决定，对这对小夫妻婚后的幸福生活好好考察一番。

① 原文为法语。

第十二章

见个人就爱分析一番，这是最让莱伊小姐沉迷的嗜好。任何亲属关系或亲密感情（两者不一定存在于同一人身上）都无法阻碍她在这方面施展天赋。午餐席间，她仔细观察伯莎和爱德华：伯莎滔滔不绝，说个没完没了，活泼得有些蹊跷，说的都是邻居的事——布兰德顿太太的新女帽和新发型，格洛弗小姐的善行，还有格洛弗先生的伦敦之行；而爱德华沉默寡言，只是在他硬让莱伊小姐多吃点的时候才开口。他狼吞虎咽，大口吃着菜，大口喝着啤酒，如此好胃口这位未婚小姐肯定看在了眼里。她自然是得出了结论。他吞下半磅奶酪，灌下最后一口啤酒，向后挪动椅子，近乎低吼地打着饱嗝，让人想起一头塞满食物的猛兽，嘴里说道：

"好啦好啦，我想我得动手干活了，劳碌命的人一刻也不得闲。"

这时，她进一步得出了结论。

他从口袋里掏出一根用欧石楠根制的新烟斗，填上烟草，将它点着。

"现在畅快多了……好了，再会。我吃茶点的时候回来。"

各种结论像夏天的摇蚊，在莱伊小姐身边嗡嗡地飞来飞去。一下午，她都在推论；晚餐时，她从头到尾都在推论。伯莎还是很热情，异于往常地热情。莱伊小姐好几次问自己，这滔滔不绝的闲聊，这哈哈大笑声，是出于心情愉快，还是出于居心叵测，企图蒙骗她这个好奇的中年姑姑。晚餐过后，爱德华对她说，她当然是这个家里的一员，希望她别跟他讲客套，说着拿起报纸读了起来。应莱伊小姐的要求，伯莎弹起了钢琴，他出于礼貌，放下报纸，一刻钟里面打了十几个哈欠。

“不能再弹了，”伯莎说，“不然爱迪要睡着了，对吗，亲爱的？”

“没什么好奇怪的。”他笑着说，“实际上，每次有客人来的时候，伯莎弹的东西都让我感觉闷得很！”

“爱德华只愿意听我弹《苏格兰的蓝铃花》和《扬基·杜德尔》①。”

伯莎一面说话，一面笑盈盈地看着丈夫，可莱伊小姐看出了其中的名堂。

“我可以承认，我受不了这些外国音乐。我想对伯莎说——你就不能弹点英国的东西？”

“要是你非得弹的话。”他妻子插话道。

“说到底，《苏格兰的蓝铃花》就是这么首曲子，让人可以全情投入。”

“你看，这就是区别，”伯莎说着，随便弹了《统治吧，不列颠尼亚！》②的几个小节，“这首曲子让我情绪错乱。”

“唉，我可是爱国的，”爱德华反驳道，“我喜欢好听、简单、朴实的英国曲调。因为是英国的歌我才喜欢。我可以大大方方地讲，对我来说，世界上最好的一首曲子就是《天佑女王》③。”

“写这首歌的是个德国人，亲爱的爱德华。”莱伊小姐微笑着说。

“就算这样，”爱德华说，一点也不难为情，“但讲的是英国人的情感，我只在乎这个。”

“听听！听听！”伯莎叫道，“我认为爱德华有志于政治事业。

① 最早是英国人用以嘲笑殖民地居民的一首歌，后成为美国独立战争时期流行的一支民间歌曲。
② 英国海军军歌。
③ 英国国歌。

我知道我最终会当上地方议员的夫人。"

"我爱国,"爱德华说,"说出来没什么难为情的。"

"统治吧,不列颠尼亚!"伯莎唱了起来,"不列颠尼亚一统江湖,不列颠人永生永世不为奴。嗒——啦——啦——嘣——嘀——唉!嗒——啦——啦——嘣——嘀——唉!"

"现在到处都是这样,"这位演说家继续说,"到处都是外国人和外国货。我觉得太不像话了。你觉得英国的音乐不够好,你就听法国和德国的。你吃的黄油从哪来?布列塔尼[1]!你吃的肉从哪来?新西兰!"说这些话的时候,他满脸不屑;伯莎奏出响亮的和弦,给他的论述加上标点。"就拿黄油说吧,根本不是真的,是人造黄油。你吃的面包从哪来?美国。你吃的蔬菜是泽西岛[2]的。"

"你吃的鱼还是海里来的呢。"伯莎插话道。

"到处都是这样,英国的农民根本没活路!"

伯莎给这场演说配上了一曲戏谑风格的伴奏,克拉多克要是再敏感一些,肯定会被惹急,但他只是和气地笑笑。

"伯莎不会放在心上的。"他说着,亲昵地抚摸她的头发。

她突然不弹了。他的好脾气,加上充满爱意的动作,让她懊悔不已,眼里噙满了泪水。

"你真是个可亲可爱的好人儿,"她支支吾吾地说,"我真是可恶。"

"快别在波莉姑姑面前说傻话。你知道,她会笑话我们的。"

"噢,我才不管呢。"伯莎说,笑得很开心。她站起来挽住他的胳膊。"爱迪是这个世界上脾气最好的人,好得没话说。"

"想必如此,"莱伊小姐说,"因为结婚都半年了,你还能对他这

① 法国西北部一地区。
② 位于英吉利海峡,英国皇家属地,非英国本土的一部分。

么有信心。”

然而，这位未婚的小姐记下了很多观察到的情况，她感觉急需躲进卧室，独自待着，把所见所闻理理顺。她吻了伯莎，接着向爱德华伸出手。

“啊，你亲了伯莎，也得亲我。”他说，笑着凑了上去。

“哎呀！”莱伊小姐说，有点被吓到。随后，因他显然执意要她这么做，她只好跟他贴了贴脸颊，害得她满脸通红。

莱伊小姐的调查结果是，她又一次发现，这条婚姻的道路上并没有铺满玫瑰花。她一把脑袋靠在枕头上，脑海里就冒出一个念头：拉姆齐大夫肯定会来幸灾乐祸一番——她心想，男人天生不会错过任何机会对被击败的敌人耀武扬威。

“他会宣称，是我直接促成了这桩婚事。这位仁兄会以我的窘迫为乐，还会没完没了地借题发挥。明天他一准会来。”

的确，莱伊小姐回来的消息早就被爱德华不辞辛劳地传开了。一听到消息，拉姆齐太太就穿上她那件蓝色天鹅绒出客礼服，坐着丈夫的四轮马车，同他驱车直奔莱伊府。拉姆齐夫妇发现，格洛弗小姐和她的牧师哥哥早就到了那儿。格洛弗先生比莱伊小姐上次见他时更瘦更老了，看起来更憔悴、更温顺、更好欺负；格洛弗小姐则从来没变样。

“教区么？”牧师回应莱伊小姐的礼貌询问，说，“恐怕情况不好。要知道，不奉国教者建了新教堂。他们还说，救世军①要设立所谓的‘兵营’。只可惜政府不出面干预，但毕竟这是依法建立的国家，法律应当保护我们不受侵犯。”

---

① 1865 年成立的基督教教派，以军队形式作为其架构，以街头布道和慈善活动等著称。

“你不是主张信仰自由吗?”莱伊小姐问。

“我亲爱的莱伊小姐,”牧师用他疲惫的声音说,“什么事都有其限度。我认为,国教已给所有人足够的信仰自由。”

“利纳姆的情况越来越糟了,”格洛弗小姐说,“几乎所有的商人现在都去新教堂做礼拜,给我们出了很大的难题。”

“没错,”牧师回应道,疲惫地叹了口气,“好像还不够我们受似的,听说沃克也不来我们的教堂做礼拜了。”

“哎呀,哎呀!”格洛弗小姐说。

“沃克？面包店的老板?”爱德华问。

“就是他。眼下在利纳姆,来我们教堂做礼拜的面包店老板只剩安德鲁斯了。”

“哟,我们决不能跟他做买卖,查尔斯,”格洛弗小姐说,“他的面包太难吃了。”

“亲爱的,这由不得我们,”她的哥哥叹息道,“跟那些去新教堂的商人做生意是违背我一切原则的。你一定问沃克把祈祷书寄来,除非他保证会经常来我们的教堂做礼拜。”

“可是安德鲁斯的面包总让你消化不良,查尔斯。”格洛弗小姐叫道。

“我只能忍了。如果这就是我们最大的磨难,那就没理由抱怨了。”

“唉,从特坎伯雷买面包不就得了。”拉姆齐太太说,她极度讲求实际。

格洛弗先生和妹妹丧气地摆摆手。

“那安德鲁斯也会去新教堂。很遗憾,留住他们的唯一原因就是,让牧师家里光顾他们的生意——或者说,是指望着我们光顾。”

不一会儿,莱伊小姐发现身旁只有牧师的妹妹了。

“又见到伯莎，你肯定很高兴，莱伊小姐。”

“她要开始幸灾乐祸了。”这位有教养的小姐心想。“当然高兴。”她说。

“看到一切都这么圆满，你一定很宽慰。”

莱伊小姐用尖锐的眼神看着格洛弗小姐，却未见一点嘲讽之意。

“噢，看到一对夫妻如此幸福美满，我觉得真美妙。我来这儿的时候，看到两人这般恩爱，真的让我感觉自己也变得更好了。”

“这个可怜的姑娘果然是个十足的白痴。”莱伊小姐想。“是呀，可喜可贺呢。”她不动声色地打趣道。

她向四周扫视一眼，寻找拉姆齐大夫的身影；尽管她是输了的一方，她还是期待着那场早就预料到的争论。她具备出色斗士的天性，就算失败在所难免，也不会逃避任何正面交锋。大夫朝她走来。

“嘿，莱伊小姐，你又回到我们身边了。见到你，大家都好高兴。”

“这些人可真是热情友好。”莱伊小姐有些恼怒地想，她觉得拉姆齐大夫是先给她个甜枣，跟着就要粗鲁地取笑她，或是责备她一番。“我们去花园里兜一圈吧。你肯定想跟我斗嘴。”

“那最好不过了——我是说，去花园里散步；当然咯，谁也不能跟您这样有魅力的人吵起来。”

“他若不是打算后头要说难听的话，便不会一上来就说这么好听的话。”莱伊小姐想。“你对花园感兴趣，我很高兴。”她说。

“克拉多克把这儿修得真好。看着他改善的这一切，真是赏心悦目。”

莱伊小姐把这话当成是讥讽，想着如何巧妙应答，但想不出来，于是不说话——莱伊小姐真是个聪明的女人！两人一言不发地走了几步，拉姆齐大夫突然开口：

“啊，莱伊小姐，你终归还是说对了。”

她停下来，瞧了一眼说话的人，他似乎十分当真。

“没错，”他说，“我愿意承认，之前是我错了。你大获全胜了，是吧？”

他看着她，发出随和的笑声，身子也跟着抖动。

“他这是在取笑我吗？”莱伊小姐自问，心里仍有些不痛快。她不仅没听懂这位有教养的大夫说的话，更没看透他内心深处的想法，这还是头一回。“这么说，你觉得这个庄园比以前更好了？”她急忙问道。

“真不知道他怎么在这么短时间内弄得这么好。嗨，你瞧瞧就知道了！”

莱伊小姐噘起嘴。“莱伊府就算在最破旧的时候，看上去也有绅士气派。现在这副样子呢，”她扬起鼻子四下扫了一眼，“像是猪肉铺老板的乡下宅子。”

“我亲爱的莱伊小姐，恕我直言，这地方以前连像模像样都算不上。”

“可现在是像样了，我不满意的正是这个。我亲爱的大夫，放在以前，路人能看出莱伊府的主人是体面人物，至于入不敷出倒是枝节问题，很可能是因为支出的那一头，钱烧得太快，这说明活得很讲究。”莱伊小姐混用着滑稽的多重隐喻。“于是路人就会据此引出大道理。对绅士而言，只有两种正派得体的活法——赤贫如洗或腰缠万贯，不穷不富乃是低俗。而如今，路人看到了精打细算的管理，收支平衡，但十分张扬，像是干了什么光荣的事。钱都要数着花。天哪！莱伊家竟沦落到用来点明教益和点缀说教。莱伊家的人曾豪赌挥霍，吃不上面包也要买钻石，再把钻石当掉，给国王办游园会。而如今,倒成了练字本页首上的格言,成了种菜人的楷模。"

莱伊小姐具备真正善于创作警句的特质,她只要能自圆其说,就不在乎里面有多少谬论。她讲完激烈的长篇演说,看了眼大夫,等他提出任何异议,她认为这是应该的,可他只是付之一笑。

"看来你是要戳人痛处。"他说。

"这家伙到底什么意思?"莱伊小姐自问。

"我承认,我原本的确以为没有什么好下场,"大夫接着说,"总觉得他会经不住诱惑,把所有财产给挥霍掉。好吧,我可以坦率地承认,伯莎选的这个丈夫再好不过了。他是个彻头彻尾的好男人,之前没人发现他的优秀品质,也没人预料到他有多大出息。"

换作是个男人,此刻就会轻轻吹一声口哨,来表达莱伊小姐的感受,而这位小姐只是挑了挑她细细的眉毛。这么说,拉姆齐大夫的看法跟格洛弗小姐一样?

"郡里的人究竟是怎么看的?"她问,"讨厌的布兰德顿太太怎么看,赖尔太太怎么看(她压根不配叫'梅斯顿'①),汉考克家的人怎么看,其他人怎么看?"

"爱德华·克拉多克赢得了八方好评。大家都喜欢他,都说他好。不过,我向你保证,尽管我不怎么喜欢承认自己的错,但他是最合适的那个人。大家已经如此接纳他,尊重他,真是了不得……我向你保证,伯莎应该庆幸,一个姑娘不是天天都能捡到这样的好丈夫的。"

莱伊小姐微微一笑,发现自己到底不比多数人愚蠢(这么说是谦虚),为此非常欣慰,在这个问题上的疑问一度让她有些不安。

"这么说,所有人都觉得他俩如斑鸠一般恩爱?"

① 该名字源于肯特郡首府梅德斯通,寓意魅力与仁慈。

“嗨,可不是嘛,”大夫叫道,“你呢,难道你不这么觉得?”

莱伊小姐从不认为自己有责任消除别人的谬见,她但凡知道了点什么,绝大多数情况下,宁可藏在肚子里。

“我吗?”她回答大夫的问题,“我总是尽量顺应大多数人的看法,只有这样别人才会说你聪明!”但说到底,莱伊小姐不过是个凡人。“你认为他俩之间谁是主导的那一方?”她问,冷冷地笑了笑。

“男方,也应当如此。”大夫生硬地答道。

“你觉得男的更聪明?”

“啊,你是女权主义者。”拉姆齐大夫不屑一顾地说。

“我亲爱的大夫,我的手套是偏小的六号尺码,再看看我的鞋。”她亮出一只头很尖的高跟鞋给这位老绅士看,跟着露出一只做工细致的透孔长筒丝袜。

“你想告诉我,这是在承认男人的优越性?”

“天哪,你真是嘴上不饶人!”莱伊小姐笑了,这下她能使出自己的看家本领了。“我知道你想跟我争论一番。你真想听听我的看法?”

“想。”

“好,依我看,把一个冰雪聪明的女人跟一个平常男子放在一块儿,什么也证明不了。女人通常喜欢这样来证明自己聪明。把乔治·艾略特①(顺便提一句,她浑身上下没有哪点像女人,除了穿衬裙——且并非一直穿着)跟某某普通男子放在一块儿,再提出悲剧般的问题:这样的女人是不是不如这样的男人?这么做太愚蠢了!二十五年来,我一直在思考,一个普通的傻女人,跟一个普通的傻男人相比,到底谁更傻。”

① 乔治·艾略特(1819—1880),英国女作家,被称为19世纪英语文学最有影响力的作家之一。

“答案是?”

“唉,说实话,我觉得两者之间没什么好比的。”

“那你对这个问题根本没想法咯?”大夫叫道。

“所以我才把问题抛给你呀。”

“哼!”拉姆齐大夫咕哝着说,“这个问题套在克拉多克夫妇身上呢?”

“套不上……我不认为伯莎是个傻女人。”

“她傻不了,她可是投胎做了您的亲侄女,嗯?”

“哎呀,大夫,你越来越没规矩了。”

两人逛完花园,只见拉姆齐太太在客厅跟伯莎道别。

“好,说真的,莱伊小姐,”大夫说,“他俩很幸福,对吗? 大家都这么认为。”

“大家都认为,那就错不了。”莱伊小姐说。

“你怎么看?”

“天哪,好一个不依不饶的男人! 哎呀,拉姆齐大夫,我的意思就是: 要知道,对伯莎来说,生活这本书从头到尾都是斜体字;而爱德华呢,他的书里全是练字本标题式的大号圆体字……你不觉得读起彼此的书有些吃力吗?”

第十三章

一到夏天,爱德华开始教伯莎打草地网球。在夏日漫长的傍晚,他干完活,换上那身非常适合他的法兰绒衣服,两人便一盘接一盘地打。他擅长这项运动,并引以为荣,跟一个新手打起来自然会觉得无聊。但他很有耐心,盼着哪天伯莎掌握足够的技巧,能让他打得尽兴。跟丈夫在一起,做什么都足以让伯莎开心。她喜欢他纠正她的错误,喜欢他给她示范这样那样的击球。她仰慕他的好性子和使不完的劲儿。不过,她最大的乐趣是打完球躺在草地旁的长凳上,享受筋疲力尽的痛快,和他闲聊一些无关紧要的琐事,这些事在情人眼里格外有趣。

莱伊小姐被说服多待一阵子。她原本宣布过完一周就走,但爱德华不容分说,早已命人将贮藏室的钥匙交到他手上,到了时候不肯把钥匙交出来。

"哎哟,"他说,"我没办法逼着别人来,但我有办法不让他们走。在这个家里,所有人都得照我的吩咐行事,是不是,伯莎?"

"你非要这么说的话,就当是吧,爱德华。"他妻子回答。

莱伊小姐大方答应了侄女婿的要求——这个决定不难作出,反正这儿很舒适,她其实也没什么要紧的约会,而且她一门心思想进一步调查这两个亲戚的婚后生活。如果为了固守原计划而执意要走,那就是不懂变通,有失了她的身份。

这么些日子以来,爱德华和伯莎一直是一对最幸福的恋人,为何突然之间,伯莎会近乎冷酷地对待丈夫,而他却依然亲切如故,好脾气照旧?原因显而易见:两人之间发生了一些小矛盾;自从有亚当和夏娃以来，这个世上的所有夫妇都有这样的烦恼。但这个显而易见的原因是最不可能让莱伊小姐信服的。她从没见到两人有什么分歧，伯莎赞成丈夫的所有建议；一个这么听话，一个脾气这么好，到底是什么能让他们之间产生嫌隙?

莱伊小姐发现，随着秋天来临，充满生机的绿叶正变成红色和金黄色；这时候，把大自然淳朴的馈赠与人类文明的宝库明智地结合在一起，便能从中获得极大的乐趣。每到傍晚，她来到打网球的草坪上，坐在树荫下的一把舒适的椅子上，还有一把红色的大遮阳伞为她遮挡落日的余晖。她不是个喜欢用针线活解闷的女人，所以带了本她最喜欢的作家蒙田[①]的书。她读了一页书，便抬起犀利的眼睛望向打球的两人。爱德华当然很英俊，看起来很干净，再马虎的人也能一眼瞧出来他天天洗澡。有些男人脸上的每一条纹路都看得出晨浴的习惯，爱德华就是这种男人。可以感觉到，梨牌香皂[②]对他而言必不可少，正如他对保守党、德比赛马日[③]，以及农业大萧条的信念一样。就像伯莎常说的，他精力过剩。他的块头虽然大了起来，行动却依然很灵活，总是没完没了地做些不必要的体力活动，如双脚和单脚跳过球网，张开手臂抓举椅子。

"如果说，一个丈夫唯一的必要条件是身体健康、消化力强，那么伯莎无疑是这世上最心满意足的女人。"

莱伊小姐从不会毫无保留地相信自己的看法，因此不会拿哪种看法太当真。她的见解不偏不倚，能清楚看到问题的两面性，对任何一面都鲜有偏颇。因此，她能够并愿意花同样的力气为任何一方的观点争辩。

---

① 米歇尔·德·蒙田(1533—1592)，文艺复兴时期法国思想家、散文作家，代表作《随笔集》。
② 1807 年创立于伦敦，世界上第一个面向大众市场的透明香皂品牌。
③ 英国萨里郡埃普瑟姆丘陵一年一度的顶级赛马大会。

这一盘打完了，伯莎一头倒在椅子上，气喘吁吁。

“把球都捡回来，听话。”她叫道。

爱德华去找球了，伯莎看着他，莞尔一笑。

“他真是好脾气，”她对莱伊小姐说，“有时候，他叫我觉得着实惭愧。”

“他浑身上下都是优点。拉姆齐大夫、格洛弗兄妹，就连布兰德顿太太都在我面前一个劲地夸他。”

“是呀，他们都喜欢他。亚瑟·布兰德顿总是来这儿向他讨教这讨教那的。他是个讨人喜欢的好人。”

“谁？亚瑟·布兰德顿？”

“不，当然不是，我说的是爱迪。”

伯莎摘下帽子，舒展身子，在长椅上坐好。她的头发有些凌乱，浓密的发丝在额头上和脖子后面曲折蜿蜒，那模样叫哪个七十岁以下不出名的诗人见了，都会为之心荡神迷。莱伊小姐看着侄女美丽的侧面轮廓，再次讶异于她的肤色——似落日中最柔和的色彩。她的眼眸如今闪烁着爱的波光，在长长的睫毛的阴影下显得懒洋洋的。那丰满又性感的嘴巴半开半合，嘴角挂着笑容。

“我头发乱了吗？”伯莎问，她察觉了莱伊小姐的眼神和其中的意味。

“不，我觉得你的发型随意一些更好看。”

“可爱德华不喜欢，他要我打扮得端庄……当然，只要他高兴，我不在乎看起来怎么样。你不觉得他很俊美吗？”她没等对方回答，又抛出了一个问题。

“你是不是觉得我爱得这么深太傻了，波莉姑姑？”

“亲爱的，爱自己的合法配偶当然是天经地义的。”

伯莎的笑容变得有些悲伤，一面回答：

"爱德华却似乎认为这样不正常。"她的眼神跟着他移动,他正在灌木丛里找球,挨个把球捡起来。这个下午,她有兴致吐露心事。"你不知道,爱上他以后,一切发生了多么大的变化。我的世界更充实了……只有这种状态才值得我活。"爱德华走了过来,球拍上托着八个球。"过来亲亲,爱迪。"她叫道。

"知道我就不过来了,"他笑着回答,"伯莎完全是个捣蛋鬼。她要我这一辈子只顾着亲她……你不觉得这很过分吗,波莉姑姑?我的座右铭是:什么事都得适时适度。"

"早上亲一下,"伯莎说,"晚上亲一下,老婆才会乖乖听话,剩下的时间,你可以干你的活,看你的报。"

这回,伯莎还是笑得很迷人,但莱伊小姐在她的眼神中没看出丝毫笑意。

"哎呀,好事过头也会腻。"爱德华说着,把球拍顶在鼻尖上保持平衡。

"就算哲学谚语听多了也会腻。"伯莎回了一句。

数日后,因爱德华的这位客人已明确宣称必须得走了,他便提议举办一场网球聚会来为她送行。莱伊小姐本来巴不得躲过这一下午,省得跟利纳姆的那些个显贵人士东拉西扯;但爱德华铁了心要处处向他的姑姑献殷勤,他打心眼里确信,这种场合起码得办一场小型聚会。宾客都到了,有格洛弗兄妹、布兰德顿母子、汉考克父女,还有(该选区的)大政治家阿特希尔·巴科先生。阿特希尔·巴科先生不只热衷于政治,还热衷于向女性献殷勤;他全心全意,只求莱伊小姐一笑。他与她谈论政府的种种过错和军队的无能。

"多招点兵,多弄些枪!"他说,"给军官上上基本的常识课,有时间的话,教教最基本的语法!"

“天哪,巴科先生,你可不能这么说。我还以为你是保守党人呢。”

“小姐,我在八五年的时候代表选区。可以说,要是有哪个保守党人当选,那个人应该是我。但凡事都有限度。就算是忠实的保守党也会动摇。看看汉考克将军就知道了。”

“请别这么大声。”莱伊小姐担心地说——巴科先生出于本能地高谈阔论,整个花园里都能听到他的声音。

“我说,看看汉考克将军,”他重复道,完全不理会她的打岔,“你希望上万的子弟兵待在那种人手下吗?”

“哎哟,说句公道话,”莱伊小姐笑着叫道,“当军官的并非都像可怜的汉考克将军那么傻。”

“我向你保证,小姐,我认为他们都很傻……就我所理解的而言,一个人要是看起来什么事都干不了,就让他当将军,纯粹是为了让其他士兵看到希望。我明白其中的原因。这样的话,做爹妈的把儿子送去参军,他们自然就能有底气地说:‘嗯,他也许不聪明,但没有理由不让他当将军。’”

“可别把这些将军之材从我们身边夺走,”莱伊小姐说,“他们在茶会上可太有用了。我年轻那会儿,家里的傻子都送去教会,而如今,我看傻子都送去当兵了。”

巴科先生正要激烈地回应一番,这时候,爱德华朝他叫唤:

“我们想让你一起组队打盘网球。你和汉考克小姐对阵我老婆和将军,好吗?来,伯莎。”

“不要,我想坐在边上看,爱迪。”伯莎立马说。她看出来了,爱德华把不怎么会打的人都凑到一块儿,这样就能把他们甩了。“我不打。”

“必须打,不然就会打乱下一组的安排。都定好了,我和格洛弗小姐对阵简·汉考克小姐和亚瑟·布兰德顿。”

伯莎看着他,眼里冒着怒火。他自然是没注意到她生气了。他更想跟格洛弗小姐一起打,她这样告诉自己。牧师的妹妹打得好,为了打一场精彩的球,他会毫不犹豫牺牲妻子的感受。除了伯莎,只有格洛弗小姐和小布兰德顿能听到他俩说话,爱德华兴高采烈地边笑边说:

“伯莎真是没用。当然,她才刚开始学。跟将军一起打,你不介意吧,亲爱的?”

听到这番戏谑,亚瑟·布兰德顿笑了,伯莎也微微一笑,脸却也红了。

“我真的不玩。我得安排茶点,马上可能还有人来。”

“嗨,我给忘了这事,”爱德华说,“没错,也许你不该玩。”接着他把妻子抛在脑后,挽住小布兰德顿的胳膊,悠闲地走开了。“快点,老兄,我们得找个蹩脚货凑个弱手组。”爱德华的举止如此有魅力,如此直爽,叫人忍不住喜欢。

伯莎看着两个男人走开,脸色一下刷白。

“我得进屋待一会儿,”她对格洛弗小姐说,“去好好招待布兰德顿太太,好姑娘。”说完便匆匆逃开了。

她跑进自己的房间,扑倒在床上,泪如泉涌。刚才的那番羞辱可怕至极。她想不通,爱迪——她在这个世上最爱的人——怎能对她如此残忍。她做错了什么?他知道——啊,是的,他很清楚,他能给她带来的快乐——可他偏要无情地对待她。她痛哭流涕,对格洛弗小姐心生妒忌(格洛弗小姐,偏偏是她!),心里跟刀扎似的。

“他不爱我。”她呜咽着说,泪水决堤。

不久,响起了敲门声。

“谁?”她叫道。

门把手转动，进来的是格洛弗小姐，紧张得满脸通红。

"请原谅我擅自进来，伯莎。我刚看你好像不舒服。能帮你做些什么吗？"

"哦，我没事，"伯莎说着擦干眼泪，"就是热得有些难受，让我头疼。"

"我把爱德华叫来，好不好？"

"叫爱德华有什么用？"伯莎闹着脾气回答，"要不了五分钟我就好了，这点毛病经常发作的。"

"我肯定他不是故意要说难听的话。他是善良的化身，我知道的。"

伯莎满脸通红。"你到底想说什么，范妮？谁没说过难听的话？"

"我以为你很伤心，因为爱德华说你没用，说你是新手。"

"噢，亲爱的，你准以为我是傻子。"伯莎笑得歇斯底里，"我没用，这话很对。我跟你说了，只是天气的原因。哎呀，要是每次爱迪说那种话，我都伤心难受，那我下半辈子该多难过。"

"你要是让我把他叫上来就好了。"格洛弗小姐说，仍然没被说服。

"天哪！哎呀！你看，我现在好得很。"她洗了洗眼睛，脸上打上粉扑，"亲爱的，只不过是太阳晒的。"

她费力站稳脚跟，突然大笑一声，那快活的模样几乎骗过了牧师的妹妹。

"快，我们得下去了，不然布兰德顿太太该要变本加厉地怪我没礼貌了。"

她搂住格洛弗小姐的腰，推着她往楼下跑，害得这位好心的姑娘既惊恐又惊奇。剩下的午后时光，她的目光虽然再也没落在爱德华身上,但她看起来却十分迷人——情绪高涨,滔滔不绝,有说有笑。所有人都注意到她心情愉悦,婚姻幸福有目共睹,对此交口称赞。

"看到如此恩爱的夫妻,让人身心愉悦,"汉考克将军说,"瞧着就叫人欢喜。"

然而,这场小风波逃不过莱伊小姐的火眼金睛。她注意到格洛弗小姐去找了伯莎,为此感到揪心。她没能拦住格洛弗小姐,当时她正应付布兰德顿太太,脱不开身。

"哎哟,这些个好心人真是好管闲事! 就不能让那个姑娘自个儿去想明白嘛!"

此刻,莱伊小姐的脑子里闪过一个念头,一切都说得通了。

"我真傻!"她想,一面跟布兰德顿太太说着不相干的恭维话,一面脑子里想得清清楚楚。"第一次见他俩在一块儿的时候,我就发现了。我怎么就给忘了呢!"她耸耸肩,嘴里嘟囔着拉罗什富科①的名言:

"恋人之间,总有一个爱,一个被爱。"②

对此,她又加了一句,也是法语,因出处不明,她冒昧称是出自她口。此话似乎恰恰总结了眼下的情形。

"而爱的那个总是错的。"

① 拉罗什富科(1613—1680),法国伦理作家,其《箴言录》主要表达愤世嫉俗的思想。
② 原文为法语。

第十四章

这一夜，伯莎和莱伊小姐都心事重重；至于爱德华，当然了，经过大量运动和一顿丰盛的晚餐，睡了个安稳觉，什么心事也没有。伯莎的心里窝着火，她费了好大的劲才逼自己亲吻丈夫，然后他习惯性地背过身子，打起了呼噜。莱伊小姐知道这对夫妻即将发生的矛盾，想着自己要不要做些什么。可她能做什么？他们一直各读各的生活之书，一本是斜体字，一本是练字本上的大号圆体字。她又怎能帮他们找到共同点？当然，婚后第一年的生活总是坎坷的，情欲的厌倦加深了难免的幻想破灭。每一场婚姻都有绝望透顶的时候。巨大的隐患在旁观者身上，他们可能会过于关注当事人，继而介入调解，结果造成矛盾永远存在——把纠葛直接斩断，而不是让时间来解开此结。经过深思熟虑，莱伊小姐理所当然地选择了最符合她作风的对策。她断定，从长远来看，最好的做法就是什么也别管，顺其自然，让问题尽可能自行化解。她没有再作逗留，而是依照约定，次日动身离开。

"喏，看吧，"爱德华向她告别道，"我跟你说过的，我会让你不只待上一个礼拜。"

"你这人好得不得了，爱德华，"莱伊小姐不动声色地说，"我对此一刻也没怀疑过。"

他很得意，没有听出其中有半点讽刺的意味。莱伊小姐跟伯莎告别时，带着一丝别扭的温情，这种情形倒是难得。她向来不喜欢表露情感，却发现再难说出口也应该告诉伯莎，她要是遇上什么麻烦，随时可以找姑姑，把姑姑当成真心的老朋友。她只说了这些话：

“你要是想来伦敦买什么东西,随时去我那儿住,知道吧。你来的话,我觉得你大可以跟我住上个把月——要是爱德华肯放你来的话。也算换一种生活。”

莱伊小姐跟爱德华坐车去火车站的时候,伯莎突然感到一阵极度的落寞。她的姑姑曾是她和丈夫之间的阻碍;过了开头几个月的疯狂迷恋,等她开始发现自己和一个她不了解的男人在一起,偏偏这时候她姑姑又来了。本来,这房子里的第三个人让他们放不开手脚。而如今,她已经开始有些恐惧地展望以后的日子,她对爱德华的爱成了钻心的痛。啊,没错,她好爱他,她深爱他;可他呢,他喜欢她,用他那平心静气的态度喜欢她。她想想就来气。

跟着便是阴雨天,有两天提都别提打网球。但到了第三天,太阳又出来了,草坪很快就干了。爱德华赶车去了另一头的特坎伯雷,快到晚上才回来。

“嘿!”他说,“你还没穿上打网球的行头呢,最好抓紧了。”

伯莎一直在等这么个机会。她厌倦了总是让步,总是低声下气。她要讨个说法。

“你打得很好,”她说,“可我不想再跟你打网球了。”

“到底为什么?”

她突然发作,大喊道:“因为我烦透了被你使唤来使唤去。我自尊心太强,受不了别人那样对我。噢,别装得好像你心里没数似的。你跟我打球,是因为找不到别人陪你打。难道不是吗?你总跟我在一起打就是这个道理。你宁愿跟世上最愚蠢的傻瓜待在一起,也不要我陪。你似乎想方设法瞧不起我。”

“嗨!我又做错了什么?”

“噢,当然了,你给忘了。你做梦都想不到会让我难过得要命。你觉得我喜欢在人前被当成个可怜的白痴,任你嘲笑讥讽?”

爱德华没见过妻子发这么大火,这回他不得不上心。她站在他面前,说完这段话,她咬牙切齿,双颊通红。

“我想是前几天的那件事。那天我见你火气很大。”

“而你一丁点也不在乎。”

“你太傻了,”他说着笑了一声,“有客人在,我们不能在一组打球。他们会笑话我们这样太亲热。”

“要是他们知道你多么不在乎我就好了!”

“要不是你生闷气,不肯打球,本来我可能后面会跟你组一盘。”

“你绝对不会这么想,我还不了解你嘛。你自私至极。”

“得啦,得啦,伯莎,”他和气地叫道,“没人给我扣过这种帽子,从来没人说过我自私。”

“哎呀,他们觉得你有魅力。他们觉得,因为你开朗、脾气好,因为你对所有认识的人都嘻嘻哈哈的,所以你性格特别好。要是他们跟我一样了解你,就会明白,那只是因为你完全不在乎他们。你看似把别人当成知己,结果等他们走了,再过五分钟,你就把他们忘了个精光……最可怕的是,我在你眼里,比别人好不到哪儿去。”

“噢,得啦,我可不觉得你能在我身上找出这些怪毛病。”

“我从来没见你牺牲一丁点的兴致来满足我最迫切的愿望。”

“你可不能指望我做些我觉得不理智的事情。”

“你要是真的爱我,不会总是在意我要的是不是理智。我当初嫁给你的时候根本没有想到理智。”

爱德华没有答腔,这自然是让伯莎的火气又往上冒了。她正在给桌上摆花,于是恶狠狠地掰断花茎。爱德华沉默了一会儿,朝门口走去。

“你上哪儿去?”她问。

“既然你不玩,我只好自己去练练发球。”

“你怎么不去请格洛弗小姐来陪你玩呢?”

他的脑海里突然冒出一个新的想法(新想法难得冒出来一次,以免影响他的冷静),可这个想法荒唐得让他发笑。

“你不会真的吃她的醋了吧,伯莎?”

“我吃醋?”伯莎嗤之以鼻地说,然后转念一想,“比起跟我打球,你更喜欢跟她打球。”

他聪明地撇开了指责中“打球”两个字。“看看她,再看看你。你觉得比起你,我更喜欢她?”

“我觉得你相当愚蠢。”

伯莎几乎还没意识到,话就说出口了,加上刻薄又轻蔑的口吻,话变得更难听了。这句话把她吓坏了,她脸色煞白地朝丈夫瞥了一眼。

“噢,我不是故意要这么说的,爱迪。”

她生怕自己真的伤了他的心,感到十分愧疚。要是能收回刚刚的话,叫她干什么她都愿意。爱德华正翻着一本书的书页,懒洋洋地看着书。她朝他走去。

“我没惹你生气,对吧,爱迪? 我不是故意要这么说的。”

她挽住他的胳膊,他不回答。

“别生我的气,”她又支支吾吾道,接着把头埋进他的胸前,情不自禁地哭了起来,“我不是故意的,我没控制住自己。你不知道那天你让我多丢脸。晚上我一直在想那件事,睡也睡不着……吻我。”

他背过脸去,但她不让他躲开。她终于还是贴上了他的唇。

“快说你不生我的气。”

“我不生你的气。”

“噢,我太需要你的爱了,爱迪,”她低语道,“从没有像此刻这么需要……我怀孕了。”

接着，她回应他的一声惊叹：

“直到今天我才确定……噢，爱迪，我好高兴。我想这才会让我快乐。”

“我也高兴。”他说。

“可你得对我好点，爱迪，我烦躁和发脾气的时候，你得顺着我。你知道我也是忍不住，但事后我总是很后悔。”

他生性冷静，只有尽量热情地亲吻她，她这颗备受折磨的心这才踏实下来。

伯莎本来打算隐瞒怀孕的事，能瞒多久是多久；难过时以此当作慰藉，来抵御幻想的逐渐破灭。爱德华冷静的天性无法满足她炽热的爱：于她，爱是燃烧的火，燃尽余生的火；于他，爱是一种天经地义的风俗，是提供便利的生活所需，就跟订购一套衣服一样，没什么好激动的——她不甘心接受这一发现，这一尚不明朗的发现。伯莎强烈的爱将丈夫的冷淡遮掩了一段时间，她没看出来他是天性如此。她怪他不爱她，还不着重点地自问怎么博得他的爱。她的爱比他的多出太多，她的自尊心因此受到羞辱。半年来，她不顾一切地爱着他，而今，她睁开双眼，不肯面对赤裸裸的现实，依然只看她希望看到的东西。

而现实挤过她的重重幻想，对她加以折磨。她怕爱德华既不爱她，也从没爱过她。是保留以往那强烈的爱，还是换上一种同样强烈的恨，她摇摆不定。她告诉自己，做事不能半吊子，要么爱，要么恨，不论爱恨，都要彻底。而现在，孩子弥补了一切。爱德华爱或不爱，都不重要了，即便意识到曾经的希望是多么愚蠢，曾经的理想破碎得多么快，她也不再难过。她感觉，儿子那幼小的双手已经在把她与丈夫之间的纽带一根一根斩断。在猜到自己怀孕的时候，她大喊了一声，不仅是出于喜悦和自豪，也是为她即将到来的自由而欢呼。

然而，当怀孕之事从猜测变为确定时，她的态度发生了急转弯；她的情感像四月的风，总是飘忽不定。极度的虚弱令她渴望丈夫的支撑和体谅，她忍不住要把事情告诉他。在那天充满恶意的争吵中，她强迫自己说了些难听的话，可自始至终她都想着他能把她搂进怀里，说他爱她。重新点燃她行将熄灭的爱是如此简单。她需要他来拯救，没有他的爱，她活不下去。

几个星期过去，看到爱德华的表现有所改观，伯莎十分感动，特别是跟他之前的冷淡比起来，尤为明显。现在，他把她当成病人一样看待，并像对病人一样给予应有的关心。他真的很体贴，在此期间，为了妻子什么都做，只要不涉及牺牲他个人的便利。大夫建议用些小点心来提升食欲，爱德华便欣然骑马远赴特坎伯雷去买。在她面前，他蹑手蹑脚走路，说话声也变细了。过了一阵子，他经常坚持抱着伯莎上下楼，尽管拉姆齐大夫保证，这样做完全没必要，伯莎还是让爱德华坚持这么做。她喜欢像个小孩子一样被他强壮的臂膀抱着，她就爱依偎在他的怀里。后来，到了冬天，天气太冷，没法驾车出去，伯莎就会长时间躺在窗边的沙发上，望着排成排的榆树（眼下又是光秃秃的，令人感伤），再望着阴沉的乌云从海上远远飘来——她的心里一片安宁。

新年的一天，伯莎像往常一样坐在窗边，这时，爱德华沿着车道策马腾跃而来。他停在她面前，挥了挥鞭子。

“我新买的马，怎么样？”他叫道。

就在这时，那牲口欢蹦乱跳了起来，退进了花坛里。“安静，老兄，”爱德华叫道，“好啦，别大惊小怪，安静！”那匹马后腿直立，顽劣地向后竖起耳朵。过了一会儿，爱德华下马，牵着它朝伯莎走去。

“这马真俊,不是吗? 快瞧瞧。”

他从上到下摸着马的前腿,轻抚它油亮的皮毛。

“只花了我三十五英镑,”他说,“我得带它回马厩,然后我就回屋。”

几分钟后,爱德华回到妻子身边。他穿骑马服很好看,再配上一双高筒靴,那模样真是像极了猎狐的乡绅,这可一直是他的理想。新买的马让他情绪高昂。

“就是这牲口,上个礼拜我们出去的时候,把亚瑟·布兰德顿给甩出去过……害他扭了一只脚脖子,折了一根手指头,现在还一瘸一拐着呢。他说,这马是他骑过最烈的马,他吓得不敢再骑了。”爱德华轻蔑地大笑。

“你不会真的买下来了吧?”伯莎惊慌地问。

“当然买了,”爱德华说,“这样的机会我可绝对不能错过。嗨,这马美绝了,只不过有点脾气,谁没点脾气呢。”

“可它不危险吗?”

“有一点,所以到手便宜。亚瑟花了一百几尼[1]买来的,他说算七十卖给我。‘不,’我说,‘给你三十五,我还得冒着摔断脖子的风险。’唔,他只好接受我这个出价! 这马在郡里名声不好,他一时半会儿是找不着买家的。谁要是想在马的事情上骗过我,可不太容易!”

听到这里,伯莎已经吓得魂儿都丢了。

“可是,爱迪,你不能骑这匹马,万一出事了呢。噢,要是你没买就好了。”

“它好得很,”克拉多克说,“要说谁能骑,那就是我,哎呀,我肯

① 英国旧时金币或货币单位,现合 1.05 英镑。

定要冒这个险。嗨，买了又不骑，到头来还得给个说法。”

“就算是讨好我，爱迪，别骑！别人说什么有什么关系呢？我好害怕。这个时候，你总可以听我一句吧。我可是难得求你的。”

“嗯，你要我做的如果合理，我总会尽全力，但说实话，买这马花了我三十五英镑，我总不能把它剁碎拿去喂猫吧。”

“也就是说，你为我做什么，都要基于一个前提，就是不妨碍你自己的好恶。”

“好啦好啦，我们都是这样的，不是吗？……得啦得啦，别为了这事不开心了，伯莎。”

他和气地捏了捏她的脸颊。都知道，女人嘛，要是有能耐，恨不得把月亮给摘下来，可就算没这个能耐，也不妨碍她们没完没了吵着要。爱德华在妻子身旁坐下，抓着她的手。

“对了，说说你今天都干什么了。有人来过吗？”

伯莎深深叹了口气。她在丈夫心中没有一点分量。他铁了心要做的事，怎么祈求，怎么掉泪，都阻止不了。她再怎么争，他也总有法子让她看起来理亏，然后得意地扬长而去。好在她现在肚子里有孩子了。

“谢天谢地！”她喃喃自语。

第十五章

克拉多克骑着他新买的马出门了,回来的时候很是威风。

“它乖得像只羔羊,”他说,“我双手反剪起来也能骑;至于跳跃,它能一步跳过五根木条高的篱笆门。”

伯莎有点生气,气他害她担惊受怕,也气自己操了闲心。

“还好今天它没给我丢脸。菲利普·德克老爵爷也在,他向布兰德顿打听我是谁。‘你告诉他,’他说,‘我很少见谁骑马骑这么好。’你真该瞧瞧布兰德顿,他一脸不乐意,后悔当初三十五英镑就把马让给我。莫尔森先生走到我跟前说:‘我就知道这匹马要不了多久就会到你手里,你是我们这儿唯一能驾驭它的人——不过要是没把你的脖子给摔断,就算你走运。’”

他万分得意地复述着别人对他的一句句夸奖。

“今天这一趟跑下来真是痛快……你怎么样,亲爱的,身体舒服吗?噢,忘了跟你说,你知道罗杰斯吧,那个猎人,嗯,他跟我说:‘你那可是匹好马,先生,但要驾驭它得本事大。’‘我知道不好对付,’我说,‘但我自认为比大多数马还是要聪明一些的。’他们都以为我撑不了一天就会栽跟头,但我就是骑得稳稳当当,证明我一点也不怕。”

随后,他详细讲了事情的经过——他跟德国历史学家一样,热衷于讲究细节。有些人喜欢为鸡毛蒜皮的事操不完心,还自以为这是做事从不马虎的表现,爱德华便是这种人。伯莎本来就头疼,丈夫还要惹她厌烦。她觉得自己这么担心他的安危,实在太傻了。

一个月又一个月慢慢过去，格洛弗小姐开始操碎了心。牧师的这位妹妹把分娩视为神秘又令人心颤之事；然而，为显端庄稳重，文雅之人应对此缄口不提。她以忸怩得出奇的方式对待这位怀孕的朋友，伯莎但凡直白地说起生孩子的事，格洛弗小姐的脸就红得跟朵牡丹花似的。格洛弗小姐身为教区牧师家的小姐，这辈子最大的痛苦就是得管接生包的事——这是一种救济制度，给贫困人家的新生儿提供衣物，给产妇提供法兰绒衬裙。她每次向受她救济之人询问必要信息时，都羞得面红耳赤，觉得这种事情完全应该讳莫如深。她询问的时候总是转移目光，那模样激起了极大的公愤。

“哟，”一个实诚的太太说，“我宁可不要她的接生包，也不想忍受她那副模样。哎呀，她把你当成——嗯，当成你是没结婚就生孩子一样。”

“对，”另一个说，“我就说嘛，我恨不得从兜里掏出结婚本给她瞅瞅。生孩子又不是什么见不得人的事，要是我生一个害臊一回，那要生十六个还怎么了得。”

不过，一桩差事越是不讨人喜欢，格洛弗小姐越是起劲。她觉得应该多去看看伯莎，勇敢地忍受这位少妇一个劲地讲那个令其不适的话题。她发挥大无畏精神，甚至要为即将出生的孩子织短袜，尽管这么做让她的心突突直跳，难受得很。看到哥哥的针线活，她惊讶之余，双颊像两团火一样发烫。

“我说，亲爱的伯莎，”有一天，她让自己镇静下来，挺直腰板，就像她禁欲苦行的时候一直做的那样，说，“嗯，亲爱的伯莎，我想跟你认真谈一谈。”

伯莎笑了。“可别呀，范妮，你知道，那样你会多么不自在。”

“必须这么做，”这位好心人严肃地回答，“我知道你会以为我很可笑，但我有这个责任。”

“我绝不会这么想。”伯莎说，被她这位朋友的谦逊所打动。

“嗯，你说了好多关于——关于即将发生的事。”格洛弗小姐脸红了，“但我不确定你是不是真的做好了准备。”

“啊，这就是你要说的？”伯莎叫道，“两个礼拜后保姆就来了，拉姆齐大夫说是个很可靠的女人。”

“我不是说物质上的准备，”格洛弗小姐说，“我是说别的。你确定自己为迎接那——那个，做好了心理准备？”

“你想要我做什么？”

“不是我想要你做什么，是你应该做什么。轮不到我说什么，而是你到底有没有想过精神上的那方面。”

伯莎叹了一口气，听起来很是撩人。“我想过我要生个儿子，我跟爱迪的儿子，我非常感恩。”

“要不要我偶尔给你念念《圣经》？”

“天哪，你说得好像我快死了一样。”

“谁也说不好，亲爱的伯莎，”格洛弗小姐沉重地回答，“我想，你应该做好准备……‘活着就是走向死亡’——将来会发生什么，谁也说不好。”

伯莎有些焦虑地看着她。最近，她一直在强迫自己高兴起来，并发现有必要遏制反复浮现心头的不祥预感。牧师的这位妹妹从没意识到，她总是想尽办法让伯莎彻彻底底不开心。

“我把我的《圣经》带来了，”她说，“我给你念一个章节好吗？”

“洗耳恭听。”伯莎说，浑身打了个哆嗦。

“你有没有哪个章节特别喜欢？”格洛弗小姐问，一边从总是随身带着的小黑包里取出书来。

伯莎回答说没什么偏好。格洛弗小姐提议随机翻一面，从第一眼看到的那一行读起。

“查尔斯不大赞同这样做，”她说，“他认为这样有点迷信。可我就是喜欢这么做，早期的新教徒也总是这么做。”

格洛弗小姐闭上眼，翻开书本，睁开眼，念了起来：“法勒斯的儿子是希斯仑、哈母勒。谢拉的儿子是心利、以探、希幔、甲各、大拉，共五人。”格洛弗小姐清了清嗓子。“以探的儿子是亚撒利雅。希斯仑所生的儿子是耶拉篾、兰、基路拜。兰生亚米拿达，亚米拿达生拿顺，拿顺作犹大人的首领。①”她随机翻到的是《历代志》开头的家谱表。这一章特别长，写的全是名字，生僻又拗口。格洛弗小姐却一字不落地念完了。她模仿哥哥的腔调，用严肃的语气和有点尖的嗓音，朗读了让人眼花缭乱的一长串名单。伯莎惊愕地看着她。

“这一章念完了，”她终于说，“要我再念一章吗？”

“是的，我很乐意，可我觉得你翻到的这一部分不是很中肯。”

“亲爱的，我不是想责备你，这不是我的职责所在，但《圣经》的每一个字都是中肯的。”

随着时间的推移，伯莎完全失去了胆量，常常感到莫名的惊恐。突然之间，没来由的，她的心直往下沉，她发狂似的问自己怎么才能熬过去。她以为自己要死了，还寻思着要是死了会怎么样。没了她，爱德华怎么办？想到他悲痛的样子，她流泪了；但她怀疑他不会伤心欲绝，他不是一个会大悲或大喜的人，于是她的双唇因自怜而颤抖起来。他不会哭，顶多会闷闷不乐几天，接着就会跟从前一样逍遥自在。她想象他欣然接受他那些朋友的吊唁。半年后，他就会差不多把她忘光，留下的都是些不会特别令人高兴的回忆。他会再婚；爱德华不喜欢独居，下一次他无疑会选个不同类型的女人，一个

① 见《圣经·旧约·历代志上》第二章第五至十节。

离他标准没那么远的女人。爱德华丝毫不看重外表;伯莎设想,这位接替者跟汉考克小姐一样其貌不扬,或是跟格洛弗小姐一样土气。讽刺的是,她知道,论与他性格上合得来,这两位都比她强,更符合他对伴侣的构想。

伯莎猜想,爱德华愿意用她的美貌来换一些实实在在的优点,比如懂裁缝。她的品味,她的艺术造诣和才艺,对他而言没有一点用,而她冲动的激情完全是缺点。"行为漂亮才叫漂亮。"他说过。他是个实在又简单的男人,他想讨个简单又实惠的老婆。

她想知道,她的死会不会真的让他非常难过。伯莎的遗嘱把她拥有的一切给了他,他会和第二个妻子一起享用。她顿时嫉妒得发疯。

"不,我不要死,"她低声喊道,"我不要!"

然而有一天,爱德华外出打猎的时候,她又开始胡思乱想了。那么他要是死了怎么办?她无法忍受这个想法,可越是害怕,越是陷进去。脑海里的画面浮现在眼前,异常清晰,挥之不去。她坐在钢琴边,突然听见前门有匹马停下脚步——爱德华提早回来了,可门铃响了,爱德华为什么要按门铃?外头有几个人在小声说话,亚瑟·布兰德顿走了进来。在她的脑海中,每一处细节她都看得清清楚楚。他穿着打猎服!出事了,伯莎知道出了什么事,但她还是能意识到自己惊恐而惶惑,脑中闪过一种又一种可能性。他很不自然,有话要说,却又不敢说。她大惊失色地看着他,突然一阵眩晕,都快站不稳了。

伯莎心跳得厉害。她告诉自己,这样胡思乱想,真是荒谬。可尽管如此,脑中的情景继续逼真地浮现,她仿佛身临一场自己主演的可怕的戏剧。

爱德华死了——最终有人把事实告诉她时,她会怎么做?她会昏倒或大叫。

“出了意外，”布兰德顿说，“你丈夫伤得很重。”

伯莎用双手蒙住眼睛，悲痛欲绝。

“你别难过。”他继续说，想要把那件事说出来。

接着，她脑中快速跳过中间的细节，发现自己在丈夫身旁。他死了，躺在地上——她想象他的模样，她非常清楚他死后是什么模样。有时候他睡得很沉、很安静，她紧张得将耳朵贴在他的胸口听心跳。眼下，他死了。她突然感到绝望透顶。伯莎再一次想要摆脱幻觉，甚至到钢琴旁弹了几个音。但是胡思乱想的魔力太强，她无法抗拒，继续幻想着。既然他已经死了，就再也不能阻止她的激情了，此刻他再也无法抵抗，她饱含深情地亲吻他，抚摸他的头发，轻抚他的脸（他生前讨厌她这么做），吻他的唇和合上的双眼。

想象出来的痛苦如此强烈，害得伯莎突然大哭起来。她守在遗体旁，不肯与他分开——伯莎把头埋进靠垫，这样她的幻想就不会受到打扰，她已经不再试图去摆脱。啊，她深爱他，她一直爱着他，不能没有他。她知道自己很快就会跟着去了，她本来是很怕死的。啊，现在死了倒好！她亲吻他的双手，如今他不能拒绝她了。她微微颤抖着扒开他的眼睛，他的眼睛呆滞、呆板、木然。她紧紧抱着他，怜爱又伤心地抽噎着。她不会让自己以外的任何人碰他。他曾是她生命的全部，为他料理后事是一种慰藉。她不知道自己的爱竟如此伟大。

她给尸体脱衣并清洗，一条胳膊一条腿地清洗，用湿布擦拭，再用毛巾轻轻擦干。触碰到他冰冷的肉体，使她享受地打颤——想起他用坚实的臂膀把她搂在怀里亲吻她的情景。她给他裹上白色的裹尸布，周身放满鲜花。他们把他放进棺材，她的心跳都静止了：她离不开他。她整日整夜守在他身边，始终盯着他那张平静而安详的脸。拉姆齐大夫和格洛弗小姐来了,劝她别守了,可她不肯。她自始至终只想为他而活,这个时候当心自己的身子还有什么用?

棺材合上了,她看到殡仪员打手势——这是最后一次看丈夫的脸,看她心爱的人。她的心里像堵了一块石头,她痛苦地捶着胸口。

这时,一幅幅画面匆匆涌入她的脑海:驱车前往教堂墓地,举行丧葬仪式,撒满鲜花的棺材,最后是墓边。他们想让她留在家里。不让遗孀参加葬礼这种愚蠢又讨厌的习俗,她才不在乎!难道他们要埋葬的,不是她的丈夫,不是她唯一的生命之光?他们不会明白她的恐惧,她的万念俱灰。在这昏暗的冬日,伯莎在莱伊府的客厅里,可以清清楚楚地看见棺材放入墓中,听见泥土啪嗒啪嗒掉在上头。

她往后的日子会是什么样?她会尽量活下去,身边放满爱德华的遗物,这样就能永远记着他。那种寂寞是要命的。莱伊府变得空荡荡。眼前是一天又一天乏味的日子,没有尽头。四季更迭,却没有任何改变,她的头顶总是压着乌云。树木总是光秃秃的,满目荒凉。她想象不出旅行能带来什么慰藉——她的生命都成了空白,那些名画、教堂和意大利蔚蓝的天空,这个时候对她而言还算得了什么?她乐意做的,唯有流泪。

之后,伯莎魂不守舍,想着要自杀,日子熬不下去了。失去所有的生命力,躺在空虚的坟墓里,也比不断啮噬她心脏的阵阵剧痛来得好。了断很容易,来点吗啡就能了结烦恼;绝望会让她生出胆量,她只需忍受针头的那一下刺痛。但幻象变得模糊,她得费劲才能留住幻象:她的思绪逐渐变得混乱,跳回到之前的事情,想起了墓边的场景,又想起清洗遗体时的感官享受。

这一幕幕如此逼真,以至于爱德华进来的时候,把她吓了一跳。不过,这将她从可怕的噩梦中唤醒了,让她感到难以言喻的轻松。

他上前吻她的时候,她一把伸出双臂搂住他的脖子,狂热地把他往胸口贴,此时她的眼泪还没有干。

“噢,谢天谢地!”她叫了起来。

“嘿,这是怎么了?”

“我不知道自己最近怎么回事……心里老是难受,爱迪,我刚才以为你死了!”

“你还哭了!”

“太可怕了,那种想法甩也甩不掉……噢,我也该死了才对。”

伯莎还没怎么意识到,丈夫好端端活着,活生生就在她身边。

“我要是死了,你会难过吗?”她问。

“可你不会出那种事。”他乐呵呵地说。

“有时候我好害怕,我怕我熬不过这一关。”

他笑话她,那欢快的语气特别令人感到安慰。她让他坐到她身边,抓住他结实的双手;在她看来,这双手是他强大的男子气概的可见标志。她轻抚他的手,亲吻他的手心。方才的悲痛令她心力交瘁,她四肢发抖,眼里闪着泪光。

第十六章

保姆来了，也带来了新的忧惧。那是个老妇人，她给附近的绅士阶层接生，干了有二十个年头。她藏了一肚子的恐怖轶事。在她口中，分娩的可怕之处数也数不清。她用日积月累而来的技巧讲她那些故事，说得骇人听闻。当然，在她眼里，这么做是出于好意。见伯莎焦虑，保姆想不出什么更好的法子来安慰她，只能把一些病人的故事详细讲给她听，说那些人在鬼门关前徘徊了好几天，所有大夫都不抱希望，结果却挺过来了。

伯莎那身迅速凭空构想的本领放大了即将到来的痛苦，甚至一去想，她就难以入眠。她甚至想象不出到底有多痛苦，这令那件事更加望而生畏。她看见前方等着她的是极其漫长的痛苦，继而是死亡。她不能忍受见不到爱德华。

“嗨，你当然会熬过来。”他说，“我向你保证，没什么好大惊小怪的。”

他饲养牲畜多年，见惯了生产过程，正是这一过程给了他牛犊肉、羊肉和牛肉，好卖给当地的肉贩。人类看待这种自然又平常的现象，就是少见多怪。

“噢，我好怕疼。我肯定熬不过这一关，太可怕了。我要是一开始不用受这苦就好了。”

“天哪，”大夫叫道，“别人还以为你是这世上头一个生孩子的。”

“噢，别笑话我了。你没瞧见我有多害怕嘛！我预感自己会死。”

"我还没见过哪个女人,"拉姆齐大夫说,"从来没预感自己会死,就算她碰到的不过是手指疼这点事。"

"噢,你大可以笑话我,"伯莎说,"我还是得熬过去。"

又过了一天,保姆说必须马上去叫大夫。伯莎让爱德华答应,一刻也不离开她。

"我想,抓着你的手能给我勇气。"她说。

"胡来,"听爱德华这么告诉他,拉姆齐大夫说,"我不会让一个男人掺和这事。"

"我也觉得不用,"爱德华说,"但我顺口答应了,好让她安静下来。"

"你自己到时候能安静下来,"大夫回答,"就是我唯一的期望。"

"哎呀,不必担心我。这些事我都懂——嗨,我亲爱的大夫,我带到这个世界上来的活物比你带来的多得多,我敢肯定。"

爱德华沉着、冷静、缺乏想象力,是应对紧急情况的理想人选。

"让我一下午闲在家也没用,"他说,"只会让我发闷,如果需要我,随时可以派人把我叫回来。"

他扔下话,说他要去比尤利农场看一头生病的母牛,他非常担心它。

"那是我养过最高产的乳牛,它要是有个好歹,我都不知道该怎么办。它每天产好多品脱的奶,非常有规律。我买它花的钱,它已经翻了几番;她帮我赚回来了。"

他散着步,步伐轻松自在(那模样正是伯莎最最爱慕的),时不时瞥一眼公路两边的田地。他停下脚步,仔细观察一个竞争对手种的豆子。

"那土壤不行,"他摇着头说,"把豆子种在那种菜地上赚不了钱。”

爱德华到了比尤利农场,喊来管那头病牛的工人。

“嗯,奶牛怎么样?”

“就是不见好转,老爷。”

“糟了……汤普森今天来看过它吗?”汤普森是兽医。

“他也没法子——他觉得它得了脓肿,可我不大相信汤普森先生,他爹跟我一样是个工人,只不过不是种地的,是砌砖头的。我压根想不明白他儿子能给牛看什么病。”

“好了,我们去看看它。”爱德华说。

他大步走到牲口棚,后面跟着那个工人。那头牛站在角落里,比奶牛平常的样子还要像是在沉思;它耷拉着脑袋,驼着背,看上去萎靡极了。

“我还以为汤普森能帮上忙。”爱德华说。

“他说现在只能把它送去屠夫那儿宰了。”工人非常不屑地说。

爱德华气愤地哼了一声。“真像个屠夫!有机会我倒想把那小子给宰了。”

他走进农舍,他曾在这里住过多年。但他是个讲求实用、追求实际的人,这儿没有唤起他任何回忆或特别的感情。

“嘿,琼斯太太,”他对佃户的妻子说,“你过得怎么样?”

“还凑合,先生。你和克拉多克太太怎么样?”

“我很好,我老婆要生了,你知道的。”

他说话的语气友好而自然,必然是谁见了都喜欢。

“我的天哪,她真的要生了吗,先生?我也是看着你长大的!什么时候生?”

“我每一刻都盼着她生。嗨,说不定,等我回去吃茶点的时候,我也许已经当上幸福的爸爸了。”

“你倒是挺淡定，先生。”农夫琼斯说——爱德华没钱的时候，琼斯就认识他了。

“我吗？”爱德华笑着嚷嚷道，“要知道，这种事我都熟悉。嗨，瞧瞧我养的小牛。告诉你吧，我给奶牛接生，出错的情况不超过两次，我可是一直很喜欢饲养的……不过，我得去瞧瞧我老婆怎么样了。午安，琼斯太太。”

“看吧，这个乡绅让我喜欢的地方，”琼斯太太说，“是他不自大。虽说他现在当上了乡绅，他也不会骄傲，愿意坐下来跟你喝杯茶。”

“他是我们这儿三十年来最好的乡绅。”农夫琼斯说，“还有就像你说的，亲爱的，他一丁点都不自大，不像他老婆。”

“哎呀，她是不够成熟吧。”妻子回答，“人家都说他是当家的那个，他应该会把她调教好。”

“相信他能让老婆服服帖帖，他不是那种忍得了别人胡来的人。”

爱德华沿路大摇大摆地走着，一边用手杖甩着圆圈，一边吹着口哨，还和跟着他的几条狗说话。他生性乐观，认为没必要宰了自己最好的奶牛。在他看来，兽医远没有自己来得可信，他笃定它会康复。他沿着莱伊府前的林荫道往里走，望着他当时为填补空白而栽种的小榆树，总的说来都长得挺好，他对自己的劳动成果很满意。

他走向伯莎的房间，敲了敲门。拉姆齐大夫开门，但是用他高大的身子挡住了去路。

“嗨，别怕，”爱德华说，“我不是要进去，我知道什么情况下我最好别碍事……她怎么样了？”

“唉，恐怕不是我想得那么简单，”大夫小声说，“但是也不必害怕。”

“有什么事需要我的话，我就在楼下。”

“她刚才一直说要找你，但保姆跟她说，你在这儿只会担心，她就说：‘别让他来，我自己扛。’”

“哦，没关系。我看这种时候男的还是别碍事的好。”

拉姆齐大夫把他关在门外。

“真是个理智的家伙，”他说，“我越来越喜欢他了。哎呀，大多数男人这时候都会大惊小怪，变得歇斯底里，天晓得这是为什么。”

“是爱迪吗？”伯莎问，由于方才的痛苦，她的声音还在颤抖。

“是他，他来看看你怎么样。”

“他不是很担心吧，对吗？别告诉他我的情况很糟，会让他难受的。我自己扛着就行了。”

爱德华在楼下告诉自己紧张也没用，这倒是千真万确的，于是挑房间里最舒服的椅子坐了下去，定下心来读他的报纸。晚餐前，他又去问了声。拉姆齐大夫走出来说，他给伯莎用了鸦片镇痛药，她太平了好一会儿。

“幸好你在晚饭的时候这么做，”爱德华笑了一声说，“我俩能一起吃点东西了。”

他们坐下吃了起来。两人的胃口不相上下。大夫越来越喜欢爱德华，说看到一个人胃口好，他浑身都畅快。可还没开始吃甜点，保姆传来了消息，说伯莎醒了，拉姆齐大夫只好怅然离席。爱德华则毫不动摇，继续用餐。最后，他意识到自己吃饱喝足，不能再吃了，便满足地舒了口气，点上烟斗，又舒舒服服地坐在扶手椅上，不一会儿便打起盹儿来。然而，长夜漫漫，他感到烦闷。

“这会儿也该完事了。”他说，“不知道我还要不要守着？”

爱德华第三次去找拉姆齐大夫的时候，大夫看起来有些发愁。

“恐怕情况很棘手，”他说，“非常不幸，她受了很多苦，真可怜。”

“好吧，我能做什么吗？”爱德华问。

“不用，只要保持冷静，不要大惊小怪。”

“嗨，我不会那样，你不用担心。我可以自信地说，我有胆量。”

“你很棒，”拉姆齐大夫说，“我跟你说，我喜欢看到男人在这种事情上始终保持头脑清醒。”

“对了，我是来问你，我守着不睡有什么用吗？当然，要是有什么能做的，我会做；要是没有的话，我还不如去睡觉。”

“对，这样最好，有需要我会叫你。我觉得你可以进来跟伯莎说两句话，给她打打气。”

爱德华进门。伯莎躺在那儿，惊恐地睁大眼睛，那双眼睛似乎才见了从没见过的东西，呆滞地闪着光。她的脸比以往都要苍白，嘴唇失去了血色，两颊凹陷，看起来像是快死了似的。她用最微弱的一丝笑容向爱德华打招呼。

“你怎么样，老婆？”他问。

他的出现似乎让她恢复了生气，她的脸颊泛起一丝红晕。

“我没事，”她费力地说，“你千万别担心，亲爱的。”

“是不是一直很难受？”

“不，”她逞强地说，“我没受什么罪，你没什么好难过的。”

他走了出去，她叫拉姆齐大夫。“你没跟他说我吃了什么苦，对吗？我不想让他知道。”

“没告诉他，行了。我叫他去睡觉。”

“噢，谢谢你。他晚上睡不好，会受不了……你觉得什么时候才是个头，我已经感觉好像受了好久好久的苦，似乎望不到头。”

“嗯，很快就能结束，但愿吧。”

“我肯定是要死了，”她低声说，“我感觉生命渐渐从我身体中抽离——要不是为了爱迪，我才不会在意。他会伤心死的。”

“说什么胡话！”保姆说，“你老说自己要死了。”

爱德华其人，讨人喜欢、有男人味、沉着冷静、内心单纯——这么个男人悠然地上了床，很快便睡着了。可他这一觉也有些不安稳——通常，他情绪稳定，运动充足，总是睡得又沉又酣。可这一夜，他做梦了。他梦见不止一头母牛病了，他养的牛全都病了——母牛都站在那儿，眼神阴沉，驼着背，阴森又吓人，显然肝脏出了大毛病；公牛都“肿胀了”，四脚朝天，无力地蹬着腿。

“必须把它们都送到肉铺去，”兽医说，“没救了。”

“老天爷保佑，”爱德华说，“我不想四先令一英石[①]把它们卖了。”

可就在这时，他的梦被敲门声打断。爱德华醒来，发现拉姆齐大夫正把他摇醒。

“醒醒，伙计，快起来穿上衣服。”

“怎么了？”爱德华大声说着，跳下床，一把抓起衣服，“几点了？”

“四点半……我要你去特坎伯雷一趟，把斯波克莱夫大夫找来。伯莎的情况很糟。”

“好，我去把他带回来。”爱德华迅速穿好衣服。

“我去把人叫醒，帮你备马。”

“不，我自己来，不然太费时间。”他有条不紊地系好靴子。

“伯莎暂时没有危险，但我得找个人会诊。我还是希望能帮她渡过难关。”

“哎呀，”爱德华说，“我不知道会这么严重。”

“眼下你还用不着担心。对你而言，重要的是保持冷静，尽快把

① 英制重量单位，肉类的1英石相当于8磅。

斯波克莱夫带回来。还没到无法挽救的地步。”

爱德华保持头脑冷静，很快就准备妥当，又同样利索地开始给马套上挽具。他想起那句谚语“欲速则不达”，一面小心翼翼地把油灯点亮。两分钟后，他上了大路，扬鞭策马。他驾着马车又快又稳地一路小跑着穿过寂静的夜晚。

拉姆齐大夫回到病人的房间，心想：做什么都指望得上这个男人，他从来不会慌乱或受惊，真是个极品。他对爱德华的赞赏之情陡然而升。

第十七章

爱德华·克拉多克是个坚强的男人，而且缺乏想象力。他连夜驱车赶往特坎伯雷，心里没有陷入忧愁，而是轻易就把焦虑控制在合理范围，注意力全部放在驾马车上面。他密切关注前方道路，马儿踏着敏捷、匀速的步子，迅速经过一块块里程碑。爱德华按铃把斯波克莱夫大夫叫了起来，把口信传给他。大夫很快就下楼了；那是个矮个子男人，嗓音尖细，喜欢打手势。他狐疑地盯着爱德华。

“你应该是她丈夫咯？”两人坐着的马车哐啷哐啷地驶过街道，他说，“要我来赶车吗？我估计你心里正烦着呢。”

“不烦，也不想烦。”爱德华笑了笑回答。他有些瞧不起住镇上的人，绝不会放心让一个身高不到六英尺、身材不够魁梧的男人来驾马车！

“我就怕这大半夜的，一个焦急的丈夫用不要命的速度带着我赶车，”大夫说，“这种人最容易栽进沟里。”

“好啦，我不怕，大夫，所以你怕不怕都不要紧。”

他们到了开阔的地带后，爱德华让马儿全速前进，大夫要驾车的想法让他觉得有些好笑——傻小个儿！

“坐稳了吗？”他好心地嘲弄道。

“我看你驾马车挺在行。”大夫说。

“这可不是我头一回拿缰绳，”爱德华谦虚地回答，“到了！”

他把这位专科大夫带到卧室，并询问拉姆齐大夫有没有别的事吩咐。

“不，这会儿用不着你，但你最好别睡，做好准备，要是有什么事……恐怕伯莎的情况实在不妙，你必须做好最坏的打算。”

爱德华回到隔壁屋里坐下。他真的感到不安了，但即便此时也没意识到伯莎生命垂危——他的头脑迟钝，想象不出以后的事。换作是个更敏感些的男人，早就吓得脸色煞白，脑子里浮现一百种可怕的结果，从而心脏抽痛，神经颤抖，肯定什么都指望不上。而爱德华却很适合应对任何紧急情况，大可以放心让他驾车再跑十英里去找某种器具，还能不慌不忙地协助完成任何必要的手术。

“要知道，”他对拉姆齐大夫说，“我不想碍你的事，但要是里头有用得上我的地方，你大可以放心，我管保不会毛手毛脚。”

“我觉得没什么要你帮忙的，保姆非常可靠能干。”

“女人嘛，”爱德华说，“容易激动，总是逮着机会就干蠢事。”

夜里的空气让爱德华昏昏欲睡。他坐在椅子里，想看本书，结果半小时后，便打起了盹儿来。但没多久，他就醒了。黎明的第一缕曙光使房间里充满了阴冷之意。他看了眼怀表。

“哎呀，真是费工夫的活儿。”他说。

门口有人敲门，保姆走了进来。

“请随我来。”

拉姆齐大夫在走廊里和他碰面。“谢天谢地，总算过去了。她吃了许多苦。”

“她没事吧？”

“我想她现在脱离危险了，但我很遗憾，没能保住孩子。”

爱德华的胸口袭来一阵剧痛。“孩子死了？”

“死产了。很遗憾，没救了。你最好现在去伯莎那儿，她需要你。她还不知道孩子的事。”

伯莎躺在那儿，显得筋疲力尽。她仰卧着，胳膊无力地垂在两侧。方才的痛苦令她脸色煞白，她的眼睛半睁半闭，目光呆滞且毫无生气，下巴耷拉着，如死尸一般。见到爱德华的时候，她想挤出一丝笑容，却因为虚弱，嘴唇几乎动弹不了。

“不要勉强说话，亲爱的。”保姆见伯莎试图说话，便说道。

爱德华弯下腰亲吻她，她的两颊泛起极浅的一丝红晕，接着她哭了起来。泪水悄悄从她脸颊上滑落。

“再靠近我一点，爱迪。”她低声说。

他跪在床边，突然感到一阵触动。他握住她的手，这一下起了恢复生气的作用，她深深喘了口气，嘴角挂起一丝疲惫至极的笑容。

“谢天谢地，终于过去了。”她呻吟道，声音很轻，“噢，爱迪，亲爱的，你想不到我经历了什么。”

“好了，现在都过去了。”

“你也一直在担心我，爱迪。想到你替我分忧，我就有了动力。你现在一定要去睡觉。你真好，为了我特地去特坎伯雷跑了一趟。”

“你不能再说话了。”拉姆齐大夫送走那位专科大夫，回到屋里，说道。

“我现在好点了，”伯莎说，“见了爱迪就好了。”

“好吧，你必须要睡觉了。”

“你还没告诉我，是男孩还是女孩。告诉我，爱迪，你知道的。”

爱德华不安地看了看大夫。

“是个男孩。”拉姆齐大夫说。

“我就知道。”她嘟囔道。她的脸上流露出狂喜的神色，赶走了死一般的惨白。“我好高兴。你见过孩子了吗，爱迪？”

“还没有。”

“是我们的孩子，对吗？为了孩子，经历这些痛苦都值得。我好幸福。”

“你必须要睡觉了。”

“我一点也不困，我想见我的儿子。”

“不，你现在不能见他，”拉姆齐大夫说，“他睡着了，别打扰他。”

“噢，我想要看看他，就看一眼。不用叫醒他。”

“你睡一觉起来再见他。”大夫安慰她说，“不然你会太激动的。”

“好吧，你进去看看他，爱迪。亲亲他，然后我就去睡觉。”

她似乎非常焦急，希望起码让孩子他爸见见孩子，保姆便带爱德华去了隔壁屋。一个五斗橱上躺着什么东西，上面盖着条毛巾。保姆掀开毛巾，爱德华看见了他的孩子——赤裸，很小，几乎不成人形，模样丑陋，却可怜巴巴。他眼睛闭着，那双眼睛从未睁开过。爱德华盯着看了一会儿。

“我答应过要亲他。”他低声说。

他弯下腰，把嘴唇贴上了那煞白的额头。保姆把毛巾罩在尸体上，两人回到伯莎身边。

“他睡着了吗？”她问。

“是的。”

“你亲他了吗？”

“是的。”

伯莎笑了笑。“真没想到你比我先亲到孩子。”

这时候，拉姆齐大夫的药剂起作用了，伯莎几乎转眼就安然睡去了。

“咱们去花园里转一圈吧。”拉姆齐大夫说，“我想，她醒来的时候我应该在她身边。”

花园里空气清新，弥漫着春花的芬芳和泥土的清香。两个男人从病房封闭的空间走出来，如释重负地吸入花园里的空气。拉姆齐大夫挽住爱德华的胳膊。

“振作点,伙计,”他说,“你都挺过来了,很了不起。我从没见过哪个男人经过这样的夜晚表现比你好的。说实在话,今天早上你还是精神饱满。”

“嗨,我没事。”爱德华说,“要怎么办,孩子的事怎么办?”

“我觉得她睡一觉起来更能承受得了这件事。我刚才真的不敢对她说孩子死产了,不然对她打击太大了。”

他们进屋洗漱吃饭,然后等伯莎醒来。终于,保姆来叫他们了。

“你俩真可怜,”两人进门的时候,伯莎叫道,“你们根本没睡吗?……我现在感觉很好,我要见我的孩子。保姆说孩子睡了,我不能见他,但是我要。我要让他睡在我身边,我要看看我的儿子。”

爱德华和保姆看了眼拉姆齐大夫,这一回连他也感到尴尬。

“我觉得你今天最好不要见他,伯莎,”他说,“会让你心神不定的。”

“噢,可我一定要见我的孩子。保姆,马上把他抱过来。”

爱德华再次跪在床边,抓住她的手。“嘿,伯莎,千万别惊慌,孩子不太好,他——”

“什么意思?”伯莎蓦地从床上跳了起来。

“躺下,躺下。”拉姆齐大夫和保姆叫道,一边把她摁回枕头上。

“孩子怎么了,大夫?”她猛然惊呼。

“就像爱德华说的,孩子不太好。”

“噢,他不会死的……我可是遭了这么多罪的。”

她瞧了眼这个,又望向另一个。“噢,告诉我,别让我的心悬着。不管什么事,我都受得了。”

拉姆齐大夫碰了碰爱德华,给他鼓劲。

“你得做好准备听坏消息,亲爱的。要知道——”

“他没死吧?”她尖叫道。

“非常遗憾,亲爱的……孩子死产了。”

“噢,天哪!”伯莎呻吟道,这一声尽是绝望。她突然激动地痛哭起来。

她止不住地疯狂抽泣,把生命一点点哭没了,把幸福的希望、所有愿望和梦想一点点哭没了。她的心仿佛在破碎。她用手盖住眼睛,露出极度痛苦的姿态。

“这么说,我的罪都白受了……噢,爱迪,你不知道那种痛有多可怕,一整夜我都在想着自己会死……我宁愿不惜一切免受这罪。结果一切都白费了。”

她哭得更厉害了,回想自己经历的一切都是徒劳,她彻底崩溃了。

“噢,我要是死了就好了。”

爱德华的眼睛里泛出泪水,他吻了她的手。

“别丧气,亲爱的。”他说,一边想着用什么话来安慰她,却想不出来。他支吾其词,声音都变了。

“噢,爱迪,”她说,“你和我一样痛苦。我忘了……让我见见他。”

拉姆齐大夫向保姆示意,她去把死婴抱来了。她把孩子抱到床边给伯莎看。

伯莎什么也没说,终于扭过头去;保姆退下了。此时,伯莎的泪水已经止住,但从她的嘴巴看得出绝望和伤心。

“噢,我已然好爱他了。”

爱德华弯下腰。“别难过,亲爱的。”

她像以往喜欢的那样搂住他的脖子。“噢,爱迪,要全心全意爱我。我太需要你的爱了。”

第十八章

数日来，伯莎沉浸在悲痛之中。她老是念着死去的孩子，那个从未活过的孩子，心头跟着作痛。但追根究底，让她备受折磨的是想到所有的痛苦都白费了。她遭了这么多罪，睡梦中仍充斥着先前的痛楚，而这种痛楚却成了彻彻底底的无用之功。她的身体元气大伤，她不知道还能不能恢复。她已然失去了往日的生机，那种蓬勃的朝气，如今她感觉自己像个老妇人。心中的疲惫感难以忍受，她感到如此疲倦，似乎无法得以休息。日复一日，她卧床不起，以一种无可救药的疲劳的姿势仰卧着，胳膊摊在两旁，枕头支撑着脑袋；她的四肢极度乏力。

她康复得很慢，爱德华便提议请莱伊小姐回来，伯莎不肯。

"我谁也不想见，"她说，"我只想安安静静躺着不动。"

跟人说话她就烦，就连她的芳心，这个时候也沉睡了。她把爱德华当成某个与她不相干的人，他在不在身旁，她几乎无动于衷。她很累，只想一个人待着。任何安慰都是多余和徒劳的。她知道，谁也体会不了她的痛楚，她宁愿独自承受这一切。

不过，伯莎渐渐恢复了力气，慢慢同意见来访的朋友。这些人有的真心感到惋惜，还有的纯粹是出于责任感不得不来，或是抱着病态的好奇心来看热闹。在这个时候，格洛弗小姐成了大麻烦。这个好心的姑娘对伯莎深表最诚挚的同情，但她的感情是一回事，她的是非观则是另一回事。她认为，这个年轻的太太没有以应有的谦卑态度看待自己的不幸。一种逆反的心理渐渐代替了最初的极度崩溃，伯莎对命运的不公感到忿忿不平。格洛弗小姐每天都来，带来鲜花和好心的劝告，但伯莎听不进去，不肯相信格洛弗小姐虔诚的慰藉之语。这位好心的小姐诵读《圣经》的时候，伯莎的嘴唇闭得更紧了，面露愠色。

“我给你读《圣经》好吗，亲爱的？”有一次，牧师的妹妹问。

而伯莎被逼得没了耐心，无法像往常一样管住嘴。

“悉听尊便，亲爱的。”她刻薄地回答。

“噢，伯莎，你的态度可不对，你太倔了，这样不对，完全不对。”

“我满脑子只有我的孩子。”伯莎嗓音沙哑地说。

“为什么不向上帝祷告呢，亲爱的。现在我来念一小段祷告好吗，伯莎？”

“不，我不要向上帝祷告，上帝不是无能，就是无情。”

“伯莎，”格洛弗小姐叫道，“你不知道自己在说些什么。噢，祈求上帝化解你的冥顽不灵，祈求上帝宽恕你。”

“我不求宽恕。我没有做错什么。是上帝需要我的宽恕，不是我需要。”

“你不知道自己在说些什么，伯莎。”格洛弗小姐严肃又伤心地回应。

伯莎仍然很不舒服，格洛弗小姐不敢盯着这个话题不放，但她心里别扭得很。她心想，该不该去找哥哥问问，可她又极度羞于跟他说起精神方面的事情，除非万不得已。但她对他有极大的信任，在她眼里，他是基督教牧师的完美典范。尽管她的性格比他坚强得多，但格洛弗先生在妹妹眼里，一直是坚强的支柱。曾经好几次，当她的肉欲占上风时，正是从他平庸的布道中，她寻得了帮助和慰藉。但最终，格洛弗小姐还是决定跟他谈谈；结果是，整整一个礼拜，她跟抱恙的伯莎日常交谈的时候，没有再提精神上的话题。而后，伯莎的身子稍稍有了好转，格洛弗小姐没有事先知会，就把哥哥带到了莱伊府上。

格洛弗小姐先是独自去了伯莎的房间，她十分讲究举止仪态，生怕卧床的伯莎衣衫不整，不方便见一位男性牧师。

"嘿，"她说，"查尔斯在楼下，他很想见你。我想我最好先上来看看你是不是——呃——方便见人。"

伯莎正坐在床上，背后垫着一堆靠垫和枕头，鲜红的短上衣衬出她深色的头发和苍白的皮肤。听说牧师在楼下，她抿起双唇，眉头微微一蹙，这一幕被格洛弗小姐看在眼里。

"我感觉她不乐意你来，"去叫她哥哥上楼的时候，格洛弗小姐说，给他打气，"但我觉得你有责任来。"

"对，我想我有责任来。"格洛弗先生回答——他跟伯莎一样，对一会儿的会面同样不乐意。

他是个老实人，被不奉国教者的侵袭弄得很苦恼；但他的牧师执职局限于礼拜仪式、募集捐款，以及拜访按时去做礼拜的穷人。被带去见一位反叛的贵妇人，这还是头一回，他不太清楚该如何应付她。

格洛弗小姐为哥哥打开卧室的门，他走了进去，带着一股冷风，满是石炭酸的味道。她郑重地在床边给他搬了把椅子，又在不远处给自己搬了一把。

"拉铃要点茶水再坐下，范妮。"伯莎说。

"我想，你不介意的话，查尔斯希望先跟你谈谈。"格洛弗小姐说，"我说得对吗，查尔斯？"

"对，亲爱的。"

"我自作主张把那天你跟我说的话告诉了他，伯莎。"

克拉多克太太噘起嘴，但不答腔。

"希望你没有因此生我的气，但我想我有责任……你说吧，查尔斯。”

这位利纳姆的教区牧师咳了一声。

“我非常理解，”他说，“遭受那样的折磨，你肯定万分悲痛。这是件万分不幸的事。不用说，我和范妮打心底里对你表示同情。”

“的确如此。”他妹妹说。

伯莎还是不说话，格洛弗小姐不安地看着她。牧师又咳了一声。

“但我一直认为，我们应该感谢必须背着的十字架。可以说，这衡量了上帝对我们的信任。”

伯莎还是一声不吭，格洛弗小姐发觉绕圈子没用。

“事实上，伯莎，”她打破尴尬的沉默，说，“我和查尔斯非常希望你到教堂做感恩礼拜①。不要介意我们这么说，我们俩都比你年长很多，我们觉得这样对你有好处。我们真的希望你同意。不仅如此，查尔斯身为你所在教区的牧师来到这儿，是来告诉你，你有义务这么做。”

“希望我不必把话说到那个分上，克拉多克太太。”

伯莎又沉默了一会儿，然后要了本祈祷书。格洛弗小姐笑了，这个笑容放在她身上，算是相当灿烂的了。

“我早就想给你做个小礼物，伯莎，”她说，“我想到你也许想要一本大号字体的祈祷书。做礼拜的时候我注意到，你常用的那本书太小了，肯定伤眼睛，会让你分神，跟不上礼拜仪式。所以我今天给你带了一本大的，你若笑纳，我将不胜欣慰。”

她掏出一本大部头的书，是用死气沉沉的黑布装帧的，书本散发着一股浓烈的消毒剂味道，就是牧师家里弥漫的那种气味。字体

① 妇女分娩后接受的感恩仪式。

确实很大，不过出版的会社坚决要求做到既实用又价廉，所以纸张的质地令人发指。

“多谢，”伯莎说，伸手接过礼物，“你人可真是好呐。”

“我帮你翻到《产后感恩礼》那一章好吗？”

伯莎点点头，牧师的妹妹很快就把翻开的书递给她。她读了几行便把书丢在了一旁。

“我无意‘衷心感谢上帝’。”她近乎愤怒地看着那对正派的兄妹，说，“很抱歉冒犯了两位的成见，但说我应该对上帝伏拜感恩，在我看来荒唐可笑。”

“啊，克拉多克太太，我相信你不是有意的。”牧师说。

“我跟你说过了，查尔斯，”格洛弗小姐说，“我觉得伯莎身体欠佳，但在我看来，说这种话仍是可怕的罪孽。”

伯莎皱了皱眉，发现很难克制已经到了嘴边的嘲讽之词；她忍无可忍。而格洛弗先生倒有些犹豫不决了。

“我们要感谢上帝赐予我们的苦难，如同感谢上帝赐予我们的恩典。”他终于开口。

“我不是一条虫，一边在地上爬，一边还要感谢踩我的人。”

“你这是在亵渎神明，伯莎。”格洛弗小姐说。

“噢，我受不了你，范妮，”伯莎说着直起身来，气得满脸通红，“你能明白我经历了什么，能明白那极度的痛苦吗？噢，太可怕了。现在想起来，我都快要哭喊出来了。”

“正是苦难让我们脱胎换骨，达到更高的境界，”格洛弗小姐说，“苦难是火，烧毁我们身上世俗天性的粗鄙。”

“你真是胡说八道，”伯莎怒不可遏地叫道，“你没尝过受苦的滋味，当然可以这么说。说苦难让人更高尚，都是骗人的，苦难只会让人更无情……但为了我的孩子，我本来愿意受苦。可结果一切都是徒劳——彻底白费力气。拉姆齐大夫告诉我，孩子一刻也没活过。噢，要是上帝让我受那样的苦，那真是可恶。我就纳闷了，你把这一切说成拜上帝所赐，居然不害臊。你怎么能把你那万能的上帝想得如此昏庸，如此残忍！哼，就算是贫民窟里最邪恶的人，也不会仅仅为了取乐，给女人造成如此可怕又徒劳的痛苦。”

格洛弗小姐腾地一下站起身来。“伯莎，你这个样子，就算生病也说不过去。你准是疯了，要么就是中了邪，鬼迷心窍。”

“不，我比你宽容，”伯莎大声说，“我知道上帝不存在。”

“那么，就我而言，我跟你再无瓜葛。”格洛弗小姐的两颊通红，突如其来的愤慨驱散了她一贯的腼腆。

“范妮，范妮！”她哥哥叫道，“克制住自己。”

“噢，这不是克制自己的时候，查尔斯。有时候，我们有责任大声说出来。不，伯莎，你要是个无神论者，我便和你再无瓜葛。”

“她说的是气话。”牧师说，“我们没有责任去评判她。”

“当上帝的名义遭到亵渎时，我们有责任表达抗议，查尔斯。你要是认为，伯莎的处境可以给她亵渎的言行开脱，那么我觉得你应该为自己感到羞耻，查尔斯……我可不怕把话挑明。没错，伯莎，我很早就知道你心高气傲、刚愎自用，但我以为时间会让你改变。我一直对你很有信心，因为我觉得你本质上是好的。但你要是否认造物主的存在，伯莎，你便无药可救。”

“范妮，范妮。”牧师轻声说。

“让我说，查尔斯。我觉得你是个又坏又恶毒的女人，我再也不会同情你，你吃的所有苦头，我看都是你活该。你是铁石心肠，我不知道还有什么比一个硬心肠的女人更邪恶透顶的。”

“我亲爱的范妮，”伯莎笑着说，“论小题大做、无理取闹，我俩彼此彼此。”

“我拒绝拿这个话题开玩笑。我没看出来有什么好笑的。来，查尔斯，我们走，随她怎么去想。”

正当格洛弗小姐冲到门口的时候，门把手从外面打开了，布兰德顿太太走了进来。场面很尴尬，对牧师而言，她的出现看起来几乎是天意，他可不能像妹妹一样愤然冲出房间，也没法下定决心同伯莎握手道别，像什么也没发生似的。布兰德顿太太进来了，一副装腔作势的样子，又是挤眉弄眼，又是满脸假笑；她每动一下，那崭新的帽子上的花哨小玩意儿也跟着乱颤。

“我跟仆人说了，我自己能找上楼，伯莎，”她说，“我好想见你。”

“格洛弗先生和格洛弗小姐正要走呢。你能来真好！”

格洛弗小姐朝布兰德顿太太几乎是惨淡地笑了笑，便冲出了房间。格洛弗先生温顺儒雅，一如既往，不动个人感情；他和布兰德顿太太握了手，跟着离开了。

“好一对古怪的兄妹！”布兰德顿太太说，她站在窗边看着兄妹俩走出前门。“我实在觉得他俩不太像正常人……哟，她在前面一直走，应该等等他，瞧她迈这么大的步子，牧师想要追上她。我看他俩是在比谁走得快。哈哈！这俩人真可笑！她还总爱穿短裙，真叫人遗憾——乖乖，她的脚和脚踝当真难看。我看他俩谁穿谁的靴子都合脚……你怎么样，亲爱的？我觉得你气色好多了。”

布兰德顿太太摆了个坐姿，这样就能在镜子里看到自己的全身。

“你屋里的镜子真漂亮，亲爱的。没了镜子，女人穿不好衣服。嗨，只要瞧瞧可怜的范妮·格洛弗，就知道她有多朴素，连戴帽子都从来不照镜子。”

布兰德顿太太喋喋不休，以为这样做对伯莎有好处。“女人生病的时候，不想看到别人很严肃。我知道，我要是有什么不舒服，就希望有人跟我聊聊时装。我记得年轻那会儿，我生病的时候，经常会把前任教区牧师老克劳赫斯特先生叫来，让他给我念女性报纸。他真是个好老头，一点也不像个牧师，他常说我是他唯一真正喜欢拜访的教区居民……我没烦着你吧，亲爱的？”

“噢，亲爱的，没有！”伯莎说。

“对了，我猜格洛弗兄妹跟你说了各种无聊的话。我觉得，当然你得忍着听完，这样给下层社会树立了一个好榜样。但我必须说，我真的认为，如今的神职人员有时候忘了自己的身份。他们坚持要跟你谈宗教信仰的时候，我觉得非常讨人厌，好像把你当成了平民……话说回来，他们绝没有以前的神职人员好。我年轻那会儿，神职人员往往是绅士子弟——但那时候，他们不用为穷人操心。我非常能理解如今绅士都不想当神职人员，因为得跟下层阶级混在一起，而那些人一天比一天放肆。”

这时，突然之间，伯莎没有任何征兆地大哭起来。布兰德顿太太目瞪口呆！

“亲爱的，这是怎么啦？你的嗅盐在哪儿？我给你拉铃叫人来好吗？”

伯莎猛烈地抽噎着，求布兰德顿太太不要管她。这位时髦的女人多愁善感，很乐意陪伯莎一起哭，但她还有好几户人家要去拜访，可不能冒险把脸给哭花了。她还很好奇，愿意不惜一切找出伯莎突然发作的原因。然而，在这个汉考克一家的会客日，布兰德顿太太把事情一五一十地讲给了他们听，说完心里便舒坦了。而不久之后，后者又添油加醋地把事情讲给了梅斯顿·赖尔太太听。

梅斯顿·赖尔太太高贵又威严，风采不减往日，像一匹上阵心切的战马一样哼着鼻子。

“拿我来说，布兰德顿太太说话常常能让我打瞌睡。”她说，“但我非常能理解，如果那可怜的姑娘不舒服，布兰德顿太太能惹她掉泪。要不是我身体最强健的时候，我从来不会见她，不然我知道她真会弄得我嚎啕大哭。”

“可我在想，可怜的克拉多克太太究竟是怎么了。”汉考克小姐说。

“不晓得，”梅斯顿·赖尔太太仪态威严地说，“不过我会查明，想必她只是缺个好一点的伴儿。本夫人要亲自去见见她。”

她说去就去！

第十九章

然而，伯莎逐渐恢复了力气，数周以来她对一切凡尘琐事的淡漠也随之消逝。这种淡漠纯粹是出于肉体的极度衰弱，类同对尘世所有同情都释怀般的冷漠——后者让人坦然走上通往未知世界的最后通道。肉体的虚弱带来精神的同等虚弱，从而解开了与这个世界的牵绊，就像旅人不得不离开双门旅店时，他爱的美酒失去了滋味，嘴里的面包也变得苦涩。一个人要是没体会过这一点，一想到死亡便会难以承受。伯莎一度任由生命的乐趣消失，就像丢掉没用的小玩意儿；她的灵魂奄奄一息。她的灵魂是灯笼里燃着的蜡烛，在风中摇曳，几乎看不到火焰，灯笼形同虚设。但不久，死亡的阴风平息了，烛光照耀，驱逐黑暗。

随着体力逐渐恢复，往日的激情重燃。爱情凯旋而归，伯莎知道自己的日子还没完。寂寞的她渴求爱德华的爱，如今他便是她的一切，她极度渴望地向他张开怀抱。她对自己先前的冷漠深感内疚，一想到他肯定受了不少苦，她就会哭。她还感到羞愧的是，她本以为永恒的爱竟然有那么一刻惨遭摧毁。不过，她有了改变。如今，她对丈夫的爱不是旧日那种盲目的激情，而是在里头加入了新的感情。她把对死去的孩子本该慷慨施与的柔情，把此刻直至生命尽头所有无法得以释放的母性统统转嫁到了爱德华的身上。她的内心就像一座房子，里面是一间间空屋，爱的炉火在屋子里肆意燃烧。

伯莎想到格洛弗小姐的时候有些难受，但耸耸肩，也不去理会了。那个好心的女人抱定决心不再靠近莱伊府，之后好些天也没有她的音讯。

“有什么关系?”伯莎叫道,“只要爱迪爱我,别人算得了什么。”

可如今,她的房间有点像牢房的样子,她感觉再也无法忍受里面可怕的单调生活。她的床像上刑的床,她觉得只要伸开四肢躺在上面,就无法恢复健康。她求拉姆齐大夫让她下床,但总是毫无例外地遭到拒绝;丈夫也不让,说这是常识。她唯一如愿以偿的,就是把保姆打发走了,因为她对保姆突然产生了强烈的厌恶。伯莎没来由地发现,一瞧见那个可怜的女人,她就受不了;此人好管闲事,说起话来喋喋不休,让伯莎极其恼火。如果一定要待在床上,她宁愿一个人待着。她思想上变得几乎厌世。

时间流逝,无休无止。伯莎在枕头上只能看见天空,一会儿是亮蓝的,灿烂的云朵缓缓飘过,一会儿是灰色的,把屋子变得黑沉沉。屋里的家具和墙纸硬生生映入她的脑海中,令她反感。屋里的每一处细节都刻在她的意识里,就像陶工在黏土上做的记号,不可磨灭。

她最终决定下床,管他三七二十一。这是跟格洛弗小姐争吵后的第一个星期天,爱德华不出门,大概会打算在她屋里待上大半个下午,但她知道他不喜欢坐着不动。封闭的空间和难闻的药味令他头疼。她要是出现在客厅,他肯定又惊又喜。她不准备告诉他下床的事,而是自己下楼,出其不意。她走下床,可双脚刚落地,就得扶住椅子。她两腿发软,难以支撑她的身体,脑袋只觉一阵眩晕。但不一会儿,她恢复了力气,缓缓穿上衣服,动作缓慢而吃力。她感到虚弱,虚得几乎生疼。她只好坐下,而且她的头发弄起来太麻烦,怕是只好放弃,躺回床上。但想到要给爱德华惊喜,她撑住了。他说过,要是她在楼下陪着他,他会有多高兴。最终,她动身向门口走去,一路能碰着什么就往上靠。尽管如此,能再次下床走路,再次感觉到自己还活着——离坟墓般的床远远的，真叫她高兴！

她来到楼梯口，费力地靠在栏杆上往下走。她两步一个台阶，像小孩子爬楼梯，自己都觉得好笑。但走到筋疲力尽的时候，她蹲下身子，感觉无法再动一步，自嘲的笑声几乎变成了呻吟。这时，她想到爱德华，又鼓起劲走了下去。她吃力地站起来，一直坚持走到楼下。此时，她到了客厅外，听见爱德华在里面吹口哨。她蹑手蹑脚往前走，不想发出一点声响，她轻轻转开门把手，猛地打开门。

"爱迪！"

他惊叫一声转过身子。"哎呀，你怎么下来了？"

他朝她走去，但看上去并不是她想象的那般兴高采烈。

"我想给你惊喜。你见到我不高兴吗？"

"高兴，当然高兴。可是没有拉姆齐大夫的准许，你不该下来。我没料到你今天会下楼。"

他把她搀到沙发边，她躺了下来。

"我以为你会很开心。"

"我当然开心！"

他把几个靠垫放在她身下，把厚毯子盖在她身上——体贴入微，细腻感人。

"你不知道我费了多少力气。"她说，"我以为我连衣服都穿不了了，差不多是跌跌撞撞下了楼，一点力气也没有……但我知道你一个人在这儿肯定很寂寞，你也不喜欢在卧室坐着。"

"你不该冒这个险，可能会耽误你康复。"他温和地回答。他看了看表。"你只能待半个小时，然后我就把你抱回床上。"

伯莎大笑一声，意思是不准他这么做。躺在沙发上太舒服了，有爱德华陪在身边。她抓住他的双手。

"我就是在卧室待不下去了。里面太阴暗了，雨点整天啪嗒啪嗒打着窗户。”

这时候正值夏末，雨似乎下个不停；空气中弥漫着大自然的忧郁，已然意识到即将到来的衰败。

“我本来打算抽完烟就上楼去陪你。”

伯莎筋疲力尽，沉默不语；她紧握着爱德华的手，感谢他的好意。过了一会儿，他又看了看表。

“快到半小时了。五分钟后，我就把你带回卧室。”

“噢，不，不行，”她开玩笑地回答，把他的话当成玩笑，“我要待到吃晚餐。”

“不，不可能。那样对身体很不好……想让我高兴的话，现在就回床上去。”

“好吧，各让一步，我吃完茶点再回。”

“不行，现在就去。”

“哎呀，人家还以为你要摆脱我呢！”

“我得出门。”爱德华说。

“噢，不，你不用出门，你这么说，不过是想骗我上楼。真是个滑头！”

“现在就让我抱你上楼，乖。”

“我不，我不，我不要。”

“那我只能把你扔在这儿了，伯莎。我不知道你今天打算下床，我还有约。”

“噢，我刚下床，你可不能抛下我。什么约？写张便条，不去就得了。”

“非常抱歉，”他回答，“恐怕我不能那样做。事实上，做完礼拜后，我见到了汉考克姐妹，她俩说下午要走路去特坎伯雷。外面雨太大，所以我提出驾车送她们去。我答应三点去接她们。”

“你在开玩笑吧。”伯莎说，她的目光突然变得锐利，呼吸急促。

爱德华不安地看着她。“我不知道你会下床，不然就不会安排出门了。”

“噢，好吧，没关系，”伯莎抛开一时的不快，说，“那你写张便条，说你去不了了。”

“恐怕我办不到。”他严肃地回答，“我答应了，不能食言。”

“噢，可这说出去太丢人了。”她的怒火又冒了起来，“你可不能这么无情，在这个时候抛下我。我受了这么多苦，理应得到关心。这几个礼拜，我躺在鬼门关前，等我终于好转一些，下楼来了，以为能让你高兴，你却忙活着要赶车送两位汉考克小姐去特坎伯雷。”

“得了，伯莎，讲点道理。”爱德华屈尊规劝妻子，虽说他不习惯迁就她放肆的言行，“你知道这不是我的错。我说了非常抱歉还不够吗？一个小时后我就回来。待在这儿，晚上我会陪着你。”

“你为什么骗我？”

“我没骗你，我不喜欢撒谎。”爱德华轻松又自满地说。

“你口口声声说为了我的健康着想，所以我必须上楼。这不是撒谎吗？”

“的确是为了你的健康着想。”

“你还在撒谎。你一开始就不想让我碍事，这样你就可以瞒着我，去找汉考克姐妹了。”

“你早就该知道我不是那样的人了。”

“你为什么一开始不提起她俩，等你发现躲不过了才说？”

爱德华随和地耸耸肩。“因为我知道你有多敏感。”

“那你还主动提出要送她们。”

“那几乎是下意识的反应。她俩埋怨天气不好，我想都没想，就说：‘你们愿意的话，我驾车送你们去。’她们连忙答应了。”

"你对别人总是那么好心,对你老婆除外。"

"嗨,亲爱的,我不能再跟你争下去了。我这会儿已经要迟到了。"

"你不会真的要去吧?"伯莎万万没想到爱德华一意孤行。

"我必须去,亲爱的。这是我的责任。"

"你对我,比对任何人都有责任……噢,爱迪,别去。你不明白这对我意味着什么。"

"我必须去。不是因为我想去才去的。我一小时后回来。"

他俯身亲吻她,她用双臂猛地勾住他的脖子,一时泪流满面。

"噢,求你别走——你要是还有一丁点爱我的话,你要是爱过我的话……你看不出来,你正在毁掉我对你的爱吗?"

"好啦,别犯傻,乖。"

他松开她的怀抱走开了。但她从沙发上起身,跟上他,抓住他的胳膊,恳求他别走。

"你看到我有多么不开心。你是我如今在这世上的一切。看在老天爷的面上,别走,爱迪。这对我的意义超出你的想象。"

她倒在地上,跪倒在他面前。

"得啦,回沙发上躺着。这样对你身体很不好。"

他把她抱到沙发上。接着,为了结束争吵,急忙离开了屋子。

伯莎腾地起身跟上他,门砰地关上了,她只好跌坐回去,双手掩面,放声痛哭。然而,羞辱和愤怒几乎盖过了悲伤。她跪在丈夫面前求他别走,他却不依。突然之间,她对他深恶痛绝。曾经铜墙铁壁般的爱像纸牌屋一样倾倒。此刻,她不再对他明摆着的毛病视而不见。他在乎的只有他自己:他心里只有自己,唯有自己,没有别人。她疯狂的爱曾让她爱慕之人变得华而不实,而如今,她一心只想着脱掉他那身光鲜的外衣,心头一阵酸楚。此刻,她把他看得更清楚了，他自私透顶。但最无法容忍的，是她自己受到的百般羞辱。

大雨滂沱，连绵不绝。大自然的绝望侵蚀了她的灵魂。她终于筋疲力尽。她半知半觉地躺着，忘了时间的存在，脑袋空空，大脑疲惫，起码感觉不到疼了。当仆人来通报格洛弗小姐求见的时候，她几乎没反应过来。

“格洛弗小姐很少这么客套，”她没好气地说，上个礼拜的事已经给忘了，“请她进来。”

牧师的这位妹妹走到门口，迟疑了一下，脸红了起来。她的眼神里充满苦恼，甚至惶恐。

“我能进来吗，伯莎？”

“能。”

她径直走向沙发，跪了下来。

“噢，伯莎，请原谅我。我错了，我对你太凶了。”

“亲爱的范妮。”伯莎轻声说，笑容冲破了愁云。

“我收回对你说过的每一个字，伯莎。我无法理解我是怎么说出口的。我诚挚地恳请你原谅我。”

“没什么要原谅的。”

“噢，不，要原谅。天哪，我知道的！自从上次我回去以后，一直受到良心的谴责。可我狠下心来，不去理会。”

可怜的格洛弗小姐可狠不下心来，她再怎么努力也是徒劳。

“我知道我应该来找你，请求你原谅，但是我不愿来。夜里我都没合过眼。我怕自己要死了，要是我在行恶之时一命呜呼，肯定会堕入地狱。”

她说得很急，一吐烦恼之后，发现明显松了一口气。

“我以为查尔斯会责骂我，但他只字未提。啊，我倒希望他骂我，我宁愿被他骂一顿，也比瞧他那副伤心的模样叫人好受些。我知道他一直非常担心,我也觉得很对不起他。我不停地说,我不过是尽了我的责任,但我打心底里知道我做错了。啊,伯莎,今天早上我都不敢领受圣餐,我以为我会因亵渎之举而遭天谴。我也怕查尔斯会在全体会众面前拒绝让我领受圣餐……这是在我受坚信礼①后,头一个星期天没有领受圣餐。”

她双手掩面哭泣。伯莎几乎是兴味索然地听她讲了这番话。她自己的麻烦都应接不暇,哪有工夫想别的。格洛弗小姐抬起头,通红的脸上沾满泪痕,绝对是难看至极,尽管如此,倒也甚是可怜。

“于是我再也忍受不了了。”她说,“我想,如果请求你原谅,我也许能原谅自己。啊,伯莎,求你忘掉我说过的话,原谅我。我以为爱德华今天也在,在他面前坦白,我几乎想都不敢想。但我知道这种屈辱对我有好处。啊,简跟我说他出去了,我太庆幸了……我需要做什么才能让你原谅我?”

在格洛弗小姐的内心深处,她渴望某种能够彻底禁欲的可怕的苦行。

“我早就忘得一干二净了。”伯莎疲惫地笑了笑说,“要是我的宽恕有什么价值的话,那我就彻底原谅你。”

看见伯莎表现出明显的冷淡,格洛弗小姐有些难受,却也视之为一种应有的惩罚。

“伯莎,我要说,除了查尔斯,我最爱的、最欣赏的就是你。如果你那天说的是心里话,我仍然爱你,也希望上帝能让你回心转意。我和查尔斯会日日夜夜为你祈祷,希望全能的上帝很快会再赐给你一个孩子,替代你失去的那个。相信我,上帝大慈大悲,有求必应。”

伯莎低声呻吟了一声。“我再也怀不上孩子了……拉姆齐大夫

① 一种基督教仪式,孩子在受过坚信礼后,才能成为正式教徒。

跟我说不可能了。"

"啊,伯莎,我不知道会这样。"

格洛弗小姐疼爱地把伯莎拥入怀里,一边哭,一边像对待孩子一样亲吻她。

而伯莎擦干了眼泪。

"你走吧,范妮。我想一个人待着。过阵子再来看我,请原谅我讨人厌。我很不开心,而且再也不会开心了。"

几分钟后,爱德华回来了——兴高采烈,心情愉悦,红光满面,情绪极佳。

"又在一起啦!"他嚷嚷着,像滑稽戏里的小丑,"瞧,我没去多久,你没见着我也就一小会儿而已。好啦,吃茶点吧。"

他亲了亲她,把她身下的垫子扶正。

"哎呀,再次在楼下见到你,对我来说太好了。你可得给我倒茶……嗨,你就承认吧,为我出门这点事你大发牢骚,难道不是无理取闹吗?我也是没办法才去的,不是吗?"

第二十章

伯莎的性情之中，爱情占据霸道的控制权，并非一朝一夕就能颠覆。在她恢复健康，能够重拾旧习之时，爱情像大火再次熊熊燃烧，片刻的压抑之后，蓄势烧得更旺。一想到极度的寂寞，她就绝望。如今，爱德华是她唯一的支柱，是她唯一的希望。她不再试图否认他的爱与她的不同，但他的冷淡并不总是很明显。她急切想为自己的激情寻求回应，对一切不是过于显眼的事实，都睁只眼闭只眼。她强烈渴望在爱德华身上找到梦中情人的影子。在某些时候，她确实能够自欺欺人地做起黄粱美梦来，不过有美梦做总是好的，因为在她隐隐作痛的心底里，她其实隐约察觉到了这梦境的本质。

可看起来，伯莎越是狂热渴求丈夫的爱，两人的分歧越是频繁。时间长了，暴风雨前的平静愈发短暂，每一次争吵都留下裂痕，让伯莎面对冒犯变得更加敏感。终于，她意识到爱德华无法回应她表露出来的爱，于是变得远远比以往更挑剔了。新婚之初，些许的关切能让她欣喜若狂，而放在今天，像极了把施舍物扔给纠缠不休的叫花子，只会招来不满。两人的争吵确凿地证明，一个巴掌也拍得响。爱德华是典型的好脾气，沉着镇定，不易生气。伯莎再怎么发火，爱德华也不会乱了方寸。他以为，她是因为没了孩子而苦恼，而且还没有完全恢复健康——以他的经验来看，特别是从养奶牛的经验来看，难产常常会导致暂时的性情失常，就算是最温顺的动物也会突然表现出意外的烈性。他从未试图去理解伯莎多变的性情；在他看来，她对爱的强烈渴望是无理的，就像她突然爆发的脾气和随之而来的歉疚。而爱德华呢，自始至终一个样子——大而言之安于现世，小而言之自满自足。毫无疑问的是，他所处的现世，此时此地“尽如他的意”，没有比悠哉游哉“耕种自己的花园”更快活的日子了。他不善分析，不会费劲去想这件事；就算想了，也不会借用伏尔泰先生的话①。他从来没听说过什么伏尔泰，就算认识，也会对其深恶痛绝，因为他是法国人，又是哲学家，还是个智者。不过，爱德华吃了喝，喝了睡，睡醒了又吃，作息和他农场里的公牛一样；这充分证明，他的生活乐趣和公牛相同——对一个正经男人而言，夫复何求？

爱德华还有一项了不起的本领：做的事总是对的，总是知道怎么做才对。据说，这是真正的基督徒最宝贵的天赋。可是，他的永无过错让自己得到满足，让邻里得以教化，却必然会让妻子不痛快。当他笑眯眯地站在她面前，感觉自己站在正确的立场，感觉她蛮不讲理时，她会攥紧拳头，目光如炬。最糟糕的是，等伯莎清醒了一点，她不得不承认，爱德华的看法始终是对的，自己则大错特错。她被自己的无理吓着了，便把两人所有的不快归咎到自己身上。每次吵完架，一向是爱德华宣告胜利，而伯莎发完火，跟着就是一阵懊悔，可又苦于找不到充分的责备之辞来责骂自己。她拼了命地发问，丈夫怎样才能爱她？在痛苦不堪和害怕不已时，她会第一时间扑上去搂住他的脖子，低声下气地道歉。在他面前碰过一鼻子灰，哭也哭过了，脸也丢过了，而后一个礼拜则高兴得离谱，心里头觉得，以后除非发生地震，否则什么也扰不了两人的幸福和睦。爱德华再一次化身光芒万丈的神，披着轻柔的真爱之衣，他的言语即法律，他的举止完美无瑕。伯莎成了谦卑的崇拜者，供奉着香火，虔诚地感谢神饶了她一命。她转眼便忘了丈夫在感情上的轻慢和冷淡；

---

① 此处指伏尔泰的名作《老实人》的词语“现世尽如人意”，“耕种自己的花园”。小说主人公戆第德的老师鼓吹一切都是自然的安排，都是尽善尽美的，小说的主题思想是抨击这种盲目乐观主义哲学。

她的爱就像潮水冲上一块光秃秃的礁石，浪花四溅，冲散成泡沫，而那块礁石依旧纹丝不动。对了，这种比喻，爱德华听了也不会不高兴，因为他要是真去思考些什么，也喜欢想象自己是多么岿然不动。

晚上临睡前，伯莎最大的乐趣就是亲吻丈夫的唇。他如此机械地回应她的拥吻，叫她感到难堪。主动出击的总是她，有时为了考验他，她故意按兵不动，结果他连晚安也不道一声，便立马睡觉去了。于是她心想，他准是嫌弃她。

"噢，想到我在你身上浪费的感情，我就要发疯。"她叫道，"我好傻！在我眼里，你是全世界；在你眼里，我只是碰巧出现：换了谁，你都可能会娶。要是我没在路上碰见你，你百分百就娶了别人。"

"嗨，你也一样。"他笑着回答。

"我也一样？绝对不会！要是我没遇见你，我谁也不嫁。我的爱可不是一文不值的东西，我不会路上逮到谁就爱。我唯有一心，没有二意，不可能爱上除了你之外的任何人……每当我想到，在你眼里，我和别的女人没什么两样，我就感到羞耻。"

"有时候，你净说些天大的蠢话。"

"啊，这句话总结了你全部的观点。在你眼里，我不过是个蠢女人。我是你驯养的动物，比狗稍微可亲一些，但总的说来，不如母牛有用。"

"我不明白，除了我实实在在做到的，你还要我做什么？你总不能指望我一天到晚亲你抱你。度蜜月才会这样，哪个男人要是一辈子总是卿卿我我，那就是个混蛋。"

"啊，没错，对你而言，白天把谈爱扔在一旁，你得忙着干正经事，剪羊毛啦，打狐狸啦。吃完晚饭，就想起来了，特别是酒足饭饱后，都看不出你是在消化呢，还是在谈爱呢。但对我而言，爱是一切，是人生的目标和意义。没有爱，我将不复存在。"

“嗨,你可以爱我,”爱德华说,“哎呀,问题是你表达爱的方式太好笑了……不过就我而言,你叫我做什么,我都尽力去做。”

“噢,我怎么跟你说?”她不耐烦地叫道,“我竭尽所能让你爱我,可你就是没反应。既然你是朽木一根,顽石一块,我怎么能教会你激情澎湃地爱我? 我要你爱我,如我爱你那般。”

“嗨,你要是问我怎么看,我想说,我做不到倒是好事。哎呀,我要是像你一样有激情,屋里的东西一个礼拜就被砸光了。”

“你爱我的话,我也不会在意你是否粗暴。”伯莎极为严肃地看待他的话,答道,“我不介意你打我,不会在意你怎么伤害我,只要你这么做是因为爱我。”

“我想,一个礼拜差不多就能让你厌倦那种爱,亲爱的。”

“再怎么样,也比你不冷不热来得好。”

“可是,我的天哪,我哪里不冷不热了。你这么说,别人还以为我不在乎你,或是跟别的女人好上了。”

“倒不如这样呢,”伯莎回答,“你要是真能好好爱谁,我可能还有希望赢得你的爱,可是你不懂爱。”

“我不觉得是这样。我可以真心地说,在这个世上,除了上帝和我的名誉,我最珍爱的就是你。”

“可别忘了你的猎马。”伯莎轻蔑地叫道。

“不,我算进去了。”爱德华略带严肃地回答。

“你觉得我会喜欢排在那样的位置吗? 你承认我排第三,我倒宁愿榜上无名。”

“若非我更爱惜荣誉,远远无法如此爱你。①”爱德华引用名言,

---

① 出自英国诗人理查德·洛夫莱斯的诗句,原句为“I could not love thee, Dear, so much, / Loved I not Honour more.”(若非我更爱惜荣誉,拿什么来如此爱你,亲爱的。)

却说错了。

“写这句话的人真是自命清高。我要排在你的上帝和你的名誉之上。我要的爱，是男人为了女人，可以抛弃一切，甚至他的灵魂。”

爱德华耸耸肩。“我不知道你从哪儿能得到那种爱。我对爱的理解是，合适的东西摆在合适的位置，不过事事都有限度。人生还有许多别的东西。”

“噢，没错，我知道，还有责任和名誉，还有农场和打狐狸，还有邻里的看法，有狗有猫，有新买的四轮马车，还有千千万万别的……假设我犯了什么罪，很可能要坐牢，你觉得你会怎么办？”

“我不想做这种假设。但可以肯定，我会尽我的责任。”

“噢，我受够了你的责任。你从早晨到中午，从中午到晚上，三番五次跟我念叨什么责任。我真希望你别这么清高，这样你可能更有人情味。”

爱德华发现妻子的表现过于反常，便去请教拉姆齐大夫。这位治病的大夫听夫妻之间的隐私听了三十年，在治疗嫉妒、唠叨、性情不合这样的毛病上，他对药物的作用表示怀疑。他安慰爱德华说，时间是唯一的良药，能调和一切矛盾。但在爱德华百般坚持下，大夫还是同意给伯莎捎去一瓶无害的补药，对大多数得了病身子跟着遭罪的，他习惯什么人都给开这么一瓶补药。伯莎肯定吃不坏，这对一个全科大夫而言，是需要考虑的重要因素。同样，拉姆齐大夫劝爱德华保持冷静，要相信伯莎最终会变得温顺贤良，成为所有男人梦寐以求的那种妻子，恭立在炉边——在他在饭后打个盹儿醒来之后。

伯莎的情绪无疑是难弄的。她今天一个样，谁也保不准明天又是什么样。这对爱德华这样的男人来说特别棘手——他愿意随遇而安，但前提是得有时间去适应。有时候，她愁肠百结——比方说，在冬日的黄昏，她自然而然浮想联翩，沉思起生活的空虚和人类活动的徒劳。爱德华见她心事重重，处于他很讨厌的一种状态，便问她在想些什么，她有些恍惚地试图去表达。

“老天保佑！”他乐呵呵地叫道，“你的小脑瓜里都在想些什么古怪的事。你准是心情不好。”

“并非如此。”她苦笑着回答。

“一个女人这样冥思苦想很不正常。我看你应该重新开始吃那补药，但你很可能只是累了，明天早上你的想法就完全不同了。”

伯莎没有回应。她遭受了生活给她的不可名状的痛苦，而他呢，给她的却是铁剂和奎宁①。她是为人类同胞的不幸而心痛，这时候她需要的是安慰，他却把马钱子酊②灌进她嘴里。在对人类不幸的忧思中，她琢磨出了一点名堂，可跟他解释也没用，他听不明白。但最糟糕的是，爱德华认为自己对得很——真是个蛮人，本性不改！到了早上，忧愁消散，伯莎心里一丝烦恼也不剩，甚至用不着戴玫瑰色的眼镜，这个世界看起来也很美丽。她那些最美好的想法，那些让她沉醉于四海皆兄弟的可爱幻想之中的高尚情感——当她发现这一切只是身体衰弱使然时，她感到无地自容。

有些人脑子特别刻板，从不考虑发挥想象力；他们的人生，没有吃喝玩乐，更不是幻梦一场，而是极其严肃的事。这样的男人，当女人跟他说她感觉自己好老的时候，他不会说她看起来格外年轻，而会回答，年轻有年轻的坏处，上了年纪也有上了年纪的好处！爱德华就是这样的男人。他怎么也不会察觉别人的言外之意。刚开始，在庄园的经营上，他总会找伯莎商量；而她呢，喜欢在自己家当个无

① 俗称金鸡纳霜，过去用于治疗疟疾。
② 通常为兽用，有通络止痛的功效。

名小卒，他说什么，她都同意，甚至求他别再问她。她告诉他，他不仅对她有绝对的掌控权，对她的一切物质财产也是如此，他最终把她的话当真也不足为奇。

"女人根本不懂农场经营，"他说，"让我放手干是最好的。"

他的管理成果无可挑剔，庄园经营得井然有序，那些农场二十年来头一回交了租。东飘西荡的风，就连太阳和雨水，似乎合起伙来给这么个勤劳聪明的人造福。这一次，好运与美德携手同行。伯莎不断得到附近乡绅的祝贺，说爱德华管理庄园有方；他本人呢，从来不会忘记一一列举自己获得的成就和赢得的赞美。

不过，不光是爱德华手下的农场工人和劳工把他当作主人，就连莱伊府里的仆人也把伯莎当作次要角色，对她的吩咐只是有条件地服从。一代又一代的奴役让乡村人对阶级差别尤为敏感。他们对两人的态度截然不同：他们要靠爱德华吃饭，而伯莎作为这位乡绅的老婆，只是沾了他的光。

一开始，伯莎只觉得好笑，但就算最妙的笑话，翻来覆去地讲，也会失去味道。不止一次，她不得不厉声训斥花匠，因为吩咐不是出自男主人之口，他便犹豫要不要听从。随着爱情的衰败，伯莎的自尊苏醒，她开始发现自己的地位低得不能容忍。如今，她对别人的冒犯非常敏感，迫不及待地寻找机会证明，她到底还是莱伊府的女主人。

很快，机会来了。事情很巧，以前有个喜欢树木的人，秉承莱伊家不切实际的传统，在灌木树篱里种了六棵山毛榉。最终，这六棵树长成雄伟的大树，见者无不为之赞叹。可有一天，伯莎从旁边走过，一处难看的缺口引起她的注意——其中一棵山毛榉没了。近日没来过暴风雨，不可能是自己倒的。她走上前，发现是被砍掉的，而罪魁祸首正要打另一棵树的主意；树旁靠着把梯子，上面有个工人在绑绳子。没有什么景象比一棵老树被夷平更凄惨的了;原本长着树的地方眼下空荡荡的,难看又扎眼。伯莎与其说是痛心,不如说是愤怒。

“你们在干什么,霍奇金斯?谁让你们砍树的?”

“是老爷,太太。”

“噢,肯定是弄错了。克拉多克先生绝不会出这种主意。”

“他说得很明白,要我们砍了这棵和那边几棵。你可以看他标的记号,太太。”

“胡说。我来跟克拉多克先生谈。解开绳子,从梯子上下来。我不允许你们再碰这棵树。”

梯子上的人看了看她,可是不打算听从吩咐。

“老爷特地交代了,要我们把树砍了,今天得干完。”

“请你照我说的做好不好?”伯莎气得脸红,说,“告诉那个人,解开绳子,给我下来。不准你们再碰这棵树。”

那个叫霍奇金斯的人恶声恶气地把伯莎的话转述了一遍,所有人都以狐疑的目光看着她,他们不想照做,但又不敢,生怕老爷发火。

“好,我可不负责。”

“请你住嘴,照我说的做,越快越好。”

等这些人收起各种家伙成群结队地离开,她才回去。

第二十一章

伯莎怒气冲冲地回了家。她心里很清楚,自己刚才撤销的那道命令的确是爱德华下的,但她很高兴逮到机会,最终确立了自己的权利。她有好几个钟头没见到他了。

“我说,伯莎,”他进门的时候说,“你到底为什么阻止那些人砍掉卡特田地里的山毛榉?你耽误了整整半天的活儿。我本来要让他们明天干别的活儿,现在只能推到礼拜四了。”

“我阻止他们,是因为我不允许砍掉山毛榉。那可是这地方仅有的几棵。居然瞒着我砍掉了一棵,我很生气。你做这种事之前,应该问问我。”

“我的好老婆,我不能每次想做什么事都得来问你。”

“这地方是我的还是你的?”

“是你的,”爱德华笑着说,“但是该做什么,我比你懂,你插手就是犯傻。”

伯莎涨红了脸。“以后,希望你先问我的意见。”

“你跟我说过五万遍了,叫我始终按我的想法做。”

“好,我改变主意了。”

“太晚了,”他笑道,“你把控制权交到我的手里,我不会放手的。”

伯莎气得差点没忍住说,她可以把他当成雇来的仆人一样给打发走。

“我要你明白,爱德华,我不准让人砍掉那些树。你必须告诉那些人,是你弄错了。”

"我不会跟他们说那种话。我不会全部砍掉的,只砍三棵。我们不需要那几棵树——首先,树荫让庄稼长不好,要不然卡特的田地就是我们最好的一块地。再说,我需要木材。"

"我才不管什么庄稼,你要木材的话,可以去买。那些树近百年前就种下了,我宁死也不能把它们砍掉。"

"把山毛榉种进灌木树篱的那个人,是我听说过的最蠢的笨蛋。在那儿种树已经够糟了,种山毛榉更是糟糕透顶——哎呀,它老是滴水,滴水,滴水,一年滴到头,树下种什么也长不成。整个庄园的地里几年来都是这种情况。我要花一辈子的功夫才能弥补你——你这儿以前的主人犯下的大错。"

感情最卑微的奴仆却很少会让感情妨碍自己的俗事,这就是感情的一大奇特之处。让一个人在工作中感情用事,就像让他偷自己的钱包一样稀奇。爱德华跟土地打了一辈子交道,按理说,本该对大自然抱有一丝热爱。通俗情节剧的哀婉动人让他哽咽流涕;文学作品中,患肺痨的贵族女主人公和魁梧的软心肠男主人公令他感动。但到了生意场上,就是另外一码事了——让一个农场主感情用事,为了美观让出一块林中空地,简直荒唐。爱德华倒情愿让广告商在庄园最美的地方竖起广告牌,只要这样能把农场的赢利给偷偷提上去。

"不管你对我的祖先怎么看,"伯莎说,"但请你尊重我。这片土地是我的,我不允许你糟蹋。"

"这可不是糟蹋,是该做的事。你很快就会习惯不见那几棵该死的树,而且我说了,只砍掉三棵。我吩咐好了,让人明天去砍剩下两棵。"

"你的意思是说,你要完全无视我?"

"我要做对的事。你要是不同意,对不起,我还是会这么做。"

“我会命令那些人不要做那种事。”

爱德华大笑。“那样你会出洋相。试试看叫他们跟我反着来，看看他们会怎么做。”

伯莎大叫一声。她气得四下找东西砸，她真想打他。可他站在那儿，沉着冷静，一副被逗乐的模样。

“我看你准是疯了，”她说，“你竭尽所能来毁掉我对你的爱。”

她气得说不出话来。从这件事看得出他爱她多少，他准是真的不把她放在眼里。她低声下气付出的爱换来的却是这种结果。她自问能做些什么；她什么也做不了——只能屈服。她和他一样明白，她的吩咐要是和他的不统一，别人是不会听的。她也明白，他说到做到，对此她没有一刻怀疑。他以说到做到为骄傲。接下来，她一整天没说话，到了第二天早上，他正要出门，她问他打算拿那些树怎么办。

“嗨，我以为你忘得一干二净了呢，”他回答，“我打算照我昨天说的做。”

“你要是让人把树砍掉，我就离开你，去找波莉姑姑。”

“去告诉她，你想要月亮，而我太不体贴，没帮你摘下来？”他微笑着回答，“她会笑话你的。”

“我会让你知道，我和你一样较真，一样说到做到。”

午餐前，她出门走到卡特田地。那些人还在干活，但第二棵树已经没了，下午肯定会砍掉第三棵。那几个人瞥了伯莎一眼，她觉得他们是在笑她。她站在那儿，看了他们一会儿，以便把这番羞辱给彻底消化掉。接着，她回到家，给姑姑写了下面这封“诚实”的信。

亲爱的波莉姑姑：

近几周，我颇感不适，把可怜的爱德华宝贝给吓坏了，整日催我进城找专科大夫看看。他催得紧,像是要把我打发走似的。我对新来的客厅侍女已有些妒忌;她那粉面金发,正是爱德华十分欢喜的类型。况且,我看拉姆齐大夫一点也不清楚我的毛病出在哪儿,而且我这会儿还并不太想辞别人世;我想,为慎重起见,还是找个大夫看看,起码给我开点别的药也好。我服了不知多少加仑的铁剂和奎宁,怕是牙齿都要发黑了。我的想法和爱德华不谋而合(那个讨人厌的赖尔太太说我俩是两只蜂鸟,其实是想说一对斑鸠;她的博物学知识让爱德华宝贝心生鄙夷)。我已欣然应允他的请求。您若能留我宿夜,方便之时,我将尽早前往。

您亲爱的,

伯·克

又及:我将借此机会添置衣物(我的衣着已破烂不堪),您得留我暂住一时。

爱德华没过多久回来了,看上去很得意。他诡秘地朝伯莎瞥了一眼,以为自己聪明得很,差点忍不住大笑。要不是他有举止稳重的习惯,铁定会用舌头顶起脸皮以示调侃。

“老兄,对付女人,态度必须要坚决。好比骑马,让马跳过栅栏的时候,要夹紧双腿,别去勒缰绳。但记住,要控制住它,不然它的小脑袋就会发昏。男人永远要让女人明白,他把她牢牢攥在手心里。”

伯莎一言不发,午饭什么也吃不下。她坐在丈夫对面,心想,自己又生气又难受,他怎么还能狼吞虎咽,太不像话了。但到了下午,她又有了胃口,便去厨房吃了好多三明治,这样到晚上就又吃不下了。她希望爱德华注意到她在绝食,能理所应当地担心她,并为此内疚。可他还是大吃大喝,吃了两个人的量,完全没发觉妻子在绝食。

晚上,伯莎回屋睡觉,闩上门,一个人关在屋里。不久,爱德华上楼开门,发现门锁了,便敲敲门,喊她开门。她没应门。于是他敲得更响了,还摇晃门把手。

“我要一个人待在我自己的屋里。”她大喊,“我不舒服,别想着进来。”

“什么? 那我睡哪儿?”

“噢,挑间空房去睡。”

“胡扯!”他嚷嚷道,跟着干脆用肩膀撞门。他力气大,这一撞,把老化的铰链弄断了。他笑着走了进来。

“你要是不想让我进来,应该用家具把门堵严实。”

伯莎不肯轻易罢休。“你进来,”她说,“我就出去。”

“哎呀,你出不去的!”他说着,拖了一个大五斗橱挡在门口。

伯莎下床,披上一件黄色的丝质晨衣,那件衣服着实好看。

“那我就睡沙发上。”她说,“我不想再跟你吵了,也不想大闹。我给波莉姑姑写了信,后天我就去伦敦。”

“我正想跟你说,换个环境对你有好处。我觉得你的神经不大正常。”

“真是难得,你还关心我的神经。”她轻蔑地瞥了他一眼,边说边在沙发上躺好。

“你真的要睡那儿?”他说着爬上床。

“看来是要这样。”

“你会冻死的。不过,一个钟头后你估计就想明白了。我要熄灯了。晚安!”

伯莎不作声。几分钟后,她一肚子火地听他打起呼噜。他真的能睡着? 他睡得这么安稳,真是太不像话了。

“爱德华。”她唤道。

没有回应,但她无法让自己相信他睡着了。她连眼睛也合不上。他准是在装睡——故意要气她。她想碰他,但又怕他突然大笑起来。她真的感觉冷得要命,便把毯子和衣服都往身上堆。要做到不溜回床上,需要巨大的勇气。她又难过又渴。没有什么跟漱口水瓶里的水一样难闻,玻璃杯上也是一股刷牙水的味道。但她还是喝了一大口,不过差点吐出来。接着,她在屋里四处走动,琢磨自己的种种委屈。爱德华这么睡下去,让她不能忍受。她发出响声,想吵醒他,但他不为所动。她把一张桌子掀倒,哐当一声,死人也能给吵醒了,可丈夫毫无反应。然后,她盯着床,寻思自己要不要冒险,先在床上躺一个小时,且有把握赶在他前面醒来。她好冷,于是决定赌一把,她笃定自己睡不长。她朝床边走去。

“到底还是上床了?”爱德华用困倦的声音说。

她愣住了,心提到了嗓子眼儿。“我来拿我的枕头。”她愤然回应,心里头庆幸,还好他没有晚一分钟再说话。

她回到沙发上,最终把自己安顿得舒舒服服,便睡着了。这种舒服的状态持续到早上;她醒来的时候,爱德华正拉起窗帘。

“睡得好吧?”他问。

“没合过一眼。”

“嗨,天大的谎话。我刚盯着你看了一个钟头!”

“我眼睛闭过十来分钟,你硬要说我睡着的话。”

伯莎完全有理由恼火,丈夫居然看到她酣睡——这让她的计划丧失了一半的效果。而且,爱德华精神饱满,而她自觉苍老憔悴,几乎不敢照镜子,看看自己的模样。

上午过了一半的时候,莱伊小姐发来电报,告诉伯莎想来就来——希望爱德华也能来!伯莎把信放在一个显眼的地方,爱德华肯定能瞧见。

“这么说,你真的要去?”他说。

“我说了,我能像你一样,说到做到。”

“嗯,我想这样对你也好。待多久?”

“我怎么知道!也许待一辈子。”

“‘一辈子’可是大话,虽说只有三个字。”

爱德华竟然如此冷漠,伯莎心如刀割——他一点都不懂得在乎她。他似乎觉得她离开他很正常,还装模作样说是为了她身体好。噢,她才不管什么身体!她做好必要的准备,却又鼓不起勇气了,她觉得走不了。想到两人如今的状态和一年前的热恋状态之间的落差,她潸然泪下。哪怕找个最苍白又能保住她面子的借口不让她走,她都会欣然接受。即便爱德华只是在临别时表现出伤心,可能也为时未晚。可她的行李箱打点好了,车票也订好了。他告诉格洛弗小姐,他妻子要出远门,透透新鲜空气,还说真可惜,要不是为了农场,他就陪她去了。双轮马车到了门口,爱德华跳上去,坐了下来。此刻,一丝希望也没了,她非走不可。她想鼓起勇气告诉爱德华,她离不开他,可是她害怕。两人一路沉默,伯莎在等丈夫开口,自己一句话不敢说,生怕他听见她声音中的哽咽。终于,她鼓起勇气一试。

“我要走了,你伤心吗?”

“我想这是为了你好,我不想加以阻拦。”

伯莎心想,无论出于什么必要,一个男人能忍心见不着妻子,那还有什么爱情可言。她把一声叹气憋了回去。

他们到了车站,他给她取来车票。两人沉默地候着车;爱德华从报童手里买来《笨拙》①和《速写》②两种报刊。可怕的火车呜呜

① 英国一种适合中产阶级趣味的幽默插画刊物,创刊于 1841 年。
② 英国一种聚焦上层社会和贵族的插画刊物,创刊于 1893 年。

地驶来，爱德华把她送进车厢。这一刻，她眼里的泪水再也藏不住了。她噘起双唇。

“也许是最后一吻。”她喃喃自语。

第二十二章

4月18日

伦敦西南部切尔西区艾略特公寓72号

亲爱的爱德华:

我想,我俩分开是明智的。我们太不适合彼此,在一起只会徒增龃龉。用婚姻把两个性情不同之人打成一个结,这个结纷乱如麻,到头来只能一刀两断。你想把它理清,以为要成功的时候,又见另一处盘绕,结果只会越理越乱。连时间也无能为力。有些事就是不可能;水不能像石头一样堆起来,一个人不能用另一个人的标准来衡量。我确定,我俩分开是明智的。我想,如果我们继续住在一起,只会无休无止地闹下去,越闹越凶。回想起我们像泼妇一般粗鲁地拌嘴,真叫人后怕。我想不通,那种话是怎么从我嘴里说出来的。

回首往事,把我的期望和已然发生的现实作比较,真叫人心酸。是我对生活的期望太高了吗?哎呀,我不过是期望我的丈夫能爱我。正是因为我的要求太低,才一无所获。在这个世道上,人必须贪得无厌,必须把好名声传千里,必须把挡道的人踩在脚底下,必须占尽一切可占的地盘,否则就要被挤到一旁;人必须自私得不可救药,否则便一文不值,成了不值钱的玩物,任人玩弄和丢弃。

当然,是我痴心妄想了。我不满足于世俗的婚配,想与你融为一体,全世界只有你我,别人统统都是陌生人。最初,我怀揣热望,却常常失望,因为我对你了解得太少。无法真正懂你,无法走进你内心深处,这令我心碎。就我所知,我从未见过你的本来面目。对我而言,你几乎是个陌生人,好像我认识你才一个小时。我向你打开心扉,毫无保留,而你心里的那一面我无从知晓,也从未见过。我们截然不同,毫无共同之处。我们常常说着说着便陷入沉默,思想从同一点出发,却朝相反的方向发展,等到再接上话,就会发现彼此的想法天差地别。我希望了解你的内心深处。啊,我希望与你合二为一,共有一个灵魂。然而,就算是最平常的时候,我也从来无法理解你的想法。如果孩子还在,或许就会不一样,孩子可能在我们之间形成更实在的纽带;也许,天伦之乐能让我忘了我那不切实际的梦。但命运和我们作对,我出身于一个衰朽的家族。莱伊家族注定将离开人们的视野,回到大地母亲的怀抱,归于尘土。天晓得我们以后的命运是什么!我倒想有朝一日成为肥沃平原上的小麦,或是公地上燃烧荆棘冒出的青烟。但愿我能埋在开阔的田地里,而不是阴冷的教堂墓地中,好让我盼着化作春泥,更快回归于大自然的生命之中。

相信我,分开是唯一的出路。我爱你太深,不满足于你给我的冷遇。啊,当然,我挑剔、蛮横、刻薄。现在,我可以承认我所有的缺点;我唯一的辩解就是我太不幸福。我请求你原谅我给你造成的一切痛苦。我们不妨和和气气分手,我也爽快地原谅你给我造成的一切煎熬。如今,我还可以大方地告诉你,当时我差点下不了决心。昨天和今早,我几乎没憋住泪水,分开似乎太难,我感觉离不开你。如果你求我别走,哪怕对我离开表现出一丁点惋惜的意思,我想我都会服软。没错,我现在可以告诉你,当时我愿不惜一切留下。唉!我太懦弱。我在火车上哭得很伤心。这是我们结婚以来第一次分开,第一次睡在两个屋檐下。可如今,最难的都过去了。我已经迈出这一步,也会坚持走下去。我确定,这样做是最好的。如果你喜欢收到我的信,偶尔通通信也无妨。我想,我最好别见你,在一段时间里,无论如何都不要见。也许,等我们都上了岁数,在没危险的情况下,可以时而见见面——现在还不是时候,我不敢看你的面孔。

波莉姑姑没有起疑心。我可以向你保证,到了晚上,我总是费劲装作跟她有说有笑,回到自己的房间后才松口气。此时已过子夜,我仍在给你写信。我感觉,我应该让你知道我的想法;通过写信告诉你,比说出口来得容易。这不就说明,我们的内心已相隔万里,以至我想把想法说给你听时,居然会犹豫——我曾希望永远向你敞开心扉。我还自以为永远无需向你隐瞒什么,也无需犹豫向你表达每一丝情感和每一个想法。

再会,

伯莎

4月23日

伦敦西南部切尔西区艾略特公寓72号

我可怜的爱德华:

你说希望我快点好起来,然后回莱伊府;你彻底误会了我的意思,差点让我笑出声来。不错,我上次写信的时候的确意志消沉、疲乏不堪,可我写信不是要说这些。难道你只会完全凭一个人的身体状况来揣度其情绪?你无法理解我,从来没有理解过。然而,我不会摆出一个**不被理解的女人**①那种庸俗迂

① 原文为法语。

腐的姿态。我身上没什么需要理解的地方。我这个人很简单，一点也不神秘。我要的只有爱，而你给不了我。不，你我分开已成定局，无法挽回。你要我回来有什么用？你有了莱伊府和你的农场，街坊四邻个个都喜欢你。我是你幸福圆满的唯一的绊脚石。至于莱伊府，我自愿终身将其让给你。你来之前，府上没赚过钱，如今带来的收入全是你的功劳，这是你赢得的，我恳求你收下。对我而言，母亲留给我的一小笔钱够用了。

波莉姑姑仍然以为我是暂住，还一直提起你。我只能蒙混过去，但我不能指望瞒得了她多久。眼下，我忙着定期找大夫看假想出来的病，再买一两样东西回去。

我们每周通一次信好吗？我知道写信对你来说很费事，但我不想让你把我忘得精光。如果你愿意，我每周日给你写信，至于你回不回信，悉听尊便。

伯莎

又及：千万别想什么重归于好①。我确信，你最终会明白，分开能让我们彼此都快活得多。

5月15日

伦敦西南部切尔西区艾略特公寓72号

我亲爱的爱迪：

很高兴收到你的来信。你说想见我，令我有一丝感动。你提议要来伦敦——可我不会再留在这儿了，这或许是幸事。你若是早点表达这样的愿望，事情可能就不会是现在这个样

① 原文为法语。

子了。

波莉姑姑把公寓租给了朋友,要去巴黎度过这个季节剩下的日子。她今天动身,我主动提出陪她一道去。我厌倦了伦敦。不知道她是否起了疑心,但我注意到,她不再提起你。前几日,我解释说,我早就想去巴黎看看,而你正忙着给莱伊府里面刷油漆的事,当时她露出一丝怀疑的神色。但幸好她习惯不打听别人的事,我就可以放心,她一个问题都不会再问我。

草率书此,祈恕不恭。我忙得很,得打点行李。

爱你的妻子,

伯莎

5月16日

巴黎埃科里尔街41号

我最亲爱的爱迪:

我对你太刻薄了。你说想见我,是一片好心,我却表示反感,或许太不近人情。我思来想去,想不出见上一面有什么不妥。当然,我再也不能回莱伊府——有些镣铐一旦断了,就再也焊接不起来。没有什么镣铐像爱情的桎梏这般脆弱。不过,你若是想见我,我不会阻拦。我不否认,我也想见你。我现在住得更远了,但你若真的在乎我,自会毫不犹豫来一趟短期旅行。

我们在这儿有套很漂亮的公寓,位于拉丁区①,远离富人和游客。我不知道二者之中谁更俗气——是普通的游客,还是游客在巴黎成群出没的地方——我得说,二者相互成就,恰到

① 处于巴黎五区和六区之间,是巴黎著名的学府区。

俗处。我厌恶那些徒有其表的林荫大道，路边华丽而俗气的咖啡馆过度粉饰、过于奢华，路上挤满了打扮难看的外国人。不过你来的话，我可以带你看看与众不同的巴黎，一个幽静的、古色古香的巴黎——那些剧院是游客不会光顾的；那些公园里净是些俊俏的小孩和戴着帽子的保姆，她们的帽子上飘着长长的丝带。我可以带你走遍无数的古街，街上有许多有意思的小店；带你去古老的教堂，可以看见里面有人在诚心祈祷——每一处都十分静谧，令人心神安定。我还可以在人少的时候带你去卢浮宫，欣赏美丽的画作和雕塑；它们来自意大利和希腊，那儿至今都是诸神之家。来吧，爱迪。

永远爱你的妻子，

伯莎

5月25日

巴黎埃科里尔街41号

我最亲爱的爱迪：

你不来，我很失望。我竟以为，你若想见我，大可抽空离开农场几天。但或许，不见面确实更好。不瞒你说，有时候我非常想你。我忘了发生过的一切，满心渴望再次和你在一起。我好傻！我知道我们不会再见面，而我心里总记挂着你。我几乎疯了一样盼着你来信，看到你写的字，我就像个小女生似的心怦怦直跳。啊，你不知道你的信让我多么失望，字里行间如此冷冰冰。我想让你说的那些话，你从来不说。我们见面是愚蠢之举，只有不见你，我才能保留对你的爱。听起来是不是很可怕？可我仍愿不惜一切再次与你相见。我忍不住求你上这儿来。我可不是经常求你的。一定要来。我会在火车站接你，你不会碰到什么问题或麻烦;一切都非常简单,库克旅行社的导游翻译四处可见。我确信,你会玩得很尽兴。

你若爱我,就来吧,

伯莎

5月30日

肯特郡黑马厩镇莱伊府

我最亲爱的伯莎:

不好意思,没及时回你25号的来信,我一直忙得不可开交。要不是亲眼瞧见,你想象不到每年这个时候农场上会有这么多活儿。我不可能去巴黎玩了,再说,我跟法国佬处不来。我可不想看他们的首都,我要是想度假,去伦敦就好了。你最好快回来,别人都在问你怎么样。没有你,这里看起来一团糟。代我向波莉姑姑问好。

匆此,

爱你的丈夫,

爱·克拉多克

6月1日

巴黎埃科里尔街41号

我最最亲爱的爱迪:

你不知道,等不到你的信,我是多么沮丧,多么望眼欲穿。无论你在忙什么,也别让我苦苦等待你的回音。我想象过各种情况——你病了或快死了。我差点要去打电报。我要你向我保证,哪天你要是病了,得通知我。如果你急切需要我,我很乐意回去。但你别以为我会永远留在莱伊府。有时候,我不舒服,身子虚弱,就想见你,可我知道我绝不能屈服。我确信,为了我好,也为了你好,我绝不能再冒险重蹈覆辙,回到过去那种不幸福的日子。那种生活太卑微。我以坚定的意志和最大的决心发誓,我永远不再回莱伊府,永远。

深爱你的妻子,

伯莎

电报

6 月 2 日上午 9 点 50 分巴黎北站

黑马厩镇莱伊府克拉多克收

今晚 7 点 25 分到

伯莎

巴黎埃科里尔街 41 号

亲爱的年轻朋友:

我惴惴不安。如你所知,伯莎跟我在一起住了六个星期,她为此给出各种各样的理由,这些理由无可挑剔,倒让我满腹疑云。我想,谁也不会为了如此简单的一件事,想出这么多不容置疑的动机。我按捺住好奇心,没写信给爱德华(她的丈夫——人很好,但呆头呆脑!)问个究竟,生怕他给的理由合乎情理(尽管我不能相信);这样一来,我岂不是让自己显得很可笑。在伦敦的时候,伯莎假装去看内科大夫,但谁也没见她服过药。我敢肯定,没有哪个久负盛名的专科大夫敢不开大量的药,就向一个无病呻吟之人①收两个几尼。她陪我来巴黎,表

① 原文为法语。

面上说是来添置衣服，实际上，她买到新衣服的反应，似乎像内阁重组一样让她觉得无所谓。她煞费苦心掩饰自己的情绪，因而欲盖弥彰。我无法描述她的情绪是多么变幻无常，从近乎歇斯底里的欢欣到同样无法控制的沮丧。她思考起来的深沉模样，常见于五十年前年轻的淑女身上（那时候都叫年轻的淑女，不叫女孩子！）；她弹奏的《特里斯坦和伊索尔达》①让我都心神不宁；她故意冷落一位向她示爱的法国艺术家，弄得人家的妻子心烦意乱。最后，她哭了，哭完又在眼部搽上过多的脂粉——在一个漂亮女人身上，这是精神崩溃的确凿标志。

今天早上我起床的时候，在门口发现如下留言："不要觉得我是个十足的傻瓜，我一天也无法再忍受与爱德华分开。坐十点的火车走。——伯莎。"现在是十点半，本来她约了这会儿去帕坎时装店②试一件销魂到难以想象的小礼服。

针对这些事实，我就不作推论了，以免有辱你的智商。我知道你很快自己便能推断出来，我看好你，相信你的推论将与我不谋而合。

你诚挚的朋友，

玛丽·莱伊

又及：我将此信寄往塞维利亚，待你亲启。代我向夫人问好。

① 德国作曲家理查德·瓦格纳（1813—1883）作曲并撰写的歌剧，是一出爱情悲剧。
② 法国巴黎时装公司，由帕坎夫妇创办于十九世纪末。

第二十三章

伯莎踏上英国的土地,心里明显舒坦多了。她终于离爱德华不远了,可一路上晕船也晕得厉害。虽说从多佛尔[①]到黑马厩镇距离不到三十英里,但交通太差,必须得在港口等上几个小时,要不然就得乘港口联运列车去伦敦,再折返六十英里。伯莎因被耽搁而恼火,她忘了自己如今身处一个自由的国度(感谢上苍!),这里的铁路不是为了方便旅客而运行,而是为了给一家管理不善的公司创造效益,是旅客明知不好却又少不了的东西。伯莎急不可耐,觉得在多佛尔等不下去了。她宁愿多走一百英里,省下十分钟,也不想一下午待在沉闷的候车室,或在镇上瞎转。列车像爬似的缓慢行进,等她认出肯特郡乡村——那些被整齐的树篱围起来的肥沃草地,那些粗壮的树木,那一片欣欣向荣的景象——心里的躁动愈发煎熬了。

伯莎满脑子都是爱德华,她之所以急不可耐,全是因为他。她曾一反心中对他的了解,期望他会来多佛尔接她,而令她失望的是,她并没有见到他来。然后,她又以为他可能会来伦敦,虽然自己也说不清,他怎么可能猜到她去了伦敦。她见到了一个背影像是爱德华的人,心跳一下子快得离谱。再后来,她安慰自己,想着他肯定会在黑马厩镇的上一站法弗斯利等她。等到了那一站,她把头伸出窗外,顺着站台望去——哪儿也没有他的影子。

“这么近,他本可以过来的。”她想。

此时,列车继续鸣笛行进,她更清晰地认出了那片土地——荒凉的湿地和大海,轨道几乎贴着海边;潮水退去,留下一大片闪闪发光的淤泥,海鸥在上头飞翔,发出尖锐的鸣叫声。接着是熟悉的房屋,有饱受风吹日晒的村舍,还有“快活水手”旅店,以前店里有大量走私的小桶白兰地,在运往特坎伯雷这座主教座堂城市的路上被藏在那儿。列车经过海岸警卫队驻地,那是一排长条形房子,整洁而低矮。最终,列车哐当哐当地驶过主街上方的桥。乘务员用肯特人特有的拖腔慢吞吞地喊道:“黑马厩镇,黑马厩镇到了。”

伯莎的情绪总是不受控制,其烈度有时候让她动弹不得: 此刻,她几乎没力气打开车厢的门。

“总算到了!”她叫道,如释重负地舒了一口气。

她从未像此时此刻这般深爱自己的丈夫,她的爱是一种肉体上的刺激,让她感到眩晕。她焦急等待的时刻到来了,她却有些害怕。她就是那种热切盼望机会到来却很难把握住机会的人。

伯莎如此激动,她怕最终见到爱德华向她走来的时候,自己会突然泣不成声。她多少次想象过这个情景: 丈夫摇摆着身子大步走来,一边挥着手杖;几条狗跑在前面,朝她冲过来,狂吠不止。两个脚夫踏着水手步子摇摇摆摆地走到行李车厢,拿出行李;乘客纷纷走出客车厢。跟着她下车的是个面色苍白的职员,穿着一身褪色的黑衣,怀里抱着一个婴儿;后头跟着脸色憔悴的妻子,也抱着个婴儿,还提着数不清的小包。有个工人沿着站台溜达过去,跟着是三四个水手和两个步兵。这些人都涌向查票员所在的一扇小门。脚夫搬出箱子,火车开走了。一个火气大的商人嘴里骂骂咧咧说个不停,因为他的行李被运往马盖特②了。(这是个自由的国度,感谢上苍!)站长戴着一顶饰有徽章的帽子,显出一副神气活现的样子,踱步过去看是怎么回事。伯莎沿着站台拼命张望。爱德华不在。

站长从她身边经过,屈尊俯就似的点了点头。

---

① 肯特郡的一个港口城市。
② 肯特郡东部的一座海滨城镇。

“你见过克拉多克先生吗?”她问。

“不,并未见过。但我看,下面有辆马车是来接您的。”

伯莎哆嗦了起来。有个脚夫问她要不要帮忙搬行李,她点点头,说不出话。她走下站台,在车站门口看见那辆四轮马车。车夫轻触帽子向她致意,递给她一张便条。

亲爱的伯莎:

实在对不起,我不能来接你。我没料到你会回来,所以接受了菲利普·德克勋爵的邀请,去参加一场网球比赛和随后的舞会。他要留我过夜,所以我要明天才回。别生气,明早见。

爱·克

伯莎钻进马车,蜷缩在一个角落里,这样谁也看不见她。一开始,她几乎没反应过来。这几个小时,她一直处于极其兴奋的状态,结果大失所望,让她丧失了思维能力。她处事从不理性,这下更是发懵了。刚才发生的事似乎是不可能的。在她回家的时候,在她急切盼着见他的时候,他居然去参加网球比赛,简直太无情了。况且,这不是平常的回家。这是她头一回离开他之后回家,离家的时候,她以为自己会恨他一辈子。可久别让她的爱复苏,她回来了,一心想着要与他和好如初。结果他没来接她,表现得好像她只是到城里买东西去了一天。

“噢,老天,我回来真是傻!”

她突然想当场离开这里,这样岂不是更容易?她觉得自己不能见他。但没火车班次了,伦敦—查塔姆①—多佛尔铁路也许避免了

① 肯特郡北部的一个城镇。

不少人出走。他肯定知道她是多么失望透顶,她脑中闪过一丝念头,想着他会放弃比赛然后回家。说不定他已经在莱伊府里等着她了。她重新鼓起勇气,向那念念不忘的场景看去。他可能在大门口。噢,那将令她何等欢喜,何等宽慰!马车来到大门口,他不在;马车来到门廊前,他也不在。伯莎走进房子,指望在门厅或客厅里看见他,怕他可能没听见马车的声音,可哪儿也见不着他。仆人证实他便条上说的是真的。

房子里空荡荡的,又阴冷又凄凉。一间间屋子里杳无人迹,家具被重新摆放过,显得很古板,爱德华命人在椅子上罩上背套。令女仆诧异的是,伯莎把这些背套一件一件扒下来,一句话也没说,统统扔进了空空的壁炉里。她仍旧觉得爱德华出门之事令人难以置信。她坐下来吃晚餐,时时刻刻都在盼着他回来。她迟迟不睡,吃准了他今天早晚会回来。可他还是没回。

"我要是没回来就好了。"

她想起了这几周以来的心理斗争。一头是自尊、愤怒、理智,是一切的一切,另一头只有爱;而爱战胜了一切。她几乎无时无刻不想着爱德华,梦里全是他的身影。他的一封封信在她心中激起无法形容的一层层波浪,一看到他的字,她便浑身发抖;她好想见他。她在夜里醒来,梦见他吻她的唇。她恳求他来巴黎见她,而他要么不想来,要么不能来。最后,这种渴望变得不受控制。那天早上,还没收到她苦等的信,她便决定抛开所有装出来的怨恨,动身回家。她才不在乎莱伊小姐会不会笑话她,也不在乎是不是爱德华在这场较劲中赢得胜利——没有他,她活不下去。他依然是她的生命,她的所爱。

"噢,上帝,我要是没回来就好了。"

她回想起自己曾如何祈祷爱德华如她所愿般爱她,乞求上帝赐予她幸福。孩子死后,她对信仰的叛逆不知不觉消失了;在痛苦和寂寞之中,她找到了新的信仰。有些人的信念生生灭灭,无道理可寻;对他们而言,与其说是在信仰,不如说是在感受。伯莎发现,比起以往阴暗的礼拜堂,在天主教堂里祈祷更安心。在礼拜堂,她没法跟着无意义的齐声诵唱,在规定时间里念出规定的词;人群会让她把感情藏起来,而只有在独处时,她的心门才能打开。在巴黎,她发现了许多安静的小教堂,全天开放,外面太阳过于刺眼的时候,她会进去休息;到了晚上,幽暗的光线、芬芳的陈香、宁静的环境,这一切让人感到格外放松。唯一的光来自一根根细长的蜡烛,点燃了感恩和希望,忽明忽暗地闪着神秘的微光。伯莎为爱德华和自己虔诚祈祷。

然而,爱德华就是不解风情,她的千辛万苦全都付诸东流。她的爱是一块他根本不珍惜的宝石,他扔在一旁,就算丢了也不在乎。她太难受、太心碎,已然生不起气来。生气有什么用?她知道,爱德华看不出他的所作所为有半点不合情理的地方。等他回来的时候,肯定美美地睡过一觉,看起来意气风发、怡然自得,全然不会察觉到她受了深深的伤害。

"我想是我不对,是我苛求太多。可我就是忍不住。"

她只知道用一种方式去爱,而那种方式,看来是愚蠢的。"噢,但愿此刻我能再次离开,一辈子不回来。"

她起床独自吃了早餐,随后忙着收拾屋子。爱德华留下过话,说他回来吃午餐,说到做到不正是他引以为豪的吗?可她所有的不耐烦都消磨光了,伯莎此刻感觉没什么好急着见他的。她正想要出门——外面的空气温暖而惬意——却又作罢,免得爱德华回来因为没见着她而感到失望。

“我真傻，还考虑他的感受！如果我不在，他只会去忙自己的活儿，在我出现之前不会再想到我。”

尽管如此，她还是没出去。他终于回来了，她没有赶去迎接他。她在卧室里收拾东西，虽然听到他在楼下的声音，她也没停下来。前一天强烈而近乎煎熬的期待与此刻的无动于衷，这两者之间的落差真是奇怪。等他走进房间，她转过身，但没有朝他走去。

“哟，你回来了？玩得开心吗？”

“开心，太开心了。不过我说，有你在家可太好了。我不在，你没生气吧？”

“噢，没有，”她笑着说，“一点也无所谓。”

“那就好。当然，我以前从来没去过菲利普勋爵家里。我总不能临了给他发个电报，说我妻子要回家了，我得去接她。”

“当然别这样，要不然会让你显得太可笑。”

“不过，可以肯定地说，我在那儿很不自在。要是你一个礼拜前告诉我你要回来，我就推了这次邀请。”

“亲爱的爱德华，是我太不切实际，我从来没有主见，做事总是心血来潮，既自找麻烦，又为难别人。从一开始我就不该要求你为了我而放弃什么。”

伯莎惊愕地盯着丈夫——她感到困惑，乃至有些沮丧。她差点认不出他来了。在共同生活的这三年里，伯莎没看出他有什么变化，加上她将一切理想化的强大本领，脑海里始终只保留对他的一个印象，就是初见时他的模样——个子高挑、相貌堂堂的二十八岁男青年。莱伊小姐曾察觉到他身上的变化，也有些长舌妇说他的外表一落千丈。可他的妻子一点也没看出来。分开以后，她有了更多的机会去幻想。见不着的时候，她把他想象成世上最英俊的男子，他那无瑕的面孔、那金色的头发、那无穷的朝气和活力，想想都叫她痴迷。即便爱德华保持年轻时的容貌,一个个显而易见的事实也会让她感到失望,何况如今她看到了他身上的变化,更觉惊愕不已。她看到的是另外一个人,几乎是个陌生人。克拉多克穿着随意,虽然只有三十一岁,但显得老多了。他身材变宽,身子发福,面容失去了往日的清秀,红红的两颊也变得粗糙。他的衣着不修边幅,走起路来缓慢而沉重,仿佛靴子上总是沾满了泥巴,重得抬不起腿。此外,他身上有富裕的农场主那种春风得意、不可一世的快活劲儿。爱德华俊秀的容貌曾给伯莎极大的享受,而如今,她习惯性地冲向另一个极端,发现他简直算得上丑陋。这样说是言过其实,尽管他不再是初见时那个身材修长的青年,但仍旧身材魁梧又结实,比大多数男人要好看。

爱德华若无其事地亲了亲她,当作夫妻之间的问候;他这么往前一凑,强烈的农家庭院的气味飘进伯莎的鼻孔里——不管他穿什么衣服,身上总挂着这股味道。她背过脸去,几乎没有掩饰自己恶心得哆嗦了一下。然而,正是这股男性气味曾一度让她欲火攻心,近乎昏厥。

第二十四章

伯莎的想象力让她很少以真实的眼光看待事物。有时候，她眼里的一切披上理想化的华服，而其他时候则恰恰相反。三年来的习惯这么一会儿工夫就被打破了，让人难以置信。但事实很明显：爱德华成了陌生人，与他同处一室让她感到厌烦。如今，她带着不满的偏见看他，心想，她最终看清了他的本来面目。可怜的爱德华付出了沉重的代价——岁月偷偷夺走了他的容貌，作为交换，给了他一身过剩的肥肉；肩上的责任、凛冽的东风、优裕的生活夺去了他面容上的优势，把他的腮帮子撑得鼓鼓囊囊。

事实上，伯莎的爱来得突然，最终去得也突然。她真的开始厌恶丈夫。她在一定程度上掌握了莱伊小姐善于分析的本领，如今她用来分析爱德华的性格，取得了毁灭性的效果。换个角度看，她离家出走给爱德华造成了威胁：巴黎的空气令她神清气爽，头脑更加敏锐，因此挑错的敏捷性倍增，对平庸和愚蠢的厌恶也达到了顶点。伯莎很快发现，丈夫的思想不仅平庸，而且粗俗。他的无知显得不再动人，而仅仅是丢人；他的偏见不再好笑，而是可笑。她想到自己曾对思想如此狭隘、性格如此小气的男人卑躬屈节，便替自己愤愤不平。她无法想象自己如此狂热地爱过他。他被束缚在最无聊的刻板生活之中。看见他每天以一成不变的规律完成各项梳洗的步骤，她便感到说不出的恼火。她看不惯他妄自尊大、自以为是，还刻意显得自己很正直。他对书籍、绘画和音乐的品味叫人瞧不起，还装模作样去评价这类东西，伯莎对此嗤之以鼻。起初，他的缺点没有影响到她；后来她用老生常谈的话安慰自己：一个男人也许对艺术一窍不通，却拥有天底下所有美德。可如今，她没那么宽容了。伯莎纳闷了，就因为丈夫的读写能力与大多数寄宿学校的小学生相当，他竟自以为有能力评判一本书的优劣——即便没有读过那本书。当然，借绝大多数人都有的小毛病来责怪这个可怜的男人，这太不公平。凡是会写字的人都自信有能力去批评，而且批评起来目中无人。说得谦虚点，普通百姓绝不会想到，往一磅茶叶里掺假需要多大的本事，写一本书差不多就得要多大的技巧；他们更不会想到，作者要忙于体现文风、处理对比、塑造人物、呈现起伏，以及方方面面的东西，要想掌握这些技巧，可不是卖缝纫用品、卖果菜、开公司，或是杀猪就能学来的。

一天，爱德华进屋，见伯莎正在读一本黄色封面的法文书。

“什么，又在看这本书？”他说，“你书看得太多。一天到晚读书没好处。”

“这就是你的看法？”

“我的看法是，女人不该脑子里灌满墨水。出去透透气，或者干点有用的事，对你要好得多。”

“这就是你的看法？”

“嗯，我倒想知道，你干吗一个劲地看书？”

“有时获取教益，时时聊以自娱。”

“一本低级的法语小说能给你多少教益。”

伯莎没有回答，把书递给他，给他看书名，是赛维尼夫人的《书简集》①。

“嗯？”

“你不明白吗，亲爱的爱德华？”她笑了笑，问道。用这样的语

---

① 赛维尼夫人（1626—1696），原名玛丽·德·拉比坦-尚塔尔，法国作家，代表作《书简集》反映当时宫廷和上层贵族生活，是17世纪法国古典主义散文的代表作。

气问这样的问题，她心里解气了许多。“你还不明白？恐怕你很无知。要知道，我读的不是小说，也不低级。这是一位母亲写给女儿的信，是书信体的经典，是女性智慧的典范。”

说这话的时候，伯莎故意带点文绉绉的学究气。

“哦。”爱德华颇感困惑地说。他感觉自己遭到驳斥，尽管如此，仍然确信自己是对的。伯莎挑衅地笑了笑。

“当然，”他说，“要是看书能给你解闷，我没什么好反对的。”

“说这话，真是难为你了。”

“我不会自称有什么学识。我是个讲实际的人，不用读什么书。干我这一行的，那些爱读书的总会栽个大筋斗。”

“你似乎认为，无知是值得称道的。”

“伯莎，一颗善良纯洁的心和一身正派的作风，比读再多的书都强。”

“一丁点智慧比一大本美德格言集都强。”

“我不知道你这话是什么意思，但我对现在的自己相当满意。我一句外国话都不想学。英语对我来说够用了。”

“你以为你擅长运动，经常洗澡，就完美履行了人的全部职责。”

“要说哪种家伙我受不了，那就是没用的书呆子。”

“比起书呆子，我倒更受不了又擅长打板球又喜欢泡蒸汽浴的杂牌货。”

“你说的是我吗？”

“你觉得是你，就是你吧，”伯莎笑着说，“也可以觉得是指一类人……我接着看书你不介意吧？”

伯莎拿起书，爱德华却想跟她争辩下去，因为他发现自己还没占到上风。

“嗨,听我说,你想看书的话,为什么不看英文书?英文书够你看的了。我觉得英国人应该忠于自己的国家。我可不会自称看过什么法文书,但我从来没听谁否认过,绝大多数法文书怎么说都是低级的,也不是女人该看的那种书。”

“人云亦云向来是轻率的表现。”伯莎头也没抬地说。

“既然法国人老是对我们使坏,我倒希望把联合王国内所有的法文书都扔进大火堆里。我敢肯定,这对我们英国人反而更好。我们如今需要的是国民生活的纯净化和复原重建。我更爱英国道德观、英国家庭、英国母亲和英国习俗。”

“有件事一直让我很震惊,亲爱的,虽然你天天看《标准报》,但你说出来的话总像《家庭先驱》①的调!”

伯莎不再理会爱德华,于是他跟他那几条狗说起话来。他和大多数轻浮的人一样,不说话就难受。伯莎心想,这回连他自己也看清楚他思想上的贫乏,肯定感到难堪了。他见个活的就对着说话,跟仆人、跟宠物、跟猫、跟鸟说话;连看报纸的时候嘴里也念念有词。

只有一顿丰盛的饭才能换来安宁,也只是片刻的安宁。他喋喋不休,有时候让伯莎恼火至极,只能求他行行好,把嘴闭上。这时候,他就会抬起头,温厚地笑笑。

“我吵着你了?对不起,我没发现。”

他安静了十分钟,接着哼起了某个可想而知的曲子,没有比这更叫人讨厌的习惯了。

实际上,这对夫妻之间的分歧之处多得数不清。爱德华是个敢于按自己的看法行动的人,他坚信自己的看法,一如他坚信自己缺乏知识是对的。只要是他那有些狭隘的头脑不能理解的,他都不喜

① 英国家庭娱乐杂志,创办于1842年。

欢,并倾向于认为那是不道德的。比如,在他看来,音乐是英国的艺术,他童年的几首非常简单的曲子是最好听的。伯莎弹得一手好琴,歌声也优雅,但爱德华对她的表演很反感,因为她唱也好,弹也罢,从没有一首是让男人听得进去的欢快小曲。必须承认,伯莎喜欢借题发挥;每回邻里间举办枯燥的午后音乐会,她都幸灾乐祸地弹奏瓦格纳歌剧中某支长长的宣叙调,弄得人人莫名其妙。

有一回,在格洛弗家开音乐会,汉考克家的大小姐对爱德华称赞他妻子弹得好。爱德华有些生气,因为所有人都热烈鼓掌,可这些曲调在他听起来却毫无意义。

“嗨,我是个俗人,”他说,“说真的,我从来听不懂伯莎弹的是什么玩意儿。”

“噢,克拉多克先生,连瓦格纳你都不知道?”汉考克小姐说,她跟爱德华一样听得厌烦,但无论如何也不会承认。相反,她的看法很谦虚,她认为真正值得赞赏的东西总是让人无法理解的。

伯莎看着他,想起曾经的梦——晚上,两人双双坐在钢琴旁,连着弹上好几个小时。而事实却是,他总是不肯把身子从他那把椅子上挪开,一到时间就去睡觉了。

“我对音乐的看法和约翰逊博士①一样。”爱德华说着,环顾四周,寻求别人认同。

“扫罗也列在先知中吗?②”伯莎嘟囔道。

“我一听到难懂的曲子,就希望它要是无法演奏的就好了。”

“你忘了,亲爱的,”伯莎嫣然一笑,说,“约翰逊博士是个粗鲁的老头,亲爱的范妮绝不会让这种人进她的客厅。”

---

① 指英国大文豪塞缪尔·约翰逊(1709—1784),常被称为“约翰逊博士”。在一次音乐会上,他听到一首难懂的曲子,说:“它要是无法演奏的就好了。”

② 扫罗是以色列联合王国的第一位君主。这句俗语引自《圣经》,原指扫罗在先知中受感说话,让人以为他也是先知。此处暗讽爱德华装作文化人。

“你唱首歌吧，爱德华，”格洛弗小姐说，“我们好久没听你唱歌了。”

“嗨，哎呀，”他回嘴，“我唱歌太老派了。我唱的歌都有曲调和某种感情在里面，只适合在厨房里唱。”

“噢，请给我们唱首《本·博尔特》①，”汉考克小姐说，“我们都爱听。”

爱德华会唱的就那几首，人人都背得出来。

“盛情难却。”他说。

事实上，他很爱唱歌，掌声在他听来永远是顺耳的。

“我给你伴奏好吗，亲爱的？”伯莎说。

“噢！本·博尔特，你可记得甜美的艾丽斯，
艾丽斯她留着一头棕色的发丝；
你冲她微笑时她乐得流下泪滴，
你冲她皱眉时她吓得浑身战栗。”

曾几何时，这些令人愉悦的柔情，这些修饰情感的朴实旋律，让伯莎感受到一种微妙的魔力；但翻来覆去地唱，让她听得有些麻木了，这也没什么好奇怪的。爱德华用简单质朴的风格唱着小曲——说白了，就是毫无风格可言——在歌里头加入了许多哀婉之情。但伯莎天生记仇，他无端攻击她弹钢琴的仇她还等着报呢。她想到一个主意，给他加点颤音和装饰音增强伴奏效果，这个点子让她乐不可支，却让丈夫狼狈不堪。最后，正当他的歌声趋于平淡，饱含对去世的白发校长的哀悼时，她插入了《苏格兰的蓝铃花》和《天佑女

① 19世纪英国流行歌曲，由托马斯·邓恩·英格利希等人作词作曲。

王》的旋律，于是爱德华唱砸了。这一次，他那温和的性子起了波澜。

“我说，你要是瞎胡闹，我就没法唱了。全被你搞砸了。”

“很抱歉，”伯莎笑道，“我刚才走神了。我们从头来一遍。”

“不，我不唱了。全被你搞砸了。”

“克拉多克太太真没心没肺。”汉考克小姐说。

“我觉得不应该拿这样一首老歌开玩笑。”爱德华说，“说到底，谁都可以嘲笑别人……依我看，音乐是一种打动人心的东西——我不是一个多愁善感的家伙，但我每次唱《本·博尔特》的时候，眼泪差点要流出来。”

伯莎好不容易才忍住，没有开口反驳他，说有时候她也想哭——特别是他跑调的时候。所有人看着她，好像她做了多大的错事，而她镇定地朝爱德华笑笑。然而，她并没有因此而开心。回家的路上，她问他知不知道她为什么要搞砸他的歌。

“我当然不知道，除非你的坏脾气又发作了。你现在应该过意不去了。”

“一点也不。”她笑着回答，“我想，你之前对我横加指责，我要小小惩罚你一下。有时候，你真的太目中无人……况且，我不喜欢别人公开挑我的毛病。以后要挑我的毛病，请你私下里再说。”

“我还以为，现在跟你能开得起善意的小玩笑。”

“噢，我能接受，亲爱的爱德华。不过，也许你注意到了，我善于自卫。”

“你这话什么意思？”

“意思就是，我要是愿意，可以叫人害怕。你放聪明点，免得我当众给你难堪。”

爱德华从没见过妻子如此镇定地威胁他，让他颇感意外。

但一般情况下,伯莎会把不停迸到嘴边的嘲讽给憋回去。她把丈夫引发的愤怒和仇恨藏在心里,终于摆脱对他的爱让她感到满足。回首往事,曾经束缚她的桎梏沉重不堪。从神像身上扒下白鼬皮斗篷,摘掉王冠,褪去象征权威的华而不实的装饰,脱光后不过是个可怜的塑像——这场复仇真痛快,而他还蒙在鼓里。

爱德华对此全然不觉。他就像疯人院里的疯子,统治着一个幻想中的王国。他没看到自己说一些蠢话的时候,伯莎不屑地撇嘴,也没发觉她对他的蔑视。由于她远没有以前那般苛求,他发现自己比以前开心多了。直到伯莎开始厌恶爱德华,他才发现婚姻生活称心如意——爱讲反话的哲学家可以借此来说教一番了。他心想,妻子出国一趟让她受益无穷,比以前通情达理多了。克拉多克先生的处世之道自然十分正确:他由着她撒欢个够,她叫唤的时候不去搭理她,到头来她还是尝到苦果,乖乖回到窝里。要教会男人怎么管好老婆,没什么比懂得畜牧和了解家畜习性更有用的了。

第二十五章

众神把智慧撒播在各种意想不到的地方,有时候落在主教冠下面,千年一见地落在王冠下面。倘若能分一丁点智慧给爱德华,那他无疑将是一个善良又伟大的人。幸运倒是不断降临在他身上——邻居艳羡,农场赢利,驯服了叛逆的妻子后,也享受着幸福的家庭生活。必须注意的是,这些福报他受之无愧。他为人正直、知足常乐,仁慈的上苍自然帮他把路铺平。引领他前进的是强烈的责任感,孩提时起培养的处世之道,以及他自身的价值观。终于有一天,有个代表团上门拜访他,提议他参加即将举行的郡政务委员会竞选。关于此事,他得到了非正式的通知;他身着长礼服,摆出一副充满责任感的样子,接待了阿特希尔·巴科先生和七个委员会来的人。他告诉他们,他不能草率行事,必须三思而行,一旦作出决定,就告知他们。其实,爱德华早就决定接受这一提议,刚送走代表团,便找伯莎去了。

“日子越过越好。”他把事情经过告诉了她,说道。他受邀参选的黑马厩镇选区主要由渔民组成,属于极端的激进派。“老巴科说我是唯一有机会的温和派候选人。”

伯莎惊讶得答不上话来。她非常瞧不起丈夫,想不通他们到底为何让他参选。她反复琢磨可能的原因。

“对我来说是大喜事,不是吗?”

“你不会真的想接受吧?”

“不接受?当然想接受。你到底怎么想的!”这不是疑问,而是惊叹。

“你从没参政过,这辈子也没演讲过。”

她想,他肯定会出尽洋相,为了他的面子,也为了自己的面子,她决定制止他参选。“他太愚蠢了!”她想。

“什么!我在板球宴会上说过话。你给我鼓劲,我就敢说。”

“可这是两码事,你对郡政会一无所知。”

“无非是看管好蒸汽压路机,让大家处理掉患鼻疽病的马。这我都在行。”

要让男人相信他们不是万能的,比登天还难。伯莎夸大了此事的严肃性;她认为,没有学识和才干就担任要职等于行骗。幸亏这不是多数人的想法,否则这个文明国家的政府就干不下去了。

“我还以为你见我发迹会高兴呢。”爱德华说——妻子没有五体投地,让他颇有些不快。

“我不想让你出洋相,爱德华。你经常跟我说,你不喜欢读书;我说你无知透顶的时候,你也不难受。我觉得担任一个你无法胜任的职位是在骗人。”

“我——胜任不了?”爱德华惊讶地嚷嚷道,“真有意思!说实在话,我不喜欢吹牛,但我必须得说,我认为自己胜任大多数工作……你去问问老巴科他怎么看我,你就能认清现实。现实是,除了你,所有人都欣赏我。不过俗话说,仆从眼里无英雄。”

“你这句谚语用得很恰当,亲爱的爱德华……但我无意阻挠你的任何计划。我只是觉得你不知道自己要去做什么,我可以让你少受些羞辱。”

“羞辱,哪儿来的羞辱?哼,你以为我选不上。好,听着,我跟你打赌,多少钱都可以,我的得票数将拔得头筹。”

第二天,爱德华给巴科先生写信,说他很荣幸能与保守党达成一致意见。伯莎知道,再怎么争下去也不可能让他回心转意,于是决定当他的指导，至少让他不要出大丑。她的担心与她对爱德华才能的估计成反比！她让人从伦敦拿来印有郡政会权利与义务的册子和蓝皮书，恳求爱德华看一看。但他摆出一副自信的样子，对她不屑一顾；为了能教他，她自己去读，结果被他嘲笑。

“那些废话我一句也不想知道，”他叫道，“男人只要有魄力就行了。嗨，你以为在议会干活就要懂点政治？当然不是。”

丈夫竟如此自满于无知，还冥顽不灵，不肯学习，伯莎对此很气愤。人只有知道的多了，方知自己的无知有多么深不可测。爱德华几乎一无所知，却坚信自己几乎无所不知，因此相当笃定自己知晓所有必要的知识。要让他相信自己缺乏最基本的知识，还不如让他相信月亮是脱脂干酪做的来得容易。

当时，伦敦的郡政会选举正在举行。伯莎一心想给爱德华一些有用的点子，便卖力地朗读相关的慷慨激昂的演说词。但他置若罔闻。

“我不要抄别人的话。我要自己说。”

“你为什么不把演讲稿写下来背诵。”

伯莎自以为这样能对他有些帮助，免得她和他沦为笑柄，颜面扫地。

“老巴科说他演说的时候，总是即兴发挥。他说，福克斯①发表最棒的演说是在他烂醉如泥的时候。”

“你知道福克斯是谁吗？”伯莎问。

“无非是个经常演讲的老头。”

这一天到了，在黑马厩镇的市政厅，爱德华第一次要向他的选民发表演说。这一个星期以来，每一面墙上、每一家店里都贴着标

① 指查尔斯·詹姆斯·福克斯（1749—1806），英国辉格党资深政治家。

语牌，宣告这个好消息。巴科先生来到莱伊府，兴奋地搓着手。

“到时候将座无虚席，大获成功。市政厅将容纳四百人，我想连站的地方也没了。之后，你很可能还得在福里斯特大厅的分会场演说。”

“你想要我讲多少场，我就讲多少场。”爱德华回答。

伯莎越来越紧张。她预料到时候将惨不忍睹。他们不知道——可她知道——爱德华的才智多么有限！她想待在家里，免得遭受折磨，但巴科先生给她在台上留了个显眼的座位。

“你紧张吗，爱迪？”她说，因他即将到来的考验而更心疼他了。

“我，紧张？有什么好紧张的？”

的确，市政厅挤满了人，是伯莎见过最急不可耐、臭不可闻、满腔热忱的人群。煤气喷嘴丝丝地冒出火焰，用粗糙的光线照亮人群，有水手、商人、工人和男孩。演讲台上坐着本地的显要人物，都是彻头彻尾的保守派，他们像永生的诸神般围成半圆。伯莎忐忑地四下张望，但想到下面都是些愚蠢的人，她没理由害怕他们，便努力让自己镇静下来。

不一会儿，教区牧师开始主持演讲会，字斟句酌地介绍起克拉多克先生。

“克拉多克先生，有如佳酿，无需吹捧。他已是家喻户晓，不必赘言介绍。但是依照惯例，在这样隆重的场合，我谨代表候选人讲几句话。我非常荣幸……”

此时，爱德华站起身来，伯莎感到不寒而栗。她不敢朝观众看一眼。他双手插在口袋里往前走，他来之前坚持要穿长礼服和那条最晦气的夹花条纹裤子。

“主席先生，女士们、先生们，本人虽不熟谙公开演说……”

伯莎吓了一跳，猛地抬起头。这都十九世纪末了，当真还有人用这样的话开始演说！但他没有开玩笑，一本正经地说了下去。伯莎环顾四周，没有见到一张笑脸。爱德华一点也不紧张，很快越讲越流畅——讲得糟透了！他把他知道的陈词滥调全用上了，把俚语和浮华的辞藻生拉硬扯到一块儿；他那无聊的笑话和老掉牙的故事让伯莎羞愧难当，心惊肉跳。她纳闷，他怎能如此镇定地讲下去。难道他没发觉自己正出尽了洋相！她不敢抬头，生怕撞见布兰德顿太太和汉考克一家在窃笑："他娶莱伊家的大小姐之前，谁都看得出他是块什么料子。他显然没有一点文化……我想不通他老婆怎么不制止他当众出丑。听听他那文法，乖乖，还有那笑话、那故事！！！"

伯莎攥紧双手，脸上褪不下去的羞红让她感到躁怒。这场演说比她想象的还要糟糕。他用最冗长的词语，结果被自己的冗词赘句给绕晕了，一句话还没说完整，只得作罢。他用复杂而华丽的辞藻开始说一个长句，却狼狈地草草了之，以最枯燥的陈词滥调收尾——就像一个人启程去探索安第斯山脉，中途心思一转，到伯灵顿拱廊街闲逛去了。伯莎心想，观众还要多久会爆发阵阵嘲笑和嘘声？她感谢观众这么有耐心。之后会怎么样？巴科先生会叫爱德华退出竞选吗？假设爱德华不肯，有没有必要告诉他，他真的太过愚蠢？伯莎似乎已经看到身边的人在偷偷地嘲笑。

"噢，但愿他快点讲完！"她小声嘀咕道。这种痛苦和耻辱真是难熬。

但爱德华还在说，一点也没有快要收尾的意思。伯莎痛苦地想着，他向来唠唠叨叨；他要是快点讲完，然后坐下，也许不至于输得那么难看。他说了个糟糕的双关语，所有人都叫嚷起来。噢！噢！伯莎浑身颤抖，咬紧牙关。如今，她只好把这份罪熬到头——他为什么还不坐下来？接着，爱德华讲了个务农的故事，惹得观众哈哈大笑。伯莎看到一线希望：观众中大部分是粗俗之人，说不定他的粗俗透顶能在他们当中赢得人心。可是布兰德顿一家、莫尔森一家、汉考克一家,还有剩下的人会怎么看呢?他们必定会对他嗤之以鼻。

可更糟糕的还在后头。爱德华要讲结束语了,针对时事政治(对此他一窍不通)发表若干见解,他谈到祖国、英国、家庭和美。他大肆宣扬爱国主义,说得口若悬河。他鼓吹廉价的英国纯正化,大吹大擂不列颠帝国,竭力吹嘘伟大的盎格鲁-撒克逊种族。他感谢上帝让自己成为英国人,和别国的人不一样。英国兵、水手、鲁德亚德·吉卜林先生①和着《英国掷弹兵行进曲》的旋律跳吉格舞;约瑟夫·张伯伦先生②伴着《扬基·杜德尔》的曲调表演一支独舞③。最后,爱德华挥舞着国旗。

那讨厌的矫情、低级的趣味和庸俗让伯莎觉得丢脸:一个人的嘴里能吐出如此矫情的话,他的思想该有多么低贱,想想就可怕。

爱德华终于坐下了。观众安静了一会儿——仅仅是片刻;接着有一人呼喊,引发了雷鸣般的掌声。这绝不是敷衍的拍手,全场一齐起立,热情地欢呼喝彩。

"特迪④伙计好样的。"有人喊道。接着,空气中回荡着旋律《因为他是个快活的好人》。布兰德顿太太站在椅子上挥舞手帕;格洛弗小姐使劲鼓掌,好像不再是机械反应。

"这难道不是精彩绝伦吗?"她小声对伯莎说。

台上的所有人都乐疯了。巴科先生热情地同爱德华握手。梅斯顿·赖尔太太拼命给自己扇凉。用记者的话来形容,这个场面完

① 约瑟夫·鲁德亚德·吉卜林(1865—1936),英国小说家、诗人、诺贝尔文学奖得主,其作品充满帝国主义色彩。
② 约瑟夫·张伯伦(1836—1914),英国政治家、演说家,是一名激进的帝国主义者。
③ 原文为法语。
④ 爱德华的昵称。

全称得上“盛况空前”。伯莎惊呆了。

巴科先生一下子跳了起来。

“我要祝贺克拉多克先生发表了一场精彩的演说。他原来如此能说会道，具备这么强的幽默感和——呃——和常识，我相信这出乎所有人的意料。更重要的是，他最后几句话向我们证明，他的心——先生们——他的心地善良，这非常重要。我认为，对一个人最好的评价就是心地善良。你们都认识我，女士们、先生们，自从八五年我有幸成为本选区的代表以来，我向你们发表过许多次演讲，但我必须承认，我无法超越刚才你们听到的这一场演讲。”

“不敢当，不敢当！”爱德华谦虚地叫道。

“不，克拉多克先生，我比不上你。我郑重声明这是真心话，我不可能讲得比你好。我把肩上的担子卸下来，把它交给——”

说到这里，巴科先生被“猪与哨”酒吧的老板（一个狂热的保守党人）那洪亮的嗓音给打断了。

“为好样的特迪伙计欢呼三声！”

“说得对，伙计们，”巴科先生头一回不介意别人打断他，重复道，“为好样的特迪伙计欢呼三声！”

听众放开嗓门大声呼喊，接着又突然唱起了《因为他是个快活的好人》！喧哗声正要消退的时候，亚瑟·布兰德顿从椅子上站起身，号召众人再次欢呼。这一切热情所拥戴的对象镇定地坐着，脸上露出心满意足的表情，用他素有的不骄不躁的神气接受这一切。最终，伴随着欢呼声与《天佑女王》和《因为他是个快活的好人》的歌声，演讲会结束。委员会的人和克拉多克家的亲友退到侧室，去吃点心。

女士们簇拥着爱德华，向他表示祝贺。亚瑟·布兰德顿朝伯莎走去。

“讲得太棒了,对吗?”他说,“我没想到他口才这么好。哎呀,简直让我热血沸腾。”

伯莎还没来得及答话,梅斯顿·赖尔太太翩然而至。

“英雄在哪儿?”她用大嗓门叫道,“他在哪儿?让我见他……我亲爱的克拉多克先生,你的演说简直完美。我说真的。”

“而且趣味高雅,”汉考克小姐两眼放光,说,“你一定为你的丈夫感到无比骄傲,克拉多克太太!”

“激进派这下没戏了。”牧师搓着手说。

“噢,克拉多克先生,让我离你近点,”布兰德顿太太叫道,“我花了二十分钟才够着你……你完全让可恶的激进派黯然失色。我忍不住要叫喊,你太有感染力了。”

“人人皆可畅所欲言,”格洛弗小姐对哥哥轻声说,“但这世上没有比情操更美好的东西了。我感觉我的心都要迸出来了。”

“克拉多克先生,”梅斯顿·赖尔太太又说,“你真讨我欢喜!你的太太呢,我可以跟她这么讲吗?”

“这是我们在这儿听过的最棒的演说。”布兰德顿太太叫道。

“二十年来,我就听你说过这么一句真话,布兰德顿太太。”梅斯顿·赖尔太太说,眼睛狠狠盯着阿特希尔·巴科先生。

第二十六章

罗斯伯里勋爵[①]每次发表演说,连他自己党派的刊物都用第一人称全篇刊登,据说这是政治家的至高追求。既已享有如此殊荣,除了光荣一死和在威斯敏斯特教堂举行公葬,他别无所求。如今,《黑马厩镇时报》把这一荣誉授予爱德华的首次演说。报上印满了无数个醒目的"我";改正了语法,加入了标点,就是给最大牌的演说家的那种待遇。爱德华买了一打报纸,每一份都从头到尾把演说词读一遍,确保他的情感得到准确传达,确保没有印刷错误。他把报纸给伯莎,站在边上看着她读。

"看上去不错,对吧?"他说。

"可好了!"

"对了,波莉姑姑的地址是艾略特公寓 72 号吗?"

"对,怎么了?"

见他把半打《黑马厩镇时报》包了起来,在包装上写下收件人姓名地址,她惊讶得张口结舌。

"我相信她很想看我的演说词。她要是听说了,而我又没寄给她看,可能会伤了她的心。"

"噢,我肯定她想看极了。可你要是寄六份出去,就没有剩下的——给别人看了。"

"嗨,我轻而易举还能拿到。那个编辑老兄跟我说,我想要一千份都可以。我给她寄六份,她应该想转送几份给朋友。"

莱伊小姐的回信随下一班邮递寄来。

亲爱的爱德华：

我兴致勃勃地将六份演说词统统细读了一遍。我读第六份时，一如读第一份时那样全神贯注，这充分证明其优点，我想，你会赞成我的这个看法。事实上，我坚信结尾部分百看不厌。“每个英国人都有母亲”（当然，假设她没有过早离世），这话说得多实在。真奇怪，人意识不到某些事的真相，直到被点醒，才惊讶于以前没有发现。依我看，某些柔情之处似乎看得出是伯莎的手笔（特别是关于国旗那一段），这么说，希望没有得罪你。整篇演说词真的是你亲自写的吗？得了，你就承认伯莎施了援手。

你非常诚挚的，

玛丽·莱伊

爱德华读完信，笑着把信扔给了伯莎。“她怎么有脸说是你帮我写的！亏她说得出口。”

“我马上写信告诉她，那些话全是你自己说的。”

伯莎仍难以相信丈夫引起的赞赏是真实的。她知道他极度缺乏才能，别人却都当他是个异常聪明的人，她对此很震惊。对她而言，他的自负只是可笑而已。她万万没料到，他竟敢自以为是、信口开河地大谈他一无所知的问题。更让她惊奇的是，这样还能叫别人钦佩——他有一项惊人的本领，就是掩盖自己的无知。

投票的日子终于到了，伯莎在莱伊府焦急地等待结果。爱德华终于出现了，满面春风。

---

① 阿奇博尔德·菲利普·普里姆罗斯·罗斯伯里（1847—1929），英国自由党政治家，曾任英国首相。

"我怎么跟你说的来着?"他说。

"看来你当选了。"

"说'当选'还不够!我怎么说的来着,嗯?我亲爱的姑娘,我可是把他们打得落花流水。我的票数是另一个家伙的两倍,是有史以来最高的票数……你老公要当郡政会委员了,你不觉得自豪吗?我敢说,我这辈子能成为下院议员。"

"恭喜,衷心祝贺你。"伯莎冷冷地说,努力装作热情。

爱德华兴奋不已,没注意到她的冷漠。他在屋里来回踱步,图谋着空想的计划,心想,没有敌手的下院议员不可避免要面临两难选择,一边是天国,另一边是上议院;那么,现任议员迈尔斯·坎贝尔还要多久才会面临这种抉择。

不一会儿,他停下脚步。"我不是个自负的人,"他说,"但我得说,我觉得我干得不错。"

爱德华一时间有些沉醉于自己的伟大之中,但想到这些福报只是他应得的,他便清醒了。很快,他精神抖擞地开始履行郡政会委员那些不怎么费力的职责。

伯莎老盼着听到对他不利的消息,可相反,一切似乎都进展得十分令人满意。爱德华有做生意的天赋,精于讨价还价,懂得人情事理,这些优点被外人交口称赞,本应让妻子感到欣慰。

但事实上,这些不绝于耳的赞扬声让伯莎深感烦恼。她惶然自问,她是不是待他有失公正。他真的那么聪明吗?他真的有大家说的那些优点吗?或许是她有成见,又或许,是他比她聪明。这个想法给她造成打击,她对自己的智力超过爱德华这件事可从没怀疑过。两人各自的学识没有可比性:她整天在想的东西爱德华想象不出来,他整天在操心些琐碎至极的小事。他对抽象的东西从不感兴趣,谈论的话题单调乏味,只有不动脑子才能说出那样的话。奇怪的是,除了她,所有人竟然都对他的智商评价很高。伯莎知道,他的才智少得可怜,他的无知多得可怕——他靠自负来招摇撞骗。一天,他走到她跟前,满脑子装着一个新想法。

“我说,伯莎,我思来想去,把你的姓彻底放弃好像很可惜。而且姓克拉多克的人竟然住在莱伊府,听起来很可笑。”

“你是这么想的？我可不知道有什么办法补救,除非你想登广告,找名字更合适的房客。”

“嗯,我在想,要是重新用你的姓,是个不错的主意,对郡里也有积极的影响。”

他看着伯莎,她则冷冰冰地盯着他,一言不发。

“我跟老巴科说过这事,他觉得这个主意正合适,所以我想就这么定。”

“我以为这件事你会跟我商量。”

“我正在跟你商量。”

“你是想把姓改成莱伊-克拉多克,还是克拉多克-莱伊,还是干脆把克拉多克整个拿掉？”

“嗯,说实话,我还没想那么多。”

伯莎轻蔑地笑了笑。“我认为这个主意荒谬至极。”

“我不这么看。我觉得倒是好事。”

“说真的,爱德华,用你的姓,我都不觉得羞耻,我看保留你的姓,你自己没什么好难为情的。”

“我说,我以为你也许会通情达理,可你总是跟我对着干。”

“我无意阻拦你。你要是认为,我的姓可以长你的威风,尽管拿去用……哪怕你改姓汤普金斯,我都管不着。”

“那你呢？”

“噢,我——我还是自称克拉多克太太。”

"我真的觉得这太叫人难受了。你从来不帮我。"

"很抱歉,没让你称心。可你忘了,这些年来,你一直给我灌输一个观念:你总是叫我觉得,合你口味的雌性动物是一头普通的家养奶牛。"

爱德华不懂伯莎的意思,但他隐隐感觉听上去好像哪里有点不对劲。

"要知道,爱德华,你没娶范妮·格洛弗,我总觉得遗憾。你俩本是天造地设的一对。我想,她会如你所愿那般崇拜你。我确信她不会反对你改姓格洛弗。"

"我才不要她的姓,那还不如克拉多克呢。莱伊这个姓唯一的优点是,它是个古老的郡名,一直属于你们家族。"

"所以我不情愿让你用。"

第二十七章

时间过得很慢,很慢。伯莎把自尊像披风一样裹在身上,但有时,这件披风重得难以承受,几乎把她压垮。她强加于自己身上的克制常常叫她难以忍受。她怒火中烧、心怀怨恨,在人前却总是强装一副笑脸。精神上的寂寞令她苦不堪言,肚子里的苦水无人可以倾吐。没有抒发的途径,啮咬心弦的痛楚总是憋在心里,这是件可怕的事。这对作家而言倒不足为虑,他可以用文字寻求慰藉,可以诉说秘密,又不至泄露隐私。而女人,只能选择沉默。

伯莎如今对爱德华厌恶至极,因愤怒而导致生理上的反感,她无法忍受被他触碰。可她认识的人都对他赞赏有加。既然范妮·格洛弗认为爱德华是天底下最出色、最高尚的人,伯莎怎么能跟她说,爱德华是个让她烦得要死的蠢货?在大家眼里,爱德华竟让她完全失色,她对此感到不满。曾经,他唯一的名望在于他是她的丈夫,而如今,一切颠倒了过来。她发现沾他的光让她很烦恼,一边又鄙视自己小肚鸡肠地嫉妒他。她不禁想起,莱伊府是属于她的,她愿意的话,可以像打发雇来的仆人一样,把他给打发走。

终于,她感觉再也无法忍受和他在一起,他使她变得愚蠢又粗俗。她难受又虚弱,彻底失去希望。她决定再次出走,这一次,永远不再回来。

“再待下去,我会自杀的。”

这两天,爱德华伤心欲绝,他最宝贝的一条狗死了,他差点哭出来。伯莎鄙夷地看着他。

“一只可怜的鬈毛狗死了让你难受成这样,我痛苦的时候,可从来没见你这样难受。”

“唉，这个时候别拿我开玩笑，乖。我难受得要命。”

“愚蠢！”伯莎轻声嘀咕。他垂头丧气，哭丧着脸四处走动，逢人便说那牲畜死亡的细节，嗓音激动得打颤。

“可怜的人儿！”格洛弗小姐说，“他心肠真好。”

伯莎差点没忍住，要把到了嘴边的刻薄的咒骂说出来。如果别人知道他冷淡地对待爱人，知道他对她的泪水和绝望无动于衷，那该多好！她一想起过去自己卑躬屈膝，就瞧不起自己。

“他逼我把那杯羞辱之酒喝得一滴不剩。”

她以极度鄙夷的眼光第一千次对他下了定论。她曾臣服于一个思想如此浅薄、性格如此可鄙之人，真是令人费解。想到她的爱曾是何等奴颜婢膝，她就羞愧得脸红。

拉姆齐大夫前来出诊，给伯莎看个小毛病，伯莎想得入神的时候，他正巧进来。

“嗯，”他刚喘了口气就说，“爱德华今天怎么样？”

“天哪，我怎么知道？”她情不自禁地叫起来，在长久的压抑后脱口而出。

“嗬，这是怎么了？这对恩爱的斑鸠终于吵嘴了？”

“噢，没完没了听别人说爱德华的好话，我听腻了。把我当成他的附属品，我受够了。”

“你怎么了，伯莎？”大夫说着，突然大笑一声，“我一直以为，你最愿意听说大家都非常喜欢你丈夫。”

“噢，我的好大夫，你准是瞎了眼，要么就是傻透了。我以为，现在大家都知道我厌恶我丈夫。”

“什么？”拉姆齐大夫喊道；转念一想，又觉得伯莎是不舒服才这么说的。“得了，得了，我看你需要吃点药，亲爱的。你身体不适，跟所有女人一样,就会觉得因此世界末日要来了。”

伯莎从沙发上跳了起来。“你以为我会无缘无故说这种话?你以为我不会去尽量掩饰自己的耻辱?噢,我掩饰得够久了。现在我必须说出来。噢,上帝,一想到我把受的苦都憋在心里,我简直要痛苦地尖叫。除了对你,我没对任何人提过一个字,现在我忍无可忍了。我告诉你,我厌恶我丈夫,深恶痛绝,我根本瞧不起他。我跟他一天也过不下去了,我要离开这里。”

拉姆齐大夫张大嘴巴,倒在椅子上。他看着伯莎,好像等着她毛病发作。“你不是认真的吧?”

伯莎急得直跺脚。“我当然是认真的。你以为我也傻了?我们痛苦了好几年,不能再这样下去了。你可知道,别人祝贺我,说见我这么幸福他们有多么高兴,这种时候,我心里有多委屈。有时候,我得用指甲掐手心,才能忍住不把真相大声说出来。”

伯莎在屋里走来走去,终于放开了自己。泪水顺着脸颊往下淌,但她不去理会。她在宣泄内心强烈的恨。

“噢,我曾一直努力爱他。你知道我曾经多么爱他,多么崇拜他。曾经,我乐意为他献出生命,他叫我做什么,我就做什么;过去,我常常捕捉他有什么愿望时表露出的哪怕一丝丝迹象,好去帮他实现;想想我是他卑贱的奴隶,我就欣喜若狂。但是,他把我的爱毁得丝毫不剩。现在,我对他只剩鄙视,彻底的鄙视。噢,我曾一直努力爱他,可他蠢得无药可救。”

最后几个字伯莎说得铿锵有力,把拉姆齐大夫吓了一跳。

“我亲爱的伯莎!”

“噢,我知道你们都认为他了不起。赞美他的话别人冲我讲了好几年。但你无法真正了解一个人,除非你跟他住在一起,除非你在所有情况下,见过他所有的情绪。我彻彻底底看透了他,他是个蠢货。你想象不到他多么愚蠢,多么没有头脑……我烦透他了!"

"得啦,你只是随便说说。你又跟平时一样言过其实了。有时候,小打小闹是免不了的。说实在话,我想我用了二十年才习惯和我妻子一起生活。"

"噢,看在上帝的面上,别对我说教,"伯莎气愤地打断他,"这五年来我受够了说教。爱德华要不是如此道貌岸然,我可能多少还爱他。他拿他那套德行当面对我指指点点,直到我受够了。在我眼里,他把所有美德都变得丑陋,逼得我只是为了换换口味,才渴望邪恶。噢,你无法想象一个真正的善人是多么无聊透顶。现在,我要自由,我说了,我再也忍不了了。"

伯莎又激动地在屋里来回踱步。

"说实在话,"拉姆齐大夫大声说,"我搞不懂是怎么回事。"

"我没指望你懂。我知道你只会说教。"

"你要我怎么做?要我跟他说吗?"

"不!不!我跟他说了不知多少遍了。无济于事。你以为你跟他说了,他就会爱我?他做不到,他能给我的只有尊重和关心——天哪,我要尊重有什么用!爱一个人需要某种悟性,而他没有。我说了,他是蠢货。噢,想到我要跟他一辈子铐在一起,我恨不得自杀。"

"得啦,他没你说的那么蠢。人人都说他是个精明的生意人。我不得不说,我一直觉得你坚持嫁给他是特别明智的。"

"都怪你,"伯莎叫道,"当初要不是你反对,我或许没那么快嫁给他。噢,你不知道我有多后悔……要是能看到他死在我脚边就好了。"

拉姆齐大夫吹了声口哨。他的脑子有点转不过来,一直以来的想法被颠覆,且不愉快的颠覆过程引发了激动的情绪,他因此变得不知所措。

“我不知道事情到了这个地步。”

“你当然不知道!”伯莎轻蔑地说,“因为我笑着把痛苦藏在心里,叫人以为我很快乐。回头看看我经历的不幸,没想到自己竟能熬过来。”

“我不敢相信此事这么严重。明天你的想法就两样了,就会纳闷,今天这种念头怎么会钻进你的脑袋里。你千万别在意我这个老大哥说你太固执、太冲动。再怎么说,爱德华是个好男人,我无法相信他有意伤你的心。”

“噢,行行好吧,别再冲我说爱德华的好话了。”

“我在想,你是不是有些嫉妒爱德华的好运道?”大夫说,目光犀利地看着她。

伯莎脸红了,她问过自己同样的问题,反驳这个说法需要极大的不屑。

“我嫉妒他?我亲爱的大夫,得了吧!噢,难道你不明白这不是心血来潮?对我而言,此事非常严肃,我一直忍受痛苦,直到忍无可忍。你必须帮我脱身。你要是对我还有一丝旧日的情分,就尽你所能吧。我要离开这儿,但我不想再跟爱德华吵架,我只想默默离开他。要让他明白我俩合不来,那是白费功夫。他以为,只要当他的妻子,我就足够幸福。他铁石心肠,而我柔弱可怜……我曾以为自己很坚强!”

“我是不是应该认为你完全当真?你要走到跟丈夫分居的极端地步?”

“这个极端地步我以前走过。上一次我大张旗鼓地走,但这一次,我要不闹一点动静地离开。上一次离开时,我还爱着他,可如今我甚至不再恨他。噢,我知道我回来很傻,可我忍不住。他叫我回来，我就照办了。”

“唉，我不知道能为你做什么。我总觉得，你要是稍微等一等，情况会好转。”

“我等不了了。我等得太久了。我这辈子都要耗光了。”

“你何不出去待几个月，到时候再看？莱伊小姐照例要去意大利过冬，对吗？说实在话，我想你跟着去有好处。”

“只要能离开，我做什么都行。我吃够了苦头。”

“你想过爱德华会想你吗？”拉姆齐大夫严肃地问。

“不，他不会。天哪，你以为我到现在还不了解他？我把他看得透透的了。他又冷漠，又自私，又愚蠢。他要把我变成他那样……噢，拉姆齐大夫，请帮帮我。”

“莱伊小姐知道这事吗？”大夫问，想起她上次来莱伊府时跟他说的话。

“不，我肯定她不知道。她以为我俩很恩爱。我也不想让她知道。我现在真是胆小。放在几年前，我压根不在乎别人怎么看我。可现在我的锐气挫光了。噢，帮我离开这里，拉姆齐大夫，帮帮我。”

她突然哭了起来，她好久不习惯这样流泪了。把这些年憋在心里的话一吐为快之后，她精疲力竭了。

“我还这么年轻，却简直感觉自己像个老妇人。有时候，我想躺下来死掉算了，一了百了。”

一个月后，伯莎已身在罗马。但刚开始，她几乎意识不到自己的处境发生了改变。莱伊府里的生活在她心里刻下了可怕的烙印，她无法想象哪天才能到头。她就像关了太久的犯人，面对自由变得茫然，四处寻找镣铐，不明白自己已然是自由之身。

这种解脱来得如此痛快，伯莎无法相信这是真的。她提心吊胆，唯恐幻想破灭，又发现自己身陷莱伊府的高墙内。眼下似乎是一场梦，梦里，她在阳光照耀的地方漫步，空气中弥漫着紫罗兰香和玫瑰花香。梦中人是不真实的，模特儿懒洋洋地坐在西班牙广场的台阶上；衣衫褴褛的小乞丐装束古怪，死乞白赖地跟人讨要；空气中飘荡着银铃般悦耳的说话声。碧空万里，阳光明媚，使人心头欢欣雀跃；日子安定，岁月恬静，悠闲得令人心旷神怡，这样的生活叫她如何相信是真实的？现实的生活黯淡又艰难，就像处在乔治王朝的一座宅第，四面是狂风劲吹的荒野。现实生活中，每个人都自命清高，无聊透顶。十诫①用地狱之火和永罚的威吓来约束人们，那样的地牢来得更可怖，因为它没有高墙，也没有铁栅栏和插销。

然而，在刻着“汝不可”②三个扎眼大字的暗石的那一边，是一片充满芬芳和光明的乐土。在那儿，一束束阳光让血液在静脉中欢乐地流淌；在那儿，一朵朵鲜花肆意散发着芳香，证明财富必须挥霍，德行必须张扬；在那儿，一个个小爱神迎着春天的微风四处扑腾着翅膀，不知要飞向何方，也不管飞向何方。那片土地上，橄榄树成林，树荫宜人，海水似吻般温柔地轻拂海岸，教小伙子如何亲吻年轻的姑娘。那里，黑色的眸子闪着柔和的光，告诉旅人不必害怕，因为爱，是有求必应的；血液是温暖的，一双双手深情地紧紧相连，朱唇索要欣然送来的甜蜜之吻。那里，肉体与灵魂肩并肩走，对彼此称心如意。啊，请赐予我那片极乐国度的阳光、一座玫瑰花园和宜人的小溪那潺潺的水声；请赐予我阴凉的河岸，有酒，有书，还有牧羊女那珊瑚色的丹唇，如此极乐的逍遥日子——我至少要过上十天。

对伯莎而言，罗马的生活像一出戏。莱伊小姐给她很大的自由，她在陌生的地方独自闲逛。她常常去集市，逛逛货摊来打发早

① 基督教的诫条。
② 十诫每一条的开头三个字。

晨的光景,看看一千样她不想买的东西;她用手指抚玩华丽的丝绸衣服和古董小银币,对一个友好的小商贩的殷勤报以微笑。她周围熙熙攘攘,人们滔滔不绝,精力充沛;然而,由于她不能理解她之所见是真实的,所以这些人在她眼里不过是一只只木偶。她去了美术馆、西斯廷礼拜堂和拉斐尔画室;她没有游客的匆忙和使命感,便一整个上午都盯着一幅画,或待在某个古老教堂的一隅,将幻想与眼前的景象交织在一起。

当伯莎想图个热闹的时候,她就去苹丘①混在人群中听乐队演奏。但在她眼里,站在远处的那位身披棕色斗篷的方济各会②修士,活像个传奇戏剧中的人物;那些士兵穿着花哨的制服,神枪手的帽子上插着显眼的雄鸡羽毛,他们构成一出喜歌剧③的合唱队。还有身穿黑袍的神父,有的又老又胖,晒着太阳,抽着香烟,怡然自得,与世无争;有的年轻躁动,黑色的眼睛里迸发尘念未绝的欲望。每个人都像欢叫着嬉闹蹦跳的孩子一样快活。

不过,往日的阴影渐渐消散,伯莎能更有意识地欣赏美和她如今置身其中的生活。她知道这种日子转瞬即逝,于是决定尽情享受。烦恼和青春一道被勉强束之高阁,而仁慈的时间让最可怕的痛苦得以忘却。伯莎张开双臂拥抱这人世间的奇妙之处,把这一切必将很快到头的可怕念头抛在脑后。春天,她在城市周围的花园里待上好几个小时;那里,古罗马的遗迹与茂密的半热带树木奇特地融合,唤起新鲜又微妙的感情。花朵在石棺上肆意生长,蓬勃茂盛,仿佛在嘲笑它们身下的坟墓。死亡是丑恶的,而生命总是高奏凯歌。玫瑰和风信子从人的枯骨中生长出来;人的消亡不过是新生的标

① 罗马市区的一座山丘,可以俯瞰战神广场。
② 天主教托钵修会之一。
③ 盛行于18世纪,题材取自日常生活,音乐风格轻快幽默。

志：世界运转不息，美貌不减，常青不衰，尽情洋溢着生命的活力。

伯莎去了美第奇别墅①，坐在一处地方，可以欣赏古老的主教宅邸那古色古香的立面上发出的微光，还有芦苇丛里隐现的西琳克丝②——学生看见她，打听这个漂亮女人是谁，她坐了这么久，完全没察觉盯着她的一道道目光。她去了宏伟壮观的多里亚-潘菲利别墅③，此处是身着华服的王孙、主教和枢机主教的避暑行宫。帕拉蒂尼山④的遗迹和上头的翠柏将她的思绪带回很久很久以前，她构想起昔日帝国的辉煌。

不过，最讨她喜欢的要数马泰园林，最原始的园林。这儿的土地更丰饶，植被更放纵。此处位置偏僻，交通不便，陌客不近，而伯莎徜徉其中，仿佛把这儿当作自己的地盘。她想，这儿的偏僻与宁静赐予她如此美妙的时光，她以前从来没有享受过。有时，一群穿鲜红衣服的神学院学生沿着杂草丛生的林荫道漫步，青葱的草木把红色衬得更艳了。

然后，她疲倦又高兴地回家去了。她坐在敞开的窗边看日落。落日泻在圣彼得大教堂上，庄严的大教堂化为金光闪闪的神殿；穹顶光芒四射，看起来不再由硬石形成，而是火与光的结晶，是许珀里翁⑤宫殿的顶冠。接着，太阳落在地平线上，圣彼得大教堂在黑暗中格外显眼，在天国的光辉的映衬下，尽显其宏伟的轮廓。

---

① 罗马的一组建筑群，位于苹丘之上，以枢机主教美第奇的名字命名。
② 古希腊山林女神，为免受潘神玷污而变成芦苇，于是潘神就用它做成潘神箫。
③ 罗马的一座17世纪的别墅，拥有如今罗马最大的风景园林。最初属于潘菲利家族，1763年，教宗克雷芒十三世将其授予多里亚亲王，从此称为多里亚-潘菲利别墅。
④ 古罗马城建于其上的罗马七丘之一。
⑤ 提坦众巨神之一，太阳神赫利俄斯之父。

第二十八章

然而,过了复活节,莱伊小姐便提议慢悠悠返程回英国。伯莎一直担心莱伊小姐会提这个建议,不仅因为她舍不得离开罗马,还因为她需要解释为什么不想回去。冬天安然无事地过去了,她找的借口是“身体欠佳”,但眼下必须另找由头,解释为什么仍然不回丈夫身边。伯莎搜肠刮肚,也找不到任何理由。但她下定决心,无论如何都不回莱伊府——经历了如此幸福的自由时光,再把肉体和灵魂禁锢起来,越发不能忍受了。

爱德华当时相信伯莎的托辞,一句话也没说就放她走了。他说过,妻子的身体状况需要她离开他时,他不是那种会加以阻拦的男人;他一个人也能把日子对付下去。两人的通信相当频繁,但伯莎一直很勉强。她总是告诉自己,唯一理性的做法是把自己的心思向爱德华作最后的声明,然后断绝一切联系。可她又怕惹来争吵和麻烦,还有无休止的解释,便忍住不摊牌。她用折中的办法,尽量少给他写信,要写也只写些最琐碎的小事。有一两回,她迟迟没回信,结果又收到他的来信,他在信上表现出一些担心,问她怎么不回信,这让她很意外。

莱伊小姐从没提起过爱德华,伯莎猜测她心知肚明。只是她守口如瓶——不管闲事、不说闲话的人是有福的!其实,莱伊小姐确信出了大事,但她坚持自己的习惯,对待别人的事任其自然,因此不予干涉,刻意装聋作哑。装糊涂的做法确实很大度,毕竟察言观色的天赋可是她最引以为豪的。

“对聪明的女人而言,”她说,“最难的莫过于装傻!”

最后,她猜中了伯莎眼下的难题,而这个难题似乎很容易解决。

“我希望你跟我回伦敦,不回莱伊府,”她说,“你从没经历过伦敦社交季,对吗?我觉得总的说来很有意思,歌剧很棒,有时能见到衣着相当考究的人。”

伯莎没有接茬。莱伊小姐见她一面想接受,一面又在犹豫,便建议她待上几个星期。她很清楚,女人但凡到一个地方做客,逗留的时间往往会无限期延长下去。

“很遗憾,我没地方给爱德华住,”莱伊小姐说,不动声色地笑了笑,“我的公寓地方很小,你知道的。”

她们在艾略特公寓的一个套间里安顿下来已有几日了。一天早上,伯莎去吃早餐,发现莱伊小姐强忍着笑。她抖得像根拉直的弹簧,像鸟儿一样啄食吐司和鸡蛋。伯莎知道,唯一的解释就是谁出了洋相,把姑姑给乐坏了。伯莎笑了起来。

“天哪,”她叫道,“怎么啦?”

“亲爱的,天大的不幸。”莱伊小姐忍住不笑,可她的眼珠子闪着光,眉飞色舞,宛如一个年轻姑娘。“你不认识杰拉尔德·沃德雷,对吧?但你知道他是谁。”

“我想,他是我的某个表弟。”

伯莎的父亲向来与所有亲戚不和,他发现妹夫沃德雷将军和自己一样脾气暴躁,所以两家人一向关系不好。

“我刚收到他母亲的来信,说他——嗯,跟她的女仆勾搭上了,两人打得火热,家里人都很绝望。女仆被打发走了,情绪失控,他母亲和妹妹哭成了泪人,而将军勃然大怒,说这个家一天也容不下这小子了。这个小混蛋才十九岁。太丢脸了,对不对?”

“丢脸!”伯莎微笑着说,“我就纳闷,一个法国女仆身上有什么吸引人的，能让小伙子非去调戏她不可。”

“噢，亲爱的，你要是能见见我妹妹的女仆就好了。她起码四十岁了，皮肤糙得跟破旧的羊皮纸似的……但糟糕的是，你贝蒂姑姑求我照顾那小子。他一个月后去佛罗里达，这期间要住在伦敦。好，我想知道，怎么能让一个放荡的小孩守规矩。别人怎么会指望我管好这种事？”

莱伊小姐绝望地挥挥双臂，模样很滑稽。

“噢，但这也会很有趣。我们会让他洗心革面。我们会给他指条明路，那条路怎么走也不再沾上法国女仆。”

“亲爱的，你不知道他那副德行。他是个不折不扣的小流氓。他被拉格比公学①开除。他上过几家强化补习学校，因为他们想让他上桑赫斯特皇家军事学院②，可他完全不肯用功。考试门门不及格，连民兵也考不上。所以现在他父亲给他五百英镑，叫他滚蛋。”

“太粗暴了！但那可怜的孩子为什么要去佛罗里达？”

“是我提议的。我在那儿认识一个种橘子林的人。我想，他看到数英里的橘子花，就会明白不检点的挑逗行为没有好果子吃。”

“我想，我会很喜欢他。”伯莎说。

“你肯定喜欢。他是个彻头彻尾的小坏蛋，长得挺俊。”

次日，伯莎在客厅看书的时候，杰拉尔德·沃德雷被领了进来。她笑了笑以示友好，以最亲切的姿态伸出手。她心想，他见到的不是莱伊小姐，而是一个陌生人，肯定会有些不解，而且因为那件不光彩的事正烦着呢。

“你不知道我是谁？”她说。

“噢，我知道，”他和善地笑了笑，说，“女佣告诉我波莉姨妈出

① 英国著名九大公学之一，创立于1567年。
② 英国培养初级军官的一所重点院校。

门了,不过你在家。"

"很高兴你没因此又回去了。"

"要知道,我原想着不该惊扰你。"

伯莎睁大双眼。他真的一点也不害羞,虽然他看上去连十九岁都不到。他是个标致的男孩,个子瘦小,还没有伯莎高,脸蛋很小,跟女孩子似的。他的鼻子小巧玲珑,粉白的脸上长着雀斑,一头深色的鬈发留得有些长,显然是知道自己头发很好看。他那双漂亮的碧眼透着迷人的眼神。那性感的嘴巴总是笑眯眯的。

"好俊的小伙子!"伯莎想,"我肯定会喜欢他。"

他说起话来好像他从小就认识她。他天真的外表和不光彩的过去形成对比,让伯莎觉得很有意思。他以男孩般自在的神态打量屋子,接着在一把大扶手椅上舒舒服服地伸了伸懒腰。

"嘿,我上次来还没那东西呢!"他指着一件意大利青铜艺术品说道。

"你常来这儿吗?"

"当然!我以前经常来,家里待不下去的时候,就上这儿来。跟老爸吵嘴没好处,钞票在他手里,这是当爹的一个老不公平的优势,但他们总是利用这个优势。那位老兄大发脾气的时候,我常常说:'我不跟你争。你要是不把我当成绅士对待,我就离家出走一个礼拜。'那时候我就来这儿。波莉姨妈总是给我五英镑,说:'别告诉我你怎么花这钱,因为我不该同意。不过,还想要的话,再来找我拿。'她真是顶呱呱,对吧!"

"很遗憾,她不在家。"

"我倒很高兴,我可以跟你好好聊聊,聊到她回来。我以前没见过你,有好多话要说。"

"是吗?"伯莎笑着说,"你这样的小伙子倒是很少见。"

他看起来出奇的小,伯莎不禁把他当成小男生。他的健谈把她给逗乐了。她想让他说说他那越轨之事,却又不敢问。

“你饿坏了吧?”她以为男孩子总有好胃口。“要吃些茶点吗?”

“我饿死了。”

她给他倒了杯茶,他坐在她脚边的脚凳上,喝着茶,吃着三个果酱三明治。他一点也不拘束。

“你没见过我家那几个姓沃德雷的堂姐妹,对吧?”他嘴里塞满了吃的,边吃边说,“我怎么也忍不了她们,她们真是老古董。我会把你的好都告诉她们,她们听了会头疼得要命。”

伯莎挑了挑眉毛。“你不喜欢老古董?”

“简直恨死了。上一个教我的辅导教师,那位老兄的老婆是天底下最可怕的老太婆。所以我写信告诉我妈,说恐怕我的道德正在被败坏。”

“那她把你领回去了吗?”

“哎呀,鬼使神差的是,就在那天,那位老兄写信告诉我老爸,说他再不把我撵走,就会冲我来上一枪。于是我就递交退学书,还告诉他,说他的雪茄有毒,然后就走人了。”

“你不觉得你应该坐椅子上吗?”伯莎说,“坐脚凳上肯定很不舒服。”

“噢,一点也不。除了土耳其地毯和餐桌,没什么比脚凳更舒服的了。椅子总让我觉得很装模作样,很没意思。”

伯莎心想,杰拉尔德真是个好名字。

“你在伦敦待多久?”

“噢,只待一个月,真倒霉。跟着就得去美国赚钱发家,改过自新。”

“希望你能成功。”

“哪方面成功？要知道，不可能同时又赚钱又改过。先赚钱，后改过，要是有时间的话。但话说回来，这总比在讨人厌的老师家里遭罪好得多。要说有谁让我怎么也忍不了，那人就是陆军教员。”

“你跟他们打过很多交道，这我知道。”

“但愿你对我的过去并非一清二楚。那样我再说给你听就没劲了。”

“我觉得讲了也没什么教育意义。”

“噢，不，有意义。我的过去会让你知道，美德如何被践踏（说的是我），恶行如何耀武扬威。我倒霉透顶，别人似乎串通一气，用错误的眼光看待我的行为。我运气一直老差了。先是被拉格比公学开了，哼，那又不是我的错。我也很想留在那儿，我要是比别人差，我就不是人。老爸为此骂了我六个礼拜，说我这是要让他愁白了头发，要了他的老命。哎，要知道，他根本没头发。所以最后我忍不住说，我不知道他那白头发哪儿去了，反正他看起来不大想和白发做伴。后来，他把我送到一个爱打扑克的老师那儿。嘿，他把我身上的钱骗得一个子儿不剩，然后写信给我爸，说我是个不正经的小兔崽子，败坏了他的门风。”

“我想，我们还是换个话题，杰拉尔德。”伯莎说。

“噢，你得把这事听完。再后来我去的那个地方，我发现别人都不懂扑克。我自然以为这似乎是上天大发慈悲，赐我良机，助我弥补损失。我跟那些人说，这世道别把钱捂着不用，于是四天大捞三十英镑。然后那个叫什么来着的老家伙（我忘了他叫什么，只记得是个教区牧师）跟我说，我把他家变成了赌窝，他一天也容不下我了。所以我跑路了，在家待了六个月。我可以肯定地说，我为此郁闷得很呢。”

这时候，莱伊小姐进来了，两人的对话被打断。

“你瞧，我们交上朋友了。”伯莎说。

“杰拉尔德总是跟谁都搭得上。他是天底下最爱交朋友的人。你好吗，登徒子洛塔里奥①？”

“好得不得了，我的美人儿贝琳达②。”他回答，张开双臂一下子搂住莱伊小姐的脖子。她满心欢喜，却装作生气。

“你真是消停不下来，”她说，“我还指望你能痛心疾首地忏悔，不声不响，一心悔过。”

“我亲爱的波莉姨妈，叫我做什么都行，唯独忏悔和闭嘴不行。”

“你知道你母亲叫我照管你。”

“我喜欢被人照管，伯莎要帮忙照管我吗？”

“我认真想过此事，”莱伊小姐接着说，“我能想到让你不胡来的唯一办法就是晚上待在我这儿。你最好现在回去打扮一下。我知道没什么比换衣服更能叫你高兴的了。”

这时，伯莎惊讶地注意到，杰拉尔德完全是在贪婪地盯着她看。他对她的爱慕显而易见，想看不见都难。

“这孩子准是疯了。”她心想，却又不禁有些受宠若惊。

“他跟我说了他一些糟心的经历，”他离开后，她对莱伊小姐说，“希望不是真的。”

“噢，我看，杰拉尔德的话你万万不可全信。他说话最爱添油加醋，男孩子都喜欢摆出拜伦那种愤世嫉俗的样子。就此而言，大多数男人都是如此。”

“他看起来好小。我无法相信他真的很不规矩。”

---

① 英国剧作家尼古拉斯·罗（1674—1718）的剧本《美丽的忏悔者》中的浪荡子。
② 贝琳达一名源于意大利语“贝拉”，意为“美丽的”。英国诗人蒲柏的讽刺诗《夺发记》中的贝琳达就是一个外表浮华而内心空虚的美人。

“哎,亲爱的,他母亲的女仆那事肯定是真的,铁证如山。我知道我应该对他发一通火,但这年头的人,一个个都太正经,来个不一样的倒是新鲜。他还年轻,可以改邪归正。英国男人生下来就往魔鬼那儿飞奔,等到年纪上去了,几乎总在变卦,慢慢朝其他目标进发——追求名望,讨个老婆,生十七个孩子。”

“我喜欢他的深色头发衬着那双碧眼。”

“亲爱的,不可否认,他天生会俘获女人的芳心。我本人就从来不去抵挡他的诱惑。他说些耸人听闻的小谎时极有说服力。”

伯莎回到她的房间,照了照镜子,穿上她最好看的小礼服。

“啊呀,”莱伊小姐说,“你这身不会是穿给杰拉尔德看的吧?你这样会让他头脑发热,他可是最容易动情的呢。”

“顺手拿了一件而已。”伯莎若无其事地回答。

第二十九章

“你可把杰拉尔德给迷住了。”一两天后，莱伊小姐对伯莎说，“他私下里告诉我，他认为你是‘绝色佳人’。”

“这孩子嘴真甜。”伯莎笑着说。

这个少年直言不讳的爱慕只会更讨她欢心。他那双碧眼盯着她看，就让她觉得愉悦，凭着女人特有的直觉，就算是背对着他，她也能感觉到他的视线。他的目光追随着她，停留在她的头发和漂亮的双手上；她穿低胸连衣裙时，他两眼放光地盯着她的脖子和胸脯；她感觉到他的目光沿着她的胳膊游走，环绕她的周身。那是一双最温柔的笑眼，深邃的宝石绿中却又透着一些神秘。伯莎特意摆出各种姿势，好让杰拉尔德看到她最美的一面。他看她手的时候，她总不能害羞似的把手往回缩。大多数英国男人看女人只看脸；他们不大会想到，女人的手有最纤美的轮廓，千般优雅，万般娇柔，指如削葱根，玉甲似玫瑰；他们从不去探寻那双手流露出的万种风情。

“难道你不知道，这样盯着人家看很不礼貌吗？”伯莎突然转过身，笑着说。

“请你原谅，我不知道你也在看我。”

“我没看，但我还是察觉到了。”

她朝他嫣然一笑，只见一团火光突然跃入他的眼眸。一个已婚女子迷住了一个花心少年，总会感到满足。这说明，她的魅力不证自明，而且还有一个很大的好处，就是完全没有风险。她告诉自己，对男孩子而言，爱上一个比他年长许多的货真价实的美妇人，没什么比这更能锻炼他的了。这能教他如何规规矩矩，不惹是生非。换作某些黄头发、涂脂粉的可怕的女投机分子,我们听说过有多少乳臭未干的年轻人落入她们的爪牙,因而断送了前程!以她的年纪,足以当他的母亲,所以这位名副其实的美艳少妇认为,跟这个可怜的孩子调调情也无妨,他似乎也很喜欢。她可以让他跑跑腿,迷得他神魂颠倒,使他心旌摇曳,直到他那颗年轻的花心把他救出来,让他转而疯狂迷恋上一个酒吧女招待。当然,到了那时,她就骂他是个不知好歹、庸俗下流的无赖,后悔自己看错了他,并告诉他再也别来找她。

当然,这只适用于有男人爱的女人;而剩下的女人呢,众所周知,她们极为严谨地看待这个问题,宁死也不会随意玩弄别人的感情。

杰拉尔德天生有种魅力,一见人就自来熟,而表姐又是讨人喜欢的那种亲戚(尤其是漂亮的表姐),很容易合得来。这种亲戚关系不那么亲,不必长期相处到令人厌烦,却又足够亲密,可以互相人身攻击,这可是交谈中最有意思的一部分。

不到一个礼拜,杰拉尔德就习惯整天和伯莎泡在一起,而伯莎发现伦敦社交季比她料想的更有意思。她回想起之前仅有的两次伦敦之行,顿时感到厌恶。一次是蜜月,另一次是头一回和丈夫分开——很奇怪,这两次经历回想起来似乎同样令人生厌。她几乎已经不再想爱德华了,为此她欣喜若狂,犹如一个摆脱了枷锁的囚徒。唯一的烦心事就是他多次表示想见她。他就不能像她不再烦他那样,还她清净吗?他没完没了地问她何时回莱伊府,她只好编各种借口让他别来伦敦。一想到再次见他,她就反感。

杰拉尔德来接她的时候,她就不去想这些烦心事了。有时候,他带她去巴特西公园骑自行车兜风;有时候,去某个博物馆参观一个小时。各个理事机构特意为了谈情说爱这一个目的而大方出手,建了不知多少度假胜地;谁要是注意到这一点,就再也不会奇怪英国民族为何人丁兴旺了。大英博物馆里凉爽、安静,而且宽敞,无害的雕塑不会搬弄是非,还可以作为谈资,打破交谈时的冷场——大热天的,还有什么地方能比这儿更吸引人呢?

公园也特别适合那些转而热衷于柏拉图式爱情的人。海德公园这个地方适合出现在田园诗中;在诗歌的情境中,乡村青年科里登①穿着漆皮靴,戴着高顶黑色大礼帽,乡村少女菲利斯身穿尽显其风姿的精致连衣裙。悉心照料的草坪、人工湖,以及整洁的小径仿造出乡间风味,对于不想太较真的人来说非常有趣。在一个个夏日的早晨,杰拉尔德和伯莎在这儿消磨了许多时光。她喜欢听他闲扯,喜欢出神地看着他的碧眼。他真是个迷人的男孩子,也似乎非常依恋她!再说,他在伦敦只待一个月,她确定他会离开,让他稍稍爱一下也无妨。

“你很快就要走了,你难过吗?”她问。

“离开你我会很难受。”

“你说这话真是客气。”

她一点一点从他嘴里打探出他那不光彩的往事。伯莎满肚子好奇,很想知道详情,她巧妙地把话一句句套了出来,使他供认自己的罪孽,这样她就可以假装生气。想到他是个如此堕落的青年,她竟异乎寻常地感到兴奋,而这部分是出于倾佩;她看着他,觉得又有趣又稀奇。他和一本正经的爱德华太不一样了。他漂亮的眼眸里闪着孩子般的天真,而他却早已品尝过七情六欲。伯莎有些嫉妒,嫉妒性别赋予男人的机会,嫉妒锐气带给男人的力量,让他们大胆地把握人生,做到人生得意而尽欢。

① 科里登和菲利斯是田园诗中的情人名字。

“我应该拒绝再跟你说话，”她说，“我真该替你害臊。”

“但你没有这么做。所以说你顶呱呱。”

她怎么能对一个爱慕她的男孩生气呢？吸引她的正是他的任性妄为。这个男人从来都是毫不犹豫为女人赴汤蹈火，讨伯莎欢心的就是对女人的这种殷勤。

一天晚上，莱伊小姐外出赴宴，杰拉尔德请伯莎去跟他共进晚餐，然后再去歌剧院。伯莎考虑到花销，一开始婉拒，但他如此殷切，她也的确很想去，最后便答应了。

“可怜的孩子，他很快就要走了，我不妨顺着他点。”

杰拉尔德来的时候兴高采烈，看起来比平常还要稚气。

“我真的不敢跟你出门，”伯莎说，“人家会以为你是我儿子。‘哎呀，谁想得到她有四十岁了！’”

“胡说！”他打量她那身漂亮的礼服。伯莎和所有迷人的女人一样，打扮起来总是极为考究。“啊，你真是绝色佳人！”

“好孩子，我都能当你母亲了。”

两人驾车离开，来到一家餐厅，是孩子气的杰拉尔德选的，因为这家被公认为伦敦最贵的餐厅。这里熙熙攘攘，有许多满身珠光宝气的女人，忙碌的侍者奔来奔去，电灯发出刺眼的光——这一切让伯莎觉得很有意思。她凝视着面前这个英俊的少年，眼里满是赞许。他大手大脚，坚持要点最贵的，她劝了也没用。到了歌剧院，她发现他订了包厢。

“噢，你个败家子，”她叫道，“你肯定把钱花光了。”

“哈，我有五百镑，”他笑着回答，“我必须挥霍一把。”

“可你到底为什么要订包厢？”

“我记得你不喜欢坐别的位子。”

“可你答应了订便宜的位子。”

“而且我想和你独处。”

他天生会拍马屁,没有几个女人能经受住他的甜言蜜语,抵抗住他那双绿眼睛和迷人的笑容。

“他肯定很喜欢我。”两人驾车回家的路上,伯莎心想。她挽着他的胳膊,以表感谢和欣赏。

“你真贴心,总是对我这么好。我一直觉得你是个好孩子。”

“对你再好,我都乐意。”

他愿意用那五百镑花剩下的钱换得一吻。她心知肚明,也暗自窃喜,但没有推波助澜。这一次,他害羞了。两人在门口极其拘谨地握手道别。

“你能陪我去,我太感激了。”

他看上去对她感激不尽。他花了这么多钱,叫她良心不安,却也叫她更喜欢他了。

杰拉尔德在伦敦的一个月快到头了。令伯莎惊讶的是,她心里老惦着他。她不知道,原来自己这么喜欢他。

“他不走就好了,”她说,又忙不迭补充一句,“但他自然是走了更好!”

就在这时,那个男孩出现了。

“下礼拜的今天,你就在海上了,杰拉尔德,”她说,“到时候,你就会为自己犯下的所有罪孽感到愧疚。”

“不会!”他回答,以他最喜欢的姿势坐在伯莎脚边。

“不会什么?”

“我不会愧疚,”他微笑着回答,“我也不会走。”

“你什么意思?”

“我改了计划。我要投奔的那个人说我可以这个月初动身,也可以两周后再去。”

“可是为什么?”这是个愚蠢的问题,因为她知道答案。

“本来没什么值得我留下来。现在有了,这就是为什么。”

伯莎看了看他,发觉他发亮的眼睛直勾勾盯着她。她的神情严肃了起来。

“你没生气吧?”他换了种语气问,“我以为你不会介意。我不想离开你。”

他如此真诚地看着她,眼泪都涌出来了,伯莎不禁深受感动。

“你能留下,我很高兴,亲爱的。我不想让你这么快就走。我们相处得很好。”

她用手指抚摸他的鬈发,滑过他的耳朵,却把他吓得一激灵。

“别这样。”他说着推开她的手。

“为什么?”她笑着叫道,“你是怕我吗?”

她又用手轻抚他的耳朵。

“哎呀,你不知道这样让我多难受。”

他一下站了起来。伯莎惊愕地发现,他脸色苍白,浑身颤抖。

“你一碰我,我就感觉我要疯了。”

突然,她在他眼睛里看到了炽热的欲火,是爱让他颤抖。伯莎轻喊了一声,一种奇怪的感觉袭上心头。接着,男孩说也没说一声,突然抓住她的手,在她面前跪了下来,一遍又一遍亲吻着她的手。他呼出的热气让伯莎也颤抖起来,这一通狂吻深深烙印在她的肉体里。她一下子把手缩了回来。

“我早就想这么做了。”他低声说。

她深深地被打动,一时接不上话来,只站在那儿望着他。

“你准是疯了,杰拉尔德。”她佯装在笑。

“伯莎!”

两人站得很近,他眼看就要伸出双臂搂住她。有那么一刻,她疯狂地想由着他为所欲为,任由他亲吻她的唇,如同他亲吻她的手那样;她也想吻他的嘴、他的鬈发,和他那女孩般柔滑的脸颊。但她努力让自己冷静了下来。

"噢,太荒唐了!别犯傻了,杰拉尔德。"

他说不出话。他看着她,那双绿眼睛里闪烁着欲望的火花。

"我爱你。"

"好孩子,你想让我步你母亲那女仆的后尘吗?"

"哎呀!"他叹息了一声,脸也红了。

"我很高兴你要留下来。这样你就能见到爱德华了,他要到伦敦来。你从没见过我丈夫,对吗?"

他的嘴唇抽搐了一下,似乎竭力让自己镇定下来。接着,他一把倒在椅子上,双手掩面。他看起来这么小,这么年轻,却爱着她。伯莎盯着他看了一会儿,眼里涌出泪水。她觉得自己好残忍,于是把手搭在他肩上。

"杰拉尔德!"他没有抬头。"杰拉尔德,我不是故意要伤害你。很抱歉,我刚才说了那些话。"

她弯下身子,把他的手从他脸上拉开。

"你生我的气了吗?"他几乎是哭着问她的。

"没有,"她温柔地回答,"可你不能做傻事,宝贝。要知道,我都可以当你母亲了。"

他似乎并没有得到抚慰,这让她仍然觉得自己很可恶。她用双手捧起他的脸蛋,吻了吻他的唇。于是,他就像个小孩子一样,被她一吻,眼里晶莹的泪珠便不见了。

第三十章

伯莎的双手仍然能感觉到杰拉尔德的热吻，好像一团团小火苗；她的唇上仍然留着他那孩童般嘴唇的触感。他传给她的是一股什么样的奇妙的热流，竟让她感到突如其来的愉悦？想到杰拉尔德爱她，她就陶醉其中。她记得他的眼睛如何闪着光，他的声音如何变得沙哑，差点说不出话来：啊，这些都是真爱的象征，象征着全能的、无往不胜的爱。伯莎把双手捂在心口，发出一阵由衷的笑声——因为她被人爱着。那一个个吻在她手指上灼烧，她吃惊地看着手指，似乎都能瞧见灼烧的吻痕。她很感谢他，想用双手抱着他的脑袋，吻他的头发，吻那孩子般的眼睛，再一次亲吻那柔软的嘴唇。她告诉自己，她将对他视如己出。

第二天，他来找她，那模样简直是羞怯，生怕她会生气。这种羞怯和他平时肆无忌惮的快活劲儿形成反差，把她给迷住了。想到他是她卑微的奴隶，看到他心甘情愿对她百依百顺，她就扬扬得意。但她很难相信他真的爱她，她想要进一步证实。她握着他手的时候，他的脸发白，她靠在他手臂上的时候，他的身子发抖，这一发现让她异常兴奋。她轻抚他的头发，看到他眼中的煎熬，就觉得高兴。

“别这样，”他叫道，“求你了。你不知道这样让我多煎熬。”

“我都没怎么碰你。”她笑着回答。

她见他眼里闪着泪光，那是激情的泪，她差点要发出胜利的欢呼声。最终，有人如她所愿那般爱她，她为自己的魅力而自豪：终于有人毫不犹豫就会为她献出灵魂。她深表感激。但想到这一切来得太晚，想到这无济于事，她又感到心寒——他只是个孩子，而她已经嫁人了,且年近三十。

可即便如此,她凭什么要阻止他?如果说这就是她梦寐以求的爱,那什么都无法将其摧毁。再说,这也不会带来什么坏处。杰拉尔德没说一句她听不得的话,而且他比她年轻得多;不出一个月,他就要走了,到时候一切都会了结。她何不享用众神餐桌边上掉下来的面包屑——凭良心讲,区区小事,无伤大雅!只因小阳春①预示冬天如凛冽的东风一样可靠,便不去沐浴小阳春的阳光,这是多么愚蠢!

两人这一整天都黏在一块儿,让莱伊小姐觉得好笑——这一次,她没有充分发挥她那双火眼金睛的效用。

"太谢谢你了,伯莎,替我照看了这个小伙子。你把他管得这么规矩,他母亲应该一辈子感谢你。"

"如果我起了作用,我很高兴,"伯莎说,"他真是个好孩子,我太喜欢他了。他要是惹上麻烦,我会很难过……我很担心他往后的日子。"

"亲爱的,别担心。他铁定会惹出麻烦的,他本性如此,但摆脱麻烦同样是他的本性。他会对六七个俏姑娘立下山盟海誓,然后逍遥地扬长而去,只扔下这些姑娘抱作一团哭泣。有些男人天生就要伤女人的心。"

"我想,他只是有点缺乏管教,但心地不坏。"

"这种人从来不会使坏,却坏得更为致命。"

"他也满怀柔情。"

"亲爱的,我真的要相信你爱上他了。"

"爱,"伯莎说,"爱得发狂呢!"

① 11月上旬风和日暖的天气。

直白的真相往往最能蒙蔽人,尤其是下意识说出来的时候。五十岁的女人有个恼人的习惯,她们总把年逾二十五岁的女人当成同辈。莱伊小姐做梦也没想到,伯莎除了把杰拉尔德当成小男生看待,还会藏着别的心思。

然而,爱德华在乡下再也待不住了。伯莎很吃惊:他居然想见她;她又有些生气:唯独这会儿,他来得最不是时候。她可不想被他扰了美梦,她知道这也只是梦一场,不过是人生漫长的冬季里某个幸福的春日。此刻,她心情沉重地看着杰拉尔德,以后的日子想都不敢想。没有那欢快的笑容,生活将是多么空虚,尤其是没了那炽热的激情!他的爱是美妙的,像神秘的火焰围绕着她,将她托在空中,让她飘飘欲仙。但好事不是姗姗来迟,就是有始无终。为何她所有激情已被挥霍一空,付之东流,以致如今,有一个美少年向她奉上他童贞的心灵,她却无以为报?伯莎告诉自己,尽管她十分喜欢他,但她当然不爱他,他还只是个孩子!

她有些担心他和爱德华碰面。她不知道他们会怎么看待对方,于是,她观察杰拉尔德!爱德华像一阵乡野的微风刮了进来,健壮、快活、高大,透着一股狂放,又有些秃顶。莱伊小姐非常担心,生怕他在屋里四处走动的时候,把她的瓷器给打翻。他亲了下她一侧的面颊,又亲了伯莎另一侧的面颊。

"嘿,你们都好吗?那么这位是我的表弟,嗯?你好,很高兴认识你。"

爱德华攥紧杰拉尔德的手,个头比他高出一大截,敦厚地冲着他笑。接着,爱德华坐进一把椅子里,那把椅子对他来说太小了,他那分量一上去,椅子就嘎吱嘎吱地直哼哼。对女人而言,眼里看着自己曾一度深爱的丈夫,心里想着这个男人如今是如此多余,难得有比这更有趣的感觉了。可这样一来,就容易跟他有些聊不来。莱伊小姐很快带着杰拉尔德走开了，她想应该让这对夫妻享受一会儿二人世界——结了婚的两个人注定要一辈子相厮守。伯莎一直在等这场不可避免的折磨，心里煎熬极了。她对爱德华无话可说，又很怕他犯矫情。

“你住哪儿？”她问。

“哦，我在‘宫廷客栈’过夜，我总去那儿下榻。”

“我想，今晚你也许愿意去剧院。我订了包厢，这样波莉姑姑和杰拉尔德也能去。”

“你喜欢什么，我都愿意尝试。”

“你总是好脾气。”伯莎说着轻轻一笑。

“可你好像还是不怎么喜欢跟我做伴。”

伯莎马上抬起头。“你为什么这么说？”

“嗨，你好久没回莱伊府了。”他笑着回答。

伯莎松了口气，他显然只是随口一说。她没有勇气说她打算再也不回了：她得没完没了地解释，他会想不通，又不可能让他想明白，这一切她都难以忍受。

“你什么时候回去？大家都想你，想得很。”

“是吗？”她说，“我还真不知道。过完这个季节再说吧。”

“什么？你不会还要再拖几个月吧？”

“我觉得黑马厩镇不怎么适合我住。我在那儿待着老生病。”

“嗨，胡说。那儿的空气是英国最新鲜的。死亡率几乎为零。”

“你觉得我俩过得幸福吗，爱德华？”

她焦虑地看着他，看他对这试探性的言辞作何反应，结果他只是吃惊。

“幸福？对啊，很幸福。当然也有些小摩擦。谁都会有。但主要是刚开始的时候有，路有点不平坦，轮胎的气没有打足而已。我确定我没什么好抱怨的。”

“那自然是最要紧的呢。”伯莎说。

“你现在看上去好得很。我搞不懂,你为什么不回去。”

“好啦,回头再说。有的是时间讨论。”

她不敢把到了嘴边的话说出口,写信谈起来更容易。

“你要是给个准信,告诉我哪天回就好了;这样的话,我好打点打点,提前告诉别人。”

“这得看波莉姑姑,我真的说不准。到时候,我写信告诉你。”

两人沉默了一会儿,接着,伯莎心里突然冒出一个念头。

“我们去自然历史博物馆,你说好不好?我们蜜月的时候去过,你还记得吗?我肯定再次去你会觉得很有意思。”

“你想去吗?”爱德华问。

“我肯定你会觉得很有意思。”她回答。

第二天,伯莎和丈夫出去购物,只剩杰拉尔德和莱伊小姐两人坐在屋里。

“少了伯莎,你是不是闷闷不乐?”她问。

“简直是痛苦不堪!”

“你这么说,对我太失礼了,好孩子。”

“实在对不起,可我从来不能同时对两个人讲礼貌。而且我的礼貌都用光了——用在了克拉多克先生身上。”

“你喜欢他,我很高兴。”莱伊小姐微笑着回答。

“不喜欢!”

“他这人很不错。”

“换作是我,六个月没见过伯莎,才不会一来就拉着她去看昆虫。”

“或许是伯莎的主意。”

“她要是宁愿去看蟑螂和袋鼠标本,肯定是觉得克拉多克先生无聊至极。”

“你不该这么快下结论,朋友。”

“你觉得伯莎喜欢他?”

“我亲爱的杰拉尔德,这是什么话!爱他、尊敬他、服从他,不就是伯莎的本分吗?”

“我要是个女人,绝不会尊敬一个秃顶的男人。”

“他的头发是有点稀,但他的责任感很强。”

“我知道,”杰拉尔德嚷嚷道,“他一热起来,责任感就像树脂一样往外渗。”

“他是郡政会委员,能以国旗发表演讲,是个正人君子。”

“这我也知道。他简直浑身透着十诫的味道,从头到脚写满了戒律,就像蜜饯夹心酒味蛋糕上的杏仁。”

“我亲爱的杰拉尔德,爱德华是个楷模。他是典型的英国人,在乡下茁壮成长,为人正直又诚实,身子健壮,恪守教条,品行端正,又呆头呆脑。我非常尊重他。按理说,比起你这种丢脸的捣蛋鬼,我应该更喜欢他。”

“那我就纳闷了,你怎么不是更喜欢他呢?”

“因为我是个刁钻的老妇人。从我丰富的阅历来看,人通常把坏心眼藏在肚子里,却总是在人前摆出一副善人的姿态。你要是恰恰两样都不会,跟别人交锋的时候,便会吃大亏。”

“我想,这就是为什么跟你相处很自在,波莉姑姑。你的善良不张扬,你是宽容的化身。”

“我亲爱的杰拉尔德,”莱伊小姐说着,竖起食指告诫他,“女人生性记仇且不饶人;你要是发现哪个女人表现出宽容,就证明她自己亟需得到宽容。”

莱伊小姐很庆幸，爱德华待在这儿不会超过两天，她总担心会让他一惊一乍。他把人家最平常的话当成惊人的悖论，跟这种人说话最讨厌了。爱德华还有个毛病，就是同样热衷于跟人争论；不善交谈的人喜欢拿争论作挡箭牌。不善交谈的人总是为自己的辩证感到自豪：连最平常的话他们也想纠正，就算你说天气好，他们也要跟你争出个对错才肯罢休。

伯莎在丈夫面前特别不自在。她发现跟他开口说话很难，总让她很拘束，她还得绞尽脑汁找话题聊。她送别了爱德华，从维多利亚回来的路上，心里明显舒坦了。她进屋的时候，听见杰拉尔德蹦过来，心里头一阵欢喜。他目光炯炯地朝她跑来。

“啊，我好开心。这两天，我几乎没机会跟你说话。”

“还有整整一下午的时间。”

“我们去散散步，好吗？”

伯莎答应了，于是两人像同学一样兴冲冲地出去了。阳光明媚，天气暖和，两人沿着河边漫步。切尔西一带的泰晤士河畔整整齐齐，赏心悦目，在感受了伦敦其他地方的庄重氛围之后，再来这儿，就会感到轻松又快意。河堤尽管是崭新的，却能令人想起往昔岁月：那时，这座大城市是个布局散乱的大村镇，轿子还是一种交通工具；那时的贵妇脸贴美人斑①，身穿裙撑；那时候时兴警句隽语，而非礼仪。

不久，正当两人观赏波光粼粼的河水时，一艘便士汽船②驶向附近的码头，于是伯莎有了个主意。

---

① 17—18 世纪欧洲妇女为衬托皮肤白皙而贴在脸部的黑色绸片。
② 指船票统一是一便士的汽船。

“你愿意带我去格林尼治[①]吗？”她叫道，“波莉姑姑要外出赴宴，我们可以在‘船餐厅’用晚餐，再乘火车回来。”

“哎呀，那肯定棒呆了。”

两人从跳板上窜了下去，买好票子。船开了，伯莎气喘吁吁地瘫坐在座位上。她感到有些无所顾忌，自觉飘飘然；看到杰拉尔德纵情欢乐，她就觉得好笑。

“我感觉我俩像在私奔，”她大笑一声说，“我肯定波莉姑姑会吓一大跳。”

汽船继续前行，时不时停下来接乘客上船。两人乘船来到米尔班克[②]那摇摇欲坠的码头，接着是圣约翰教堂的脚台塔楼、圣托马斯医院八大红色建筑，还有议会大厦。他们途经威斯敏斯特大桥、巍然耸立的苏格兰场[③]、维多利亚堤岸沿路的旅馆和公共建筑，以及圣堂花园；在这片壮观景象的对面，也就是萨里郡[④]一带，坐落着兰贝斯区[⑤]又黑又脏的仓库和工厂。在伦敦桥附近，伯莎从不同的景色中发现了新的乐趣。她站在船头，杰拉尔德在她身旁，两人不说话；就这样陪伴在彼此身边，便让他们感到满足。水上交通变得繁忙起来，船上的人越来越多——有工匠、职员、吵闹的姑娘，这些人往东去罗瑟希德和德普特福德[⑥]。一艘艘巨大的商船停泊在河边，有的在塔桥下缓缓往下游行驶。于是，宽广的水域上挤满了各种能想得到的船只：有开得慢吞吞的驳船，船上飘着红帆，像画儿

① 位于伦敦东南、泰晤士河南岸。
② 伦敦威斯敏斯特市的一个地区，位于泰晤士河沿岸。
③ 伦敦警察厅的代称。
④ 英国东南部的郡，位于伦敦西南。
⑤ 英国大伦敦内的自治市，位于泰晤士河南岸。
⑥ 伦敦东南部的两个地区。

一般，好比威尼斯的渔船；有小拖船，一会儿噗嗤噗嗤喷着烟，一会儿呜呜地鸣响；还有不定期远洋货轮和巨大的定期邮船。两人乘着便士汽船经过的时候，眼前晃过一群赤裸的男孩，他们在泰晤士河岸边的泥浆里打滚，有的从一艘下了锚的运煤驳船上跳水。此时，两人被一派新气象包围。从沿岸一间间昏暗的仓库，以及一家家工厂中，可以看出这个强国的商业状况。查尔斯·狄更斯的精神给过往的景色增添了别样的风情。在大师的笔下，这些风光怎能沦于平庸？一个友善的陌生人叫出了这些地方的名字。

“瞧，那是沃平①老台阶。”

这几个字像诗句一样使伯莎兴奋不已。两人乘船经过数不清的码头和船坞——伦敦码头、约翰·库珀码头和威廉·吉布斯码头（约翰·库珀和威廉·吉布斯是何许人也？）、莱姆豪斯②船坞和西印度码头。接着汽船经过一个很大的河曲，驶入莱姆豪斯河湾；紧接着，格林尼治救济院③宏伟的轮廓与伊尼戈·琼斯的不朽杰作④映入眼帘。最后，两人在格林尼治码头下了船。

① 沃平是泰晤士河北岸的一个港口小城。台阶直通泰晤士河畔码头，是水手、渔民、码头工人的聚集地。
② 伦敦东部的一个地区，位于泰晤士河北岸。
③ 最早是供海军伤病官兵疗养的皇家救济院，后转型为皇家海军学院。
④ 指皇后之屋，建于1616—1635年，设计师是英国古典主义建筑学家伊尼戈·琼斯。

第三十一章

两人在救济院一侧俯瞰河景的露台上站了一会儿。就在两人下方,一群男孩正在戏水,欢快而吵闹;他们互相追逐,把对方按入水中,跑来跑去,欢叫声一片,踩得泥浆四溅。

眼前的河面伸展得更宽阔了。阳光在黄色的鳞波上轻舞,河面上金光闪闪。一艘拖船拉着一长串的驳船突突地开了过去,一艘大货船悄无声息地平稳驶过。傍晚时分,此情此景,颇有旧时那种无忧无虑、无拘无束的感觉。壮观的河流引人入胜,见者无不心驰神往,思绪跟着河水顺流而下——河面渐渐开阔,往来船只密布,不一会儿,大海的味道钻入鼻孔,滔滔不绝的河流汇入大海。船只驶向东方、西方和南方,载着货物去往天涯海角,载着英国的名声与财富,去往南方棕榈成荫的骄阳之地,送到黑皮肤人民的手里。泰晤士河成了这个强大帝国的力量的象征,见者观其浩荡之势,更觉心潮澎湃,为其声名感到骄傲,为其民族经久不衰的荣耀感到自豪。

然而,杰拉尔德看起来很难过。

"过不了多久,这条河就会把我从你身边带走,伯莎。"

"但你想想自由和广阔天地。在英国,有时候似乎因为缺乏空间感到压抑,几乎让人窒息。"

"让我窒息的是想到要离你而去。"

她爱抚地把手搭在他肩上。接着,为了给他排解哀愁,她提议四处走走。

格林尼治半为伦敦,半为乡镇,这种意想不到的结合赋予其独特的魅力。如果说伦敦的码头和船坞仍保留着查尔斯·狄更斯的精神，那么在这里，充实想象的则是马里亚特上校[①]的轻松快活。那些描绘更自由的人生和海风的故事重现于一条条灰色的街道中，里面仍住满了《穷小子杰克》[②]中栩栩如生的人物。公园里有许多工人，是来自附近船坞的挖土工，有的在草地上打盹儿，有的看着男孩打简易板球；在这些人身边，可以看见一个个古怪的老人，正是这位水手小说家怪诞的文笔所偏爱的人物。

伯莎和杰拉尔德坐在树下，看着这些人，直到天色晚了，两人便漫步往回走，去"船餐厅"用晚餐。两人坐在一间老式的咖啡厅，由一名把各种菜肴捧上天的黑人服务员侍候，这让他们觉得颇有意思。

"今天省不了钱了，"伯莎叫道，"我想大手大脚一把。"

"计较钱就一点意思也没了。"

"好吧，就让我们忘掉明天，糊涂一回。"

两人喝了香槟，对于女人和男孩而言，这种酒是挥霍和奢华的极致。不一会儿，杰拉尔德的碧眼更加熠熠生辉；在这双眼睛炽热的凝视下，伯莎脸红了。

"我永远也不会忘记今天，伯莎，"杰拉尔德说，"只要我活着，想起今天就会伤感。"

"噢，别想着这一切肯定要到头，不然我俩都会难受。"

"你是我见过最美的女人。"

伯莎笑了，露出细密的牙齿；她自觉亮出了最美的一面，因此很高兴。

"再到露台上去吧，上那儿抽烟，去看日落。"

---

① 弗雷德里克·马里亚特(1792—1848)，英国小说家，曾在英国皇家海军服役，退役后著冒险小说和儿童读物等，代表作《新森林的孩子们》。
② 马里亚特的一部冒险小说，讲述一个街头流浪儿白手起家，努力致富的故事。

露台上只坐着他俩，夕阳已在西沉。西面密布的云朵呈现浓艳的鲜红色，河边的建筑物十分醒目，显现大片的墨黑色。这番落日尤其应景，将大胆的色调和大河的壮阔融为一体。幽暗的鳞波像小小的火焰一般跳动。

伯莎和少年静静地坐着，很是幸福，但想到春宵苦短，便觉揪心的惆怅。夜幕降临，星星一颗一颗亮了起来。大河无声无息地流动，安宁静谧；四周闪烁着河边小镇的灯火。两人默默无言，但伯莎知道男孩心里在念着她，她想听他亲口说出来。

"你在想什么呢，杰拉尔德？"

"还能想什么，想你，还想着我不得不离开你。"

他的话让伯莎不禁心花怒放，实实在在被人爱的滋味真好，她知道他是真的爱她。她把脸转过来，这样他便看见她深色的眼眸，在黑夜中更显幽深了。

"我以前要是没闹出笑话就好了，"他轻声说，"我觉得那太可怕了，是你让我感到如此惭愧。"

"噢，杰拉尔德，你还把我那天说的话记在心上？我不是故意要伤你的心。后来我一直很愧疚。"

"你要是爱我就好了。啊，伯莎，别拦我。我憋得太久了，再也憋不住了。我可不想没向你倾诉就离开。"

"噢，我亲爱的杰拉尔德，别这样，"伯莎的声音都变了，说，"这没好处，这样只会让你我都痛苦不堪。亲爱的，你可知道我比你大多少。就算我没嫁人，我们也不可能相爱。"

"可我真心实意爱你。"

他抓住她的双手紧紧握着，她丝毫没有反抗。

"你一点都不爱我吗？"他问。

伯莎不吱声，他俯身靠近她，盯着她的眼睛。接着，他松开她的手，一把抱住她，把她紧紧搂在怀里。

“伯莎，伯莎！”他狂热地吻她，“啊，伯莎，说你爱我。我听了会高兴死的。”

“我的宝贝。”她低语道，说着抱住他的脑袋吻他。

他的吻使她热血沸腾。此刻，她忍不住吻他，她早就想这么做了。她吻他的唇，吻他的眼睛，吻他的鬈发。但最后，她依依不舍地停了下来，然后一下子站了起来。

“我俩真傻！去火车站吧，杰拉尔德，天色晚了。”

“啊，伯莎，先别走。”

“必须得走。我不敢待下去了。”

他想去搂住她，极力求她别走。

“别这样，杰拉尔德，”她说，“别求我，你这样让我很痛苦。你不明白这样有多么徒劳吗？我们相爱有什么用？你一周后就要走，我们再也不会相见。就算你留下来，我也已经嫁人了，再说我已经二十六了，而你才十九。宝贝，这样只会让我们丢人现眼。”

“可我不能走。我才不管你比我大！你嫁人了又怎么样，你不爱你丈夫，他也完全不在乎你。”

“你怎么知道？”

“唉，我看得出来。我替你难过。”

“乖乖！”伯莎小声说，差点哭出来，“我一直很不幸福。这是真的，爱德华从来不爱我，待我也不太好。噢，我真不明白我以前怎么会在乎他。”

“那就好。”

“我决不允许自己再次坠入爱河。我吃了太多的苦。”

“可我一心一意爱你，伯莎。你看不出来吗？啊，这跟我以前的感觉不一样。这种感觉很新鲜，很不一样。没有你，我活不下去，伯莎。啊,让我留下来。”

“不可能。走吧,宝贝。我们在这儿待得太久了。”

“再亲亲我。”

伯莎半笑半哭,搂住他的脖子,亲了亲那孩童般柔软的嘴唇。

“你对我太好了。”他低语道。

随后,两人沉默地走去了车站,最终到达切尔西。在公寓门口,伯莎伸出手,杰拉尔德看着她,伤心的眼神几乎让她心碎。接着,他只是碰了碰她的手指,便转身离开了。

然而,只剩伯莎一个人在屋里的时候,她一头倒了下去,突然大哭起来。她终于知道自己是爱他的。杰拉尔德的吻仍然在她的唇上灼烧,他双手的触碰在她的双臂上颤动。她突然明白,她一直在骗自己——像虎钳一样抓住她心的不仅仅是友谊,也不仅仅是关爱,而是热切的、强烈的爱情。

有那么一刻,她喜不自胜,但很快想起来,自己是有夫之妇,还比他大好几岁:在一个十九岁的男孩面前,二十六岁的女人看起来简直像中年妇女。她抓起一面镜子照了照,为了检查得更清楚,她把镜子拿到灯光下,端详脸上有没有皱纹,有没有鱼尾纹,有没有青春正在流逝的痕迹。

“太可笑了,”她说,“我这是在干天大的蠢事。”

杰拉尔德只是以为他爱她,再过一个礼拜,他就会迷上轮船上遇见的某个姑娘。但伯莎想到他的爱,就确信无论如何,此时的爱是真挚的。什么是爱,她比谁都懂。想到他的爱是真爱,她就欣喜若狂,拿这种爱和她丈夫那暗淡的激情之火作比较。杰拉尔德全心全意爱她;她一碰他,他就欲火攻心、浑身颤抖;他遭受情欲的煎熬,面颊变得苍白。他眼里流露的渴望肯定错不了。啊,这正是她想要的爱——要命的爱,催生的爱。她怎能为他的爱感到遗憾呢?她站

起身,得意扬扬地伸展胳膊,在这间空屋子里,一个字一个字地说出这些话:

“来吧,我的心上人,来吧,我爱你!”

然而,到了早上,伯莎感到难以忍受的沮丧。这时候,她明白她的爱是徒劳的:她嫁人了,他要走开了,再爱是不可能的;年龄的悬殊让这场爱变得甚至可以说是荒诞。可她无法缓解心中的疼痛,止不住地掉泪。

杰拉尔德正午的时候来了,发现她一个人在家。他几乎是怯生生地靠近她。

“你哭了,伯莎。”

“我好难过。”她说,“噢,杰拉尔德,请你忘记我们昨天的愚蠢行为。我听不得的话一句也不要对我说。”

“我情不自禁地爱你。”

“你看不出来吗,这完全是疯了!”

她气自己爱上他,气杰拉尔德勾起了她的激情,这种激情叫她瞧不起自己。她竟甘愿投入一个风流少年的怀抱,这听起来又可怕又反常,也让她更看不起自己。他察觉到她的眼神,以及其中的一些意味。

“噢,别那样看着我,伯莎。你看起来简直在恨我。”

她神情严肃地回答:“我打心底里爱你,杰拉尔德。我为此感到羞耻。”

“怎么会呢!”他叫道,声音中的心痛让伯莎不能忍受。

“这一切太不像话,”她叹息道,“看在老天爷的面上,我们就尽量忘了这一切吧。我反倒让你彻底学坏了。唯一的补救办法就是马上分开。”

“我不能离开你，伯莎。让我留下来。”

“不行。你必须走，现在就走。”

莱伊小姐的出现打断了两人的对话。她开口说话了；但令她吃惊的是，伯莎和杰拉尔德都没了平日里的精神。

“你俩今天怎么了？”她问，“这么专心听我讲话，反常得很。”

“我很累，”伯莎说，“头疼。”

莱伊小姐更仔细地观察伯莎，发现她哭过；杰拉尔德看起来也十分难受。想必……她顿时恍然大悟，难以抑制心中的惊愕。

“天哪！”她想，“先前我准是瞎了眼。幸好再过一个礼拜他就走了！”

莱伊小姐这时候想起了许多被她忽略的事，心下惶惑至极。

“说实在话，”她想，“让一个七十岁的女人跟一个十四岁的男孩在一起待上五分钟，我都不信能不惹出麻烦。”

对杰拉尔德和伯莎而言，这个礼拜过得太快，快得可怕。他们几乎没有机会过二人世界。莱伊小姐以宠爱外甥为幌子，安排了几次小型的休闲聚会，这样三个人就总在一块儿。

“你走之前得让你开心开心，等上了船你自然就收心了。”

尽管伯莎备受煎熬，但她坚定意志，避免跟杰拉尔德有进一步接触。她不敢单独见他，也庆幸莱伊小姐从中作梗。她知道，她的爱是不现实的，却也是不受控制的。她因此彻底看不起自己。曾让伯莎有些引以为豪的是，自己规规矩矩，从不陷入任何有失身份的感情之中。她对丈夫的旧爱是如此卑贱得让人难以忍受，所以当这种爱渐渐消亡后，自由的感觉似乎是人生中最美妙的东西。她发过誓，无论如何都不让自己重蹈覆辙。然而，新欢来得出其不意，她还没意识到危险，便发现早已身陷其中，难以自拔。她试图说服自己摆脱这一时的迷恋，但于事无补；她心里老念着杰拉尔德。爱情降临在她身上,仿佛远古众神降在激怒了他们的人头上的那种突如其来的疯狂。那是血液中疯狂的火焰,尽管恐怖异常,却让人无法抗拒,就如菲德拉的那种强烈情欲,令其为忒修斯之子而神魂颠倒。①

伯莎有了让杰拉尔德留下的冲动。如果他留在英国,两人就能纵情恣欲,任其自行消亡。这或许是使其平息的唯一方法。但她不敢。想到他爱她,她又得不断伤他的心,她就感到可怕。她盯着他的眼睛,觉得从中看到了断肠之痛,他的痛让她难以承受。接着,她被更强烈的念头所困扰。有一种办法可以让女人把男人永远拴在身边,有一种牢不可破的纽带——她的肉欲在叫唤,想到可以把肉体这个宝贵的礼物送给杰拉尔德,她就浑身颤栗。这样一来,就算他离开,两人之间的纽带也无法解开。他们或可相隔万里,却有了永远的交契。她还能怎样向他证明她美好的爱,还能怎样表达她不尽的感激?这种念头太强烈,不断浮上心头,叫她难以抵挡。炽热的想象产生的强大威力刺激着她。她愤怒地驱散这种念头,打心底里感到厌恶——可她无法压制心中一丝可怕的期望:或许最后自己还是会招架不住。

① 菲德拉是雅典国王忒修斯之妻,因与继子调情遭到拒绝而羞愤自杀。

第三十二章

终于，杰拉尔德只剩一天了。伯莎和莱伊小姐有个很早之前就定好的约会，他只能提前和她俩辞别，因为他第二天早上七点就要从伦敦出发。

“非常遗憾，你不能和我们共度最后一晚，”莱伊小姐说，“但要是我们不去赴宴，特雷弗-琼斯绝不会原谅我们。”

“自然是我不好，没有早点搞清楚什么时候开船。”

“今晚你一个人准备干什么，可怜的小家伙？”

“哈，我准备最后痛饮一顿。”

“这个晚上我们管不住你了，你怕是很高兴吧。”

过了一小会儿，莱伊小姐看了看表，告诉伯莎该打扮了。杰拉尔德站起来，亲了亲莱伊小姐，感谢她一直以来的关爱。

“好孩子，别伤感。你又不是不回来了。你肯定会把事情搞得一团糟再溜回家来，莱伊家的人都这样。”

接着，杰拉尔德转身面对伯莎，伸出手。

“你对我特别好。”他微笑着说。但他的眼神透着一种坚定，似乎想让她明白什么。“我们一起度过了一段妙不可言的时光。”

“希望你不会把我忘干净。我们确实没让你惹出麻烦。”

莱伊小姐注视着这两人，佩服他们能如此镇定。她以为他俩好离好散了。

“想必他们不过是打情骂俏一下，不是当真的。伯莎比他大这么多，这么明事理，完全不可能闹这种笑话。”

这时，她要去把给他准备好的礼物拿来。

“稍等一会儿，杰拉尔德，”她说，“我去拿样东西。”

莱伊小姐走出房间，男孩马上俯身凑上前。

“今晚别出去，伯莎。我一定要再见你。”

伯莎还没来得及回答，只听见莱伊小姐在门厅处唤他。

“再见。”杰拉尔德大声说。

“再见，祝你一路顺风。”

“这是给你的小礼物，杰拉尔德。”等他走出来后，莱伊小姐说，“你花钱大手大脚，既然这是你唯一的优点，我想我应该加以鼓励。你要是哪天缺钱花，要知道，我总能凑一些出来。”

她把两张五十英镑的钞票塞进他手里，接着，很难为情似的把他推出了门。她进了自己的房间。为了一个完全不值得付出的对象，她给自己在往后六个月里添了很大的不便，她倒为此异常高兴起来。一个小时后，莱伊小姐回到客厅等伯莎。没过多久，伯莎进来了，穿好了礼服，但脸色惨白。

“噢，波莉姑姑，我今晚真的去不了了。我头痛得厉害，看不清东西。你一定要告诉他们，说我很抱歉，但我很不舒服。”

她颓然坐在椅子上，一只手捂着额头，痛苦地呻吟。莱伊小姐挑了挑眉毛，他俩的关系显然比她想象的还要当真。不过，眼下已经没了危险。待在家里痛哭一场能让伯莎舒坦些。她想，伯莎能穿上礼服已经很有勇气了。

“那你吃不上饭了，”她说，“家里没吃的。”

“噢，我什么也不想吃。”

莱伊小姐表达了关心，答应替她致歉，然后就走了。伯莎听到门关上的一刻，一下站了起来，冲到窗户边。她四下寻找杰拉尔德，生怕他已经在那儿。他又鲁莽又心切，要是被莱伊小姐撞见，那就死定了。双轮双座马车走了以后，伯莎松了口气。她情不自禁，也觉得必须见他。如果他俩一定要分别,绝不能在莱伊小姐的眼皮子底下,被她冷冷地盯着。

她等在窗户边,但他没来。他为什么还没来?他这是在浪费两人仅剩的宝贵时光,眼下已经八点多了。她在房间里来回踱步,又去窗边张望,还是没见他的影子。她以为,她越是张望,他越不会出现,于是强迫自己看书。可她怎么看得进去!她再一次向窗外望去,这一次杰拉尔德出现了。他站在对面房子的门廊处往上看。他一下子看见了她,便穿过街道。她走到门口缓缓打开门,这时候,他正上楼。

他像个贼似的溜了进来,两人蹑手蹑脚走进客厅。

"啊,难为你了,"他说,"我不能那样离开你。我就知道你会留下来。"

"你为什么这么久才来?我还以为你不来了。"

"我刚刚不敢冒险。怕有什么事耽误了波莉姨妈出门。"

"我跟她说我头痛。我还穿了礼服,免得她怀疑什么。"

天快黑了,两人在昏暗的房间里坐在一起。杰拉尔德抓着她的双手亲吻。

"这个礼拜过得不好。我一个字也没机会跟你说。我的心都伤透了。"

"我的宝贝。"

"我在想,我要走了,你会不会难过。"

她看着他,试图微笑;她已经不敢说话了。

"我每天都在想,你会叫我别走,可你从来没说,现在已经太晚了。啊,伯莎,你要是爱我,就不会打发我走。"

"我想我太爱你了。你不觉得我们分开更好吗?"

"我不敢去想明天。"

“你这么年轻,过不了多久,就会爱上别人。你不觉得我很老吗?”

“可是我爱你。啊,我能让你相信我就好了。伯莎,伯莎,我离不开你。我太爱你了。”

“看在老天爷的面上,别这么说。现在已经让人够难受的了,别火上浇油了。”

夜幕降临,夏夜的微风从开着的窗户外吹进来,空气柔和,如吻拂面。两人默默地并肩而坐,男孩抓着伯莎的手。两人有口难言,言语已无力表达他们此刻的心情。但没过多久,他们突然浑身充满一种奇特的兴奋感,神秘的激情无形地将两人包围起来。伯莎感觉到杰拉尔德的手在颤抖,那震颤传到了她的手上。她哆嗦了一下,想把手缩回来,可他不松手。此时,沉默突然变得让人受不了——伯莎想要开口,但喉咙干涩,一个字也吐不出来。

她四肢发软,心跳得生疼。她和杰拉尔德四目相对,又都马上将目光闪躲开,就好像犯了什么罪,被抓了个现行。伯莎的呼吸变得急促。杰拉尔德强烈的欲望深深钻入她的内心深处,她一动也不敢动。她试图哀求上帝帮助她,但无济于事。这个礼拜一直让她害怕的念头再次浮现,威力加倍——她厌恶这个念头,却有一种可怕的渴望,想要束手就擒。

此时,她心想,这有什么关系呢?她越来越招架不住,杰拉尔德只需说一句话。此刻,她希望他说出那句话。他爱她,她也狂热地爱他。她屈服了,不想再作抵抗。她转过头面对杰拉尔德,嘴唇张开,向他探过身子。

“伯莎。”他低语道。两人眼看就要投入彼此的怀抱。

就在这时,一个细微的声音划破寂静,两人猛地缩回身子,倾耳细听。他们听见前门插入钥匙的声音,门开了。

“别出声。”伯莎小声说，随即把杰拉尔德推开。

“是波莉姨妈。”

伯莎指了指电灯开关，杰拉尔德会意，打开了灯。他出于本能地环顾四周，寻找逃离路线，而伯莎出于女人的急中生智，冲向门口，一把拉开门。

“是你吗，波莉姑姑？”她叫道，“你回来得真巧，杰拉尔德来和我们正式道别。”

“他这是有道不完的别呀，跟歌剧中的首席女高音①谢幕一样频频返场呐。”莱伊小姐说。

她走了进来，有些气喘吁吁，脸颊泛起两片红晕。

“我想，你们不会介意我来这儿等你们回来，”杰拉尔德说，“结果我发现伯莎在。”

“真有意思，我们想到一块儿去了，”莱伊小姐说，“我想到你可能会来，所以我尽快往回赶。”

“您都快喘不上气了。”伯莎说。

莱伊小姐筋疲力尽地坐在椅子上。方才，她一边吃着鱼，一边跟邻座聊天，突然反应过来，伯莎不舒服是装出来的。

“噢，我好傻！他俩把我当小孩耍呢……我的天，他俩此刻在干什么？”

晚宴似乎没完没了，但她立刻向惊讶的女主人告辞，吩咐车夫快马加鞭。她到了家，心里痛骂人类的狡诈。她从没这么快地跑上过楼梯。

“你还头痛吗，伯莎？”

“谢谢，好多了。杰拉尔德一来，我就好了。”

① 原文为意大利语。

这回，莱伊小姐颇为冷漠地向这位早熟的少年道别。她由衷庆幸，他坐的船第二天早上就要启航了。

“我送你出去，杰拉尔德，”伯莎说，“别麻烦你了，波莉姑姑，你肯定累坏了。”

两人来到门厅，杰拉尔德穿上外套。他一句话也没说，向伯莎伸出他的手，而她朝客厅瞥了一眼，招手示意他跟她走，然后从前门溜了出去。楼梯上没人，她一把搂住他的脖子，吻住他的唇。此刻，她不打算再隐藏自己的激情。她把他紧紧抱在胸口，他们各自的灵魂飞向唇边，彼此交融。这一通吻如此销魂，如此疯狂；这是难以言喻的狂喜，他们的感官无力控制这种欢愉。伯莎感觉自己快不行了。在极乐之中，在狂热之中，她的精神衰竭，她摇摇欲坠。杰拉尔德把她搂得更紧了。

这时，传来了有人上楼的声音。她从他怀里挣脱开来。

“再见，再也不见。”她低语道，说着悄悄走进屋子，关上了两人之间的那扇门。

她跌坐下来，差点要昏厥，但因为害怕，又挣扎着站起身来，拖着身子回到房间。她双颊发红，四肢发抖，那一通吻仍让她全身心感到兴奋。啊，现在小心谨慎还有什么用！结了婚又怎样，杰拉尔德比她年轻又怎样！她爱他，疯了似的爱他。此刻，无尽的快乐摆在眼前，即便未来会有痛苦，苦头吃得也值得。她不能让他走，他属于她——她伸出双臂要将他拥入怀中。她愿意放弃一切。她要让他留下，她要追随他，直到世界的尽头。现在讲理智太晚了。

她兴奋地在房间里走来走去。她朝房门口看了看，心里有个疯狂的念头，现在就去找他，为了他放弃一切——她的名誉，她的幸福，她的地位——因为她能为他牺牲这一切，这一切才显得珍贵。他是她的生命和所爱，他是她的肉体和灵魂。她侧耳细听门口的动静。莱伊小姐会监视她的，她不敢出去。

“我等着。”伯莎说。

她尽力想入睡，但睡不着，满脑子想着杰拉尔德，静不下心来。一打盹儿，他的形象在脑中变得更清晰了。他似乎就在房间里，于是她叫道：“来了，我的宝贝，你终于来了！”她醒过来，向他伸出双手。她无法意识到自己做了个梦，其实眼前什么都没有。

接着白昼来了，起初天色昏暗又阴沉，但随着明媚的夏日清晨的来临，天就亮了起来。太阳照在她的窗户上，光束在房间里舞动。现在时间所剩无几，她必须马上作出决定——光束代表生命、幸福和神秘的荣耀。啊，她就这么浪费生命，错过幸福的机会，是多么愚蠢！天上掉下来的爱，她不牢牢把握，是多么懦弱！她想象杰拉尔德收拾好东西，动身去乘火车，那列火车飞速驶过夏日的田野。她抗拒不了心中的爱。她一下跳了起来，去洗了个澡，打扮了一番。她从屋子里溜出来，下了楼，这时候是六点多。街上跟夜里一样空荡荡，但天空碧蓝，空气清新；她深深吸了一口气，感到出奇地畅快。她一路走着，直到看见一辆马车，她让车夫赶快驾车去尤斯顿火车站①。马车慢吞吞往前爬，她心急如焚。要是去晚了可怎么办？她叫车夫快一点。

坐利物浦车次的人相当多。然而，伯莎沿着拥挤的站台走，很快就看见了杰拉尔德。他朝她扑了过来。

“伯莎，你还是来了。我就知道临走前没见着你，你是不会让我走的。”

他握住她的双手，眼里饱含爱意地望着她。

“你来这儿，我好高兴，”他终于开口，“我想——我想请你原

① 位于伦敦市中心。

谅我。”

“什么意思?”伯莎小声说,突然觉得被一种可怕的恐惧感揪着心,痛得难以忍受。

“我一晚上都在想你,我感到羞愧极了。我必须要告诉你,我给你造成了痛苦,非常抱歉。我又自私又残忍,只为自己着想。我忘了你得付出多大的代价。请原谅我,伯莎。”

“噢,杰拉尔德,杰拉尔德。”

“我会永远感谢你,伯莎。我知道我以前讨人嫌,但现在我要改过自新。要知道,你终究让我洗心革面了。”

他试图用那老一套的轻松模样笑笑,却笑得很难看。伯莎看着他。她想说她全心全意爱他,愿意陪他去往世界的尽头,可这些话堵在嗓子眼里说不出口。

“我不知道我这是怎么了,”他说,“但我现在似乎看什么都跟以前完全不同了。我离开自然是好事,但也非常不容易。”

有个检票员过来查票。“女士一起走吗?”

“不走。”杰拉尔德说。等检票员走了,他接着说:“你不会忘了我,伯莎,对吗?你不要把我想得很坏,是我昏了头。直到昨晚我才意识到,我想让你做的是最严重的错事。我之前不明白,我差点毁了你和你的一生。”

最后,伯莎勉强逼自己开了口。时间正在飞逝,她搞不懂杰拉尔德脑子里在想什么。

“你要是知道我有多爱你就好了!”她叫道。

他只要开口,她就跟他走。但他没有。他已经后悔了吗?他的爱已经消退了吗?伯莎努力逼自己再次说话,却如鲠在喉。为什么他不再说,他没有她,就活不下去!

“请坐到座位上!请坐到座位上!”

一名列车长沿着站台跑过来。“快上车,先生。门就在你后面!”

“再见,”杰拉尔德说,“我能给你写信吗?”

她摇摇头。说什么都晚了。

“上车,先生。快上车。”

杰拉尔德匆匆亲了她一下,便跳上了车厢。

“开车!”

列车长吹哨挥旗,火车噗嗤噗嗤缓缓驶出车站。

第三十三章

莱伊小姐起床后发现伯莎溜了出去，为此大惊失色。

“说实在话，我想这是天意弄人。我是个不管闲事的无害中年妇女，难道不是吗？我做了什么，要让我受这些惊吓？”

她怀疑侄女去了火车站，但火车七点开，现在已经十点了。她想到一件事，突然吓了一跳，伯莎可能已经——私奔了。如果真是这样，她必然要经历一幕幕场景——写信告知爱德华，他惊恐万状，她必须安慰他，杰拉尔德的父亲大发雷霆，他的母亲气得发疯——这些念头像一群可恶的小恶魔钻入她的脑海。

“她不可能干出这么蠢的事，”她焦躁不安地叫道，“可女人要是有机会犯傻，就绝不会错过！”

终于，莱伊小姐听见伯莎回来进了自己的房间，她这才如释重负。

此前，伯莎在站台上一动不动伫立了很久，憔悴地凝视着前方，整个人恍恍惚惚。前几个小时的兴奋过后，是一片茫然。杰拉尔德正坐车飞速前往利物浦，而她还在伦敦。她走出站台，朝切尔西走去。一条条街道没有尽头，而她已经累了。她慢腾腾吃力地走着，几乎要昏厥。她不知道该往哪儿走，便绝望地四处游荡，几乎没有意识。她在海德公园里坐下来休息，感到筋疲力尽。但身体的疲惫缓解了心灵的剧痛。过了一会儿，她又开始走，根本没想到要叫马车，最后终于回到了艾略特公寓。日头已然毒辣起来，灼痛她的头顶，火辣辣地疼。伯莎费劲地慢慢爬上楼梯，回到房间，一头倒在床上，突然伤心欲绝地大哭起来。她痛哭流涕，双手紧紧攥成拳头。

"噢，"她终于叫道，"想必他跟那个人一样指望不上。"

莱伊小姐叫人问她吃不吃饭，伯莎这会儿倒真的头疼得厉害，什么也吃不下。一整天她都沉浸在痛苦之中，心灰意冷，几乎无法思考。有时她责备自己，当初杰拉尔德求她让他留下，她就不该拒绝，是她固执己见，放走了触手可及的幸福；可接着，她的感受发生剧变，反复告诉自己是他指望不上。阴郁的时光在一点点消逝，到了晚上，伯莎没什么力气脱衣服，直到早上才得以入睡。然而，一大早来了封爱德华的信，信里反复说他希望她回莱伊府。她兴味索然地读了信。

"也许还是回去的好。"她叹息道。

如今，她厌恶伦敦，厌恶这套公寓。没了杰拉尔德的欢声笑语，这一间间屋子必然是空荡荡得可怕。回莱伊府似乎是她仅剩的一条路，在那里，至少可以独享清静。她几乎饥渴地向往那荒凉的海岸、湿地和阴沉的大海；她需要休息和安静。但如果回去，最好立刻动身，留在伦敦只会徒增悲伤。

伯莎起床，穿好衣服，去找莱伊小姐。她的脸死一般地惨白，哭过以后，眼皮沉重，两眼发红。她精疲力竭，毫不掩饰自己的状态。

"我今天要下乡回莱伊府，波莉姑姑。我想最好还是回去。"

"爱德华见到你会很高兴。"

"我想是的。"

莱伊小姐支吾了一下，看着伯莎。

"要知道，伯莎，"停顿了一下后，她接着说，"在这个世界上，要弄明白该怎么办是很不容易的。人们极力分辨善恶，但事实上，善与恶往往如出一辙……我总认为，毫不动摇恪守十诫的人是有福气的，他们很清楚自己该如何为人处世，他们的精神支柱一方面是信仰天堂，另一方面是畏惧长螯和分趾蹄的恶魔……而我们这些人，对不容分说的‘汝不可’回应‘凭什么’的这种人,就像寒冷的大海上没有罗盘的水手。思维和本能这样说,世俗传统却另执一词。但最可怕的是,人的良心由十诫养成,受地狱之火烧炼——到最后都是这颗良心说了算。我想,凡事把这种良心考虑进去,可能会畏首畏尾,但肯定是慎重的做法。就像龙虾色拉,不是说吃了就不道德,而是吃了很有可能会消化不良……要跟常人的看法背道而驰,就得十分笃定;要是没把握,或许还是别冒险的好,踏踏实实随大流,走同一条稳妥的老路。这样做不刺激,不大胆,很无趣,但非常保险。"

伯莎叹了口气,但没有说话。

"你最好叫简帮你收拾行李。"莱伊小姐说,"要我打电报通知爱德华吗?"

等伯莎终于动身离开,莱伊小姐思考了起来。

"不知道我做得对不对。"她喃喃自语,和以往一样摇摆不定。

她坐在琴凳上,一边沉思,一边漫不经心地抚过琴键。很快,她的耳朵听出来这是一首名曲的开头,她几乎下意识地弹起了《弄臣》中的咏叹调。

> 女人啊,爱变卦,
> 像羽毛,风中飘。①

莱伊小姐笑了。"事实就是,很少有女人满足于仅有一个丈夫。我认为,解决婚姻问题的唯一办法是将一妻多夫制合法化。"

在维多利亚站的火车上,伯莎想起来,这一天特坎伯雷有牲口集市,爱德华要到晚上才回家,为此她松了口气。到时候,她就有机

---

① 原文为意大利语,是歌剧《弄臣》中咏叹调《女人善变》的歌词。

会清静地在莱伊府上安顿下来，省得有人大惊小怪烦扰她。她一路上忙着想伤心事，所以时间过得很快，等她发现到了黑马厩镇的时候，竟颇感意外。她起身下车，寻思着爱德华有没有派辆双轮马车来接她；但令她万分惊讶的是，爱德华本人居然等在站台上。他跑过来，扶她走出车厢。

"你终于回来啦！"他叫道。

"没想到你会来，"伯莎说，"我以为你在特坎伯雷。"

"我刚要去的时候，幸好收到你的电报，所以我自然就不去了。"

"很抱歉，误了你的事。"

"嗨，我可高兴了。你不会以为我老婆回家来了，我还会去牲口集市吧？"

她惊愕地看着他。他真诚的脸上泛着红光，一副见着她以后心满意足的样子。

"啊，太棒了，"驾车回去的路上，他说，"我可以肯定地告诉你，分居的日子我受够了。"

两人来到科斯塔尔山，他下来牵着马。

"往后看，"他小声说，"瞧见什么没有？"

"什么？"

"瞧帕克的帽子。"帕克是侍从。

伯莎又瞧了瞧，看到一个帽章。

"你觉得怎么样，嗯？"爱德华几乎是一下子哈哈大笑起来，"我昨天当选市区政务委员会委员长；也就是说，依照职权，我成了治安法官。所以，我一听到你要回来，就跑去领了个帽章。"

两人到了莱伊府，他相当温柔地扶伯莎下车。她大吃一惊，发现茶点已经备好，客厅里摆上了鲜花，为了让她感到舒服，一切都打点好了。

“你累吗?”爱德华问,“在沙发上躺下,我给你端茶点。”

他伺候着她,非要让她吃,确切地说,是不停献殷勤。

“哎呀,看到你回来,我真高兴。”

他高兴的样子显而易见,让伯莎有些感动。

“你累吗?还能去花园散会儿步吗?我想给你看看我为你布置了什么,现在那里正是最漂亮的时候。”

他给她披上披肩,以免她吹了晚上的冷空气而受凉,还执意要她挽着他的胳膊。

“喏,瞧这儿。我在客厅的窗外种了玫瑰树;我想,你坐在你最喜欢的地方看书时,瞧见玫瑰会高兴。”

他带她往远处走,来到一处适合观赏海景的地方。

“我在那两棵树中间放了把长椅,这样有时候你可以来坐坐,看看景色。”

“难为你想得这么周到。我们在那儿坐会儿好吗?”

“唉,最好不要。露水太重,我不想让你着凉。”

晚餐爱德华准备了他知道伯莎爱吃的菜,她一说很喜欢,他便开心地笑了。饭后,她躺在沙发上,他摆好垫子,好让她躺得舒舒服服。

“啊,亲爱的,”她心想,“三年前,你要是有现在一半的体贴,或许能留住我的爱。”

她不知道是久别使他情更浓,还是她自己变了。难道他不是像石头一样冥顽不化?而她知道自己像水一样起伏不定,像夏风一样反复无常。难道他一直以来都体贴周到?难道她在他身上得不到需要的激情,所以一直对他深深的关爱视而不见?如今,她对他没了任何指望,反倒震惊地发现,他身上大有盼头。然而,如果他爱她，那她感到歉疚，因为她无以为报，只能无动于衷。她十分惊讶地发现，自己竟如此冷漠无情。

临睡前，她向他道了晚安，亲了亲他的脸。

“我叫人收拾好了那间空房给我睡。”她说。

黑马厩镇没有任何变化。伯莎的朋友都还活着，死亡率低是这个幸运之地的骄傲，怎么也升不上去。亚瑟·布兰德顿娶了个漂亮的金发女郎，颇有教养，而且默默无闻得恰如其分；这桩婚事唯一的结果是给他母亲增添了一个新话题。伯莎重拾了旧习，很难意识到已经离开这里很久了。她让自己忘记杰拉尔德，也很高兴自己没那么频繁地想起他。一个变得愤世嫉俗的感伤主义者说过，女人只在初恋时全心全意倾注于恋人身上，往后让她醉心的是爱情本身；因此，在后面的恋情上受的伤自然愈合得很快。伯莎由衷地感激莱伊小姐，幸好她那晚回来得及时，要不然会发生什么，想想就令她不寒而栗。

“不然就惨了。”她叫道。

她想不通当时为何一时糊涂，想到自己冒的风险，她就感到双颊发烫。一想起此事，她就觉得厌恶。想起自己去尤斯顿车站那次疯狂的短途出行，一心要走上可怕的歧途，她就羞惭至极。她感觉自己像塔顶上的人，有跳下去的可怕冲动，结果被一个旁观者拉了一把，救了回来；事后，再从塔下面往上看，想想当时危险的处境，就不寒而栗，浑身冒汗。但比羞惭更糟糕的是怕遭人耻笑，这桩风流韵事从头到尾太有失体统——在比她小好几岁的毛头小子后头追着跑，甚至真的爱上了他。这太荒唐了。伯莎想象莱伊小姐知道后铁定会乐坏了的那副模样。她无法原谅杰拉尔德，因为他，她才出了洋相。她看出来他是个风流少年，喜欢跟他碰到的所有女人调情。她终于不屑地告诉自己，她从来没有真正在乎过他。

然而，没过多久，伯莎收到美国来的一封信，是莱伊小姐转寄过来的。她认出信上的字迹时，脸色一下白了。旧情如浪潮般涌回心头，她想起了杰拉尔德的那双碧眼和孩童般的嘴唇；她感觉自己害了相思病。她看着信上的姓名地址，看着邮戳，放下了信。

“我告诉过他别写信的。”她咕哝道。

见到杰拉尔德寄来的信，竟让她如此痛苦，她不由生起气来。此刻，她简直恨他，然而，却打心底里想去吻信纸，吻上面的每一个字。但她的感情之强烈在某种程度上让她咬紧牙关，不肯屈服。

“偏不看。”她说。

她想向自己证明，她有定力，至少她坚决抵制这一诱惑。伯莎点了根蜡烛，拿起信，准备烧掉，却又放下了信。这样做，事情了结得太快，她倒想延长这场考验，好让她完全相信自己的坚毅。伯莎把信放在她房里壁炉台上的显眼位置，这样她进进出出，总能看见这封信；她给自己准备的这番煎熬，让她有种莫名的快感。她想要惩罚自己，一心想把诱惑弄得越难熬越好。

这个未拆的信封在她眼皮子底下待了一个月，有时她心痒痒得差点抵挡不住拆信的冲动；有时她半夜醒来，想着杰拉尔德，告诉自己，必须看看他写了什么。啊，她能想象信上写得有多好听！他发誓他爱她，他提到最后那晚她给他的吻，他说没有她的日子实在难熬。伯莎看着这封信，攥紧了拳头，免得自己抓起信把它拆开。她得用力克制住自己，不去吻遍这封信。终于，她克服了一切欲望，见到信封上的字迹时能够无动于衷。她仔细审视自己的内心，没有发现一丝波澜。考验通过。

“现在可以烧了。”她说。

她再次点燃蜡烛，把信点着，直到彻底烧毁。她收拢灰烬，放入手中，吹向窗外。她感觉这样一来，整件事就此了结，杰拉尔德彻底从她的生活中消失了。

然而,伯莎被扰乱的心神并没有得到安宁。起初她发现日子还过得去,可如今没了任何感情使她分神,每天的生活一成不变。一周又一周过去了,一个月又一个月流逝了;冬天来到她身边,比以往的冬天都要阴沉。乡间变得沉闷难耐。天色又暗又冷,乌云低得她几乎能触到。广阔的田野曾经多么妙趣横生,如今落得令人生厌,所有乡村景象在她心底沦为一派萧条单调。日复一日,月复一月,她见到的都是同样的东西。烦得要命。

有时,伯莎信步至海滨,远眺荒凉的茫茫大海。她渴望跟着视线和心灵一起往南去,去往南方蔚蓝的天空之下,越过阴霾,踏上阳光明媚的美丽土地。幸亏她不知道自己目光所指之处几乎是正北方,要是真的如她所愿,一直往那个方向去,才到不了什么南方乐土,只会到达北极!

她沿着海滨漫步,走在数不清的贝壳之中。烦闷的现状她还不满足,又去预想往后的日子来折磨自己。她能想到的未来唯有那日复一日的可怕的无聊生活,想到自己要过枯燥单调的一生,就感到头疼。她走回家,想着烦人的夜晚,进屋的时候呻吟了一声。晚餐后,两人毫无例外又打起皮克牌①。爱德华喜欢按部就班地过日子,一到时间,钟敲响九点,他便说:“我们打会儿牌好吗?”他摆椅子的时候,伯莎去拿牌。他们每次打六盘。爱德华负责计分,赢了就咯咯笑。最后,伯莎把牌收起来,丈夫把椅子放回去。一夜又一夜,如此循环往复。

伯莎因无聊至极而深感焦躁不安。她在房间里来回踱步,处于

① 两人用32张牌对玩的纸牌戏。

一种近乎生理痛苦的燥热之中。她坐在钢琴旁，弹了几个小节后又停下来——音乐似乎与其他所有东西一样无聊；每一件事她都翻来覆去地做过。她试图看书，但很难开始读新的一册，看到印刷的纸页她就反感。知识类著作上说的她不想知道；至于写人物事迹的小说，她对人物提不起兴趣。她读了几页，便嫌恶地把书扔下。然后她又出门了——不论干什么，似乎都比正在干的事强——她快步疾走，但这种运动、这乡间的景色、这周遭的环境都令人厌烦。她几乎立刻转身回家。伯莎被迫日复一日这么走几回；空无一人的道路，荒废的树木、树篱和田野，给她的印象唯有不变的凄凉。于是，她被逼得只为活动筋骨才出门，每次走几英里，想着快点完事。年初的风刮得比往年这个季节都要执着，寒风阻碍她的脚步，冻到她骨子里去。

有时，伯莎上门做客；因必须遵守礼节，装出拘束的样子，她得以暂时抛开了愁云，可身后的门一关上，就感到比以往更烦，烦得要命。

要是突然想图热闹，她就发出社交聚会的请柬；随后，她发现筹备起来说不出的烦人，便对客人又嫌又恨。很长一段时间，她不肯见人，对外称身体欠佳；有时一个人待着觉得要发疯。她转而开始祷告，作为不能出门之人的唯一慰藉，但她并不完全笃信，所以并未从中得到安慰。她陪格洛弗小姐走访教区，但她不喜欢穷人，他们的唠叨听起来蠢极了。她烦闷得头疼，便把手放在太阳穴上，使劲按压，好想大把大把地抓住头发撕扯一通。

她一头倒在床上，因为烦闷的痛苦而流泪。有一回，爱德华撞见了她这个样子，问她是怎么回事。

“噢，头疼，疼得想自杀。”

他差人去请拉姆齐，但伯莎知道，这个大夫开的药既荒唐又无用。她认为自己的病无药可医,就算时间也挽救不了,唯有一死了之。

早上醒来的时候,想着又得熬过一天,她知道这种痛苦有多么可怕。晚上睡觉的时候,想着能有几个小时失去知觉,她知道这种感觉有多么解脱。想到未来那可怕的单调生活,她就备受折磨——黑夜跟着白天,白天连着黑夜,一月又一月,一年接一年,日子过得慢之又慢。

都说人生苦短。对于往回看的人,或许如此;但对于往前看的人,人生漫长,长得可怕,长得没有尽头。有时,伯莎觉得忍不下去了。她祈祷自己一睡不醒。那些期盼永生的人过得该有多快活!对伯莎而言,永生的想法只让她觉得恐怖。除了长眠,她别无所求,她渴望永远安睡,融于虚无之中。

有一次,她绝望得想自杀,但又害怕。人说,寻短见无需勇气。愚蠢!说这话的人体会不到作必要准备时的那种恐慌,对痛苦的那种预想,还有那可怕的担忧,担忧当生命消散之时,一切都悔之晚矣。还有对未知世界的畏惧。还有对地狱之火的惧怕,那种感觉既可笑又可恶,却在人心里如此根深蒂固,怎么也无法根除。即便理智与雄辩也无济于事,总会有令人发蒙的恐惧,唯恐童年的恐怖寓言终究是真的,唯恐忌邪[①]的上帝对可悲的造物处以无尽的折磨。

① 指要求绝对忠实、绝对崇拜,出自《圣经》。

第三十四章

然而，如果说人的灵魂，或者说心灵，或者说精神——随你管它叫什么——是一种乐器，可以用来演奏无数的旋律，那么它不会长时间奏出同一种旋律。时间会磨平最强烈的感情，化解最心碎的痛苦。从前有个故事：一位哲学家设法安慰一个伤心的女子，办法是跟她讲类似的不幸遭遇。后来，他丧了独子，女子给了他一张名单，上面全是有类似丧子经历的国王。他读了以后承认名单无误，但依旧泪流不止。三个月后，哲学家和女子惊讶地发现彼此都过得很快活，于是他们为“时间”竖了一块碑，上面刻着：致安慰众生者。[①]

伯莎声称生活失去了所有滋味，声称她的烦闷永无止境——其实跟往常一样，她这是言过其实；当她发现生活居然比她想的更容易忍受时，差点要赌气起来。

人总能随遇而安。只有极端厌世的人才会假装无法习惯同类的愚蠢。过不了多久，人会对最讨厌的人和事无动于衷，再单调的东西甚至也不再成其为单调。伯莎使自己适应环境后，发现生活不再那么乏味。生活是条平静的河流，很快她得出结论：没有激流和瀑布，没有漩涡、涡流和礁石阻碍其流淌，这条河就流得更顺畅。尚能以幻想自欺之人，其未来不乏光明。

夏日增添了一些新鲜的趣味，伯莎在以前从不感兴趣的东西中找到了乐趣。她到有天然屏障的地方，去看她最爱的野花有没有开放。她对自由的热爱使她喜爱野玫瑰，胜过花园里浮华的鲜花；喜爱田野里的毛茛和雏菊，胜过古板的天竺葵和蒲包花。时光飞逝，她惊讶地发现，这一年不知不觉地过去了。她以更大的热情读起书来，她坐在最爱的位置——窗边的沙发上，长时间享受读书的妙趣。她读书全凭心血来潮，没有计划；出于意愿，而非义务(英国的小姐都这么用功，别人怎么能说英国堕落呢！)。她通过比较不同的作家来获得乐趣，从严肃的到轻浮的，从中捕捉喜怒哀乐。她纵览古今，从最新的小说到《疯狂的罗兰》②，从约翰·黎里③的《尤弗伊斯》(最引人入胜、最异想天开的书！)到魏尔兰④颓废的激情。她还有一辈子的时间，长篇累牍不成问题，于是她大胆地读起了八卷本的《罗马帝国衰亡史》，读起了圣西门⑤的多本巨著——读完一百页后，便毫不犹豫地把书搁在一旁。

当现实只是背景，只是古籍中虚构事件的陪衬时，伯莎发现，现实是可以忍受的。她看着绿树，鸟儿的鸣唱与她的心思融洽地合为一体；她的脑海里仍萦绕着拉曼查的那位“忧伤的骑士”⑥，回味着曼侬·莱斯戈⑦，或惦记着《十日谈》中欢乐的一伙人。学识越多，求知欲越强；她舍弃主流文学的康庄大道，走上某个无名诗人开辟的山间小路，踏上西班牙流浪汉⑧常走的马道。在几乎被人遗忘的古代杰作中，在不那么杰出且被潮流抛弃的诗人身上，在只有书迷才记得的剧作家、小说家和散文家身上，她找到了意想不到的满足。有时，把目光从光彩夺目的完美杰作上移开，不失为一种调剂。相形之下，那些名噪一时却未流芳百世的作家倒有一种无法言传的魅

---

① 原文为法语。
② 意大利文艺复兴时期的一部浪漫史诗，作者是意大利诗人阿里奥斯托(1474—1533)。
③ 约翰·黎里(1554—1606)，英国散文家、剧作家，代表作有散文传奇《尤弗伊斯》等。
④ 魏尔兰(1844—1896)，法国诗人，代表作有《感伤集》等。
⑤ 圣西门(1675—1755)，法国作家，代表作《回忆录》记述1694—1723年间法国宫闱生活。
⑥ 西班牙作家塞万提斯的《堂吉诃德》一书中的主人公。
⑦ 法国作家普雷沃神父的言情小说《曼侬·莱斯戈》一书中的女主人公。
⑧ 指西班牙流浪汉小说，是16世纪源于西班牙，17—18世纪在欧洲流行的一种小说流派。

力。读者不会被其光彩照得目眩,便更容易看出其个性和那个时代的精神。他们拥有某些讨人喜欢的特质,在地位更高的作家身上有时是见不到的;在他们不完美的成就之中,甚至有一丝动人的哀婉之情。

在音乐上,伯莎也对有些名气又有些过时的作品产生了兴趣。在乔治王朝时期风格的客厅里——里面挂着古画,装饰着奇彭代尔式样①的家具和印度印花布——很适合弹奏库伯兰②和拉莫③的朴实乐曲,以及在过去一个世纪里,在化装舞会上给身穿华服的爵爷和贵妇提供娱乐的回旋曲、加伏特舞曲和小奏鸣曲。

伯莎脱离现实,活在一座人造的乐园中,几乎感到极乐。她发现冷漠对待全世界是一副坚实的盔甲:没有爱或恨、希望或绝望,没有野心、改变的欲望或热烈的激情,日子过得很轻松。花儿也是这么开放,没有意识,没有顾虑,花苞从包住它的叶子中冒了出来,朝着阳光绽放,在微风中肆意飘香,无人欣赏——最后,花自凋零。

伯莎发现,回首过去这几年,颇有些好笑。如今看来,那般热烈地爱上迟钝的爱德华真像一出闹剧。将曾经的强烈期盼和如今的惨淡现实作对比,她甚至可以付之一笑。杰拉尔德是一段愉快而伤感的回忆;她不再想要见他,但常常想起他,将他理想化,直到他成为她喜爱的一本书中的虚幻人物。她在意大利度过的冬日时光也成了她最愉快的记忆的源泉,她决定不再故地重游,以免破坏原有的印象。她的处世之道大有长进,明白了快乐来得出人意料,幸福就像不期而至的精灵,越是寻觅,越是难求。

爱德华陷入了忙碌的生活,整天都在忙里忙外。他大规模拓展

---

① 特点是优美的外廓和华丽的装饰。
② 库伯兰(1668—1733),法国乐师、作曲家。
③ 拉莫(1683—1764),法国音乐理论家、作曲家。

了莱伊庄园,并信奉平庸之流的看法,坚信要把事做好,必须亲手做,因此亲自管理农场。他是乡里所有组织机构的重要成员:教育委员会委员、济贫委员会委员、郡政务委员会委员;市区政务委员会委员长、利纳姆板球俱乐部主席、法弗斯利足球俱乐部主席;黑马厩镇赛船会赞助人;特坎伯雷犬展委员会委员、肯特中部农业展览会的热心支持者。他是黑马厩镇保守党协会的骨干分子、地方执法官、堂区俗人委员①。最后,他是一名忠实的共济会成员,要跨越肯特郡去参加六个所属地方分会的会议。然而,这一堆工作可难不倒他。

"上帝保佑,"他说,"我爱干活。给我再多的活儿我也不怕。有什么活儿要干的,尽管来找我,我来干,我还要谢谢你给我干活的机会。"

爱德华素来心平气和,不过如今,他的好脾气颇有天使的特质,被传为了佳话。他的成功当之无愧,任何事有他参与就有了极大的保障。他总是乐乐呵呵,快快活活,安于现世,自满自足;他是乡绅、地主、农场主、保守党人、男人,英国男人。他做什么都善始善终;他精力旺盛,什么事都必定要投入实际所需的两倍的功夫。他从早忙到晚(往往毫无必要),且乐此不疲。

"我泰然自若地支持他发扬美德,"伯莎对格洛弗小姐说,"这说明我是个贤惠的女人。"

"亲爱的,我看你应该感到骄傲和幸福。他是全郡人民的榜样。他若是我的丈夫,我会感谢上帝。"

"我可真是感激不尽呢。"伯莎咕哝道。

自从他任由她走自己的路,她也巴不得他自行其是,此后确实

① 负责管理教会财务。

没有可能发生争执。于是,聪明人爱德华断定,他成功驯服了妻子。他带着善意的蔑视心想,一直以来,他把女人比作母鸡都是对的——这种动物,要让它们高兴,只需让它们痛快地跑上一通,再好好圈着,让它们在里面尽情地四处刨食。

“定时给它们喂食,随它们去咯咯叫,这就行了!”

当阅历证实了年轻时的假设,总是颇为可喜的。

有一年,爱德华偶然想起两人的结婚纪念日,便送给妻子一只手镯。他因此觉得自己很大方,吃饱喝足后,拍拍她的手,说:

“光阴似箭,不是吗?”

“我听人说过这话。”她笑着回答。

“嗨,谁能想到我俩结婚都八年了!在我看来,好像还不到十八个月。我们相处得很好,不是吗?”

“亲爱的爱德华,你真是个模范丈夫。有时,我感到受之有愧。”

“哈哈!开玩笑吧。不过我替自己说句公道话,我的确尽心尽责。当然,刚开始我们有过些许口角,人总得彼此适应,不能指望一上来就一帆风顺。但这几年过来,嗯,自从你去过意大利,我想咱俩一直过得不错,不是吗?”

“是的,亲爱的。”

“当我回想起以前的小吵小闹时,说实在的,我想不通到底是为了什么。”

“我也是。”这话伯莎说得倒是很诚恳。

“我想只是因为天气不好。”

“想必如此。”

“好啦好啦,结果好就算一切都好。”

“亲爱的爱德华,你可真是个哲学家。”

“我不懂什么哲学,但我想,我是个政治家。这倒提醒我了,我还没看今天报上关于新军舰的报道。我这些年来一直鼓吹要多弄些军舰和枪支，很高兴看到政府终于采纳了我的建议。”

“真是可喜可贺呢，不是吗？这会激励你坚持下去。当然，听说内阁读了你登在《黑马厩镇时报》上的演讲稿，真叫人高兴。”

“要是那些掌权的人对地方的意见更上心，我想这对国家来说是件好事。像我这样的人才真正懂得国民的感受。你帮我去拿报纸，好吗？在餐室里。”

在爱德华看来，伯莎伺候他是理所当然之事，这是做妻子的本分。她把《标准报》递给他，他读了起来，其间打了一两个哈欠。

“哎呀，我困了。”

不一会儿，他就睁不开眼了，报纸从手中掉落，他倒进椅子里，两腿张开，两手舒服地搁在肚子上。他把脑袋懒懒地歪向一旁，耷拉着下巴，打起呼噜来。伯莎读着书。过了一会儿，他突然惊醒。

“我的天哪，我想我是睡着了，”他叫道，“嗯，我累死了，我想我要上床了。你现在应该不上楼吧？”

“这会儿还不上。”

“好吧，别熬得太晚，乖，对身体不好。上来的时候把灯都灭了。”

她把脸凑过去，他忍住哈欠，亲了一下，便摇摇晃晃上了楼。

“爱德华有一个优点，”伯莎喃喃自语，“没人会怪他溺爱妻子。”

新式婚姻。①

伯莎独自漫步都是去的海边。黑马厩镇和梅德韦河②之间的海岸异常荒凉。海岸警卫队驻地那又长又矮的一座座建筑间隔很宽。

---

① 原文为法语。出自英国画家威廉姆·贺加斯的一组名画的画题，描绘一个资本家的女儿和伯爵的公子联姻的故事，指当时有钱的资本家为了追求头衔，热衷于与没落贵族通婚，形成一种新式婚姻。

② 位于泰晤士河口。

干净的粉墙、整齐的栏杆、料理得井井有条的砾石，与周遭的荒芜对比之下，更显突兀。你在这里走上几英里也见不着一个人影。乡村从海边向外绵延，形成一片又低又平的湿地。海滩上铺满了各种各样数不清的贝壳，脚踩上去就碎了。大团的海草、几根木头或绳子，还有千万次浪潮冲上岸的投弃物，东一处，西一处。有一处地方，距离海边几码，在浅水区一处又高又干燥的位置，有一艘旧船的残骸，上面的木质肋拱诡异地耸立着，像一只巨大海兽的骷髅。四面都是荒凉的海水，从来见不到一艘轮船或一只小渔船。到了冬天，仿佛有个孤魂，像一块神秘的幕布，降临在海岸上，降临在杳无人烟的海域上。

于是，在这种忧郁之中，在这种沉闷之中，伯莎发现了一种难以言传的魅力。乌云密布，天色阴沉；海风疾驰，怒吼着，呼号着，啸叫着。汹涌的海水幽暗而浑浊，透着骇人的感觉——波涛涌起，前赴后继，骇浪怒号，惊涛拍岸。一片萧瑟，一片荒凉。大海如此无情，让人一见到就毛骨悚然。这是一股盛怒的力量，向前拍打，不断愤怒地向前拍打，被捆绑的锁链往回猛拽时，发出痛苦的咆哮；在一次又一次的拼命挣扎之后，终于痛苦地哀号一声，退缩了回去。海鸥在海浪上空忧伤地盘旋，随风上下飞翔。

伯莎也爱冬日的安宁——当海雾和天雾融为一片；当大海归于寂静和深沉，孤独的海鸥尖叫着在灰暗的海域上飞旋，凄厉地尖叫着。她爱夏日的恬静——天空万里无云，一望无际。这时，她会长时间躺在海边，享受独处和绝对的安宁。海水像平静的湖面，不泛起一丝涟漪，像一面镜子，倒映出天国的辉煌；夕阳西沉，海面映出火焰，像一片熔化的铜海，火红而灿烂，叫人看了睁不开眼。一群海鸥在海面上打盹儿，有成百上千只，一动不动，一声不响；时不时有一只飞起，扑着沉重的翅膀飞了一会儿，又落回海面上，于是一切归于沉寂。

有一回,凉爽的海水太诱人,伯莎抵挡不住诱惑。她羞怯而迅速地脱掉衣服,四下张望,确保见不着一个人,然后踏入水中。脚边的细浪使她微微发抖,她伸出双臂,溅起水花,往前奔去,半跌半潜地沉入水中。此刻多么惬意,她享受四肢的自由——摆脱泳服的束缚去游泳,这是一种从未有过的乐趣。给她一种充满力量的美妙感觉,海水轻轻拍打着她,令她兴奋不已。她心情舒畅,想要放声歌唱。她潜入水下,又冒出水面,甩了甩头,轻声欢叫。她的头发松散,这一甩,全部披落在肩上,一绺绺长长的鬈发垂在水面上。

她像个无畏的游泳者,从水中游了出来。深深的海域围着她,夏日幽深的深海围着她,让她感到坚强和独立。她仰面浮在水面上,试图直视太阳。海面上闪烁着微弱的阳光,天空令人目眩。随后,在快回到海岸的时候,伯莎再次漂浮。她觉得这样仰卧很有意思,在微波中摇荡,把耳朵沉入水中,这样就能聆听卵石与时起时落的潮水摩擦发出的奇特的声音。她把长发甩干净,那头长发就像一轮光晕环绕着她。

她为青春而雀跃——青春?伯莎感觉自己绝不比十八岁时显老,然而,她已经三十了。想到这儿,她眉头一皱。她从没意识到年华的流逝,从没想到自己的青春正在消逝。别人是不是以为她已经老了?她突然感到一阵恐惧,不禁毛骨悚然,生怕自己像汉考克小姐那样,用调皮和假装轻浮的模样,企图让邻里以为她尚未成年。伯莎自问,她像个少女一样扑进水里是不是很可笑。要是眼角布满鱼尾纹,嘴角皱皱巴巴,可休想装作美人鱼。她惊慌地穿好衣服,回到家去,冲到镜子前。她端详自己的面容,从未如此仔细地看过,焦虑地搜寻她害怕见到的痕迹。她看了看脖子,又瞧了瞧眼睛,皮肤还是如此光滑,牙齿还是如此完美,一如既往。她松了一口气。

“我没看出有什么两样。”

然后，为了让自己加倍放心，伯莎心里突然萌生一个荒唐的念头：她要梳妆打扮，就像是去参加一场盛大的舞会。她想看到自己最美的一面。她挑选了最华贵的一套礼服，拿出了珠宝首饰。莱伊家把古董宝贝卖得一点不剩，却对钻石首饰情有独钟，不肯割舍，世世代代，皆是如此。这些首饰被搁置一旁，年复一年，无人佩戴；镶嵌于旧底座上的宝石，积满灰尘，无人打理，毫无光泽。伯莎的头发仍有些潮湿，这样倒方便她随意收拾一下，接着她把一顶漂亮的冠状头饰戴在头上，是摄政时期①祖母戴过的。她在双肩上挂了两件精致的金饰，是某个叔祖父在半岛战争时从一个西班牙教堂的圣徒那儿盗来的。她麻利地把一串珍珠挂在脖子上，双手套上手镯，胸前别上一排亮闪闪的星针。伯莎知道自己有双纤纤玉手，向来不屑戴戒指，但眼下，她在手指上戴满了钻戒、翡翠戒指和蓝宝石戒指。

最后，她站在镜子前，满意地大笑一声。伊人尚未迟暮。

然而，当她翩然走入客厅时，爱德华吓了一跳。

“天哪！”他叫道，“这到底怎么了！晚上有客人要来吃饭？”

“亲爱的，要是有客人来，我就不会打扮成这样了。”

“你穿得好像威尔士亲王要驾到似的。我可只穿了灯笼裤。不是结婚纪念日吧？”

“不是。”

“那我想知道你为什么打扮成这样。”

“我想，你见了会喜欢。”她笑着说。

“你早点告诉我就好了，我也好打扮打扮。你确定没客人要来？”

“非常确定。”

① 指1811—1820年间乔治三世精神失常后由其子摄政的时期。

“唉，我想我也该打扮一下。要是有人来，见了会奇怪。”

“要是有人来，我保证会溜走。”

两人进屋用餐，爱德华感到很不自在，一直留神听前门的门铃声。两人喝了汤，接着菜上桌——一只冷掉的羊腿和一些土豆泥，都是吃剩下的。伯莎木然地望了一会儿，往后一靠，忽然哈哈大笑起来。

“天哪，又怎么了？”爱德华问。

别人捧腹大笑，自己却莫名其妙，没有比这更气人的。

伯莎笑得前仰后合，尽力开口说话。

“我刚想起来我跟仆人都说过，他们今晚可以出门，镇上有场马戏表演。我还说，我俩凑合着把剩饭剩菜吃了就行。”

“我没听出来这有什么好笑。”

的确没什么好笑的，但伯莎却再次纵声狂笑。

“我想还有些泡菜可以吃。”爱德华说。

伯莎憋住乐呵劲儿，开始吃饭。

“这就是我全部的生活，”她压着嗓子喃喃自语，“穿着舞会礼服，戴着我所有的钻石首饰，吃着冷掉的羊肉和土豆泥。”

第三十五章

然而，就在那年冬天，爱德华在外打猎时出事了。多年来，他习惯骑难以驾驭的马，但凡听说哪儿有烈马，他就跃跃欲试。他知道自己是个出色的骑手，从来不怕展示自己的本领，也总爱嘲笑别人技术比他差，或胆量比他小，因此偏爱不好对付的牲畜。见别人指着他说“这人骑得真好”，他就得意；见别人骑的马反抗挣脱或不肯跳越，他最爱开的玩笑就是冲他们嚷嚷：“你好像跟你的伙计不怎么合得来，要不要试试我的？”说完，便用马刺踢踢马肚子，策马腾跃。对于胆小的猎手——他们找树篱低矮处跳越，或是穿过大门而非翻越大门——他总是很刻薄。谁要是说跳跃很危险，爱德华便会大笑一声，马上跳给那人看，一边策马，一边叫嚣道：

“我要是你呀，我可不跳，说不定会栽跟头。”

他刚买了匹杂色马，花了没几个钱，因为它跳跃不稳定，而且有个坏毛病，腾跃时喜欢晃动一条前腿。他一拿到手就骑了出去，一开始的两道树篱和一条水沟它都轻松越过。爱德华心想，他又一次占了便宜，没花什么钱就买到了一匹猎马，只要驾驭得当，就能像小羊一样乖。他骑马前行，来到一道立柱围栏①前。

“来，我的美人，考验你真本事的时候到了。”

他策马慢跑，夹紧双腿；马没有扬起前蹄，而是突然往旁边闪避打圈。

“不，别这样。”爱德华说着，把它勒回原地。

他踢了马刺，马慢跑起来，但还是不肯跳起。这回，爱德华生气了。此时，亚瑟·布兰德顿朝这边驰骋而过，他可有好多旧账要算呢，便趁机大声嘲笑。

“你干吗不下马走过去呢？”他一边嚷嚷，一边从爱德华身边骑马跃过那道围栏。

“我要么跳过去，要么摔断脖子。”爱德华咬着牙说。

但他两样都没有如愿。他准备第四次跳跃，用短马鞭抽打它。马前身跃起，接着一条前腿晃动，咚的一声摔了下来。

爱德华重重地摔倒在地，昏迷了片刻。等他恢复意识，发现有人顺着他的脖子往下倒白兰地。

“马伤着了吗？”他问，压根没想着自己。

“没有，马没事。你怎么样？”

猎场上正好有个年轻的外科大夫，他骑马过来。“怎么了？有人受伤了？”

“没有。”爱德华边说，边挣扎着站起身来，以为自己闹出了洋相，感到有些不快。“人家还以为，你们这些人从来没见过谁从马背上摔下来过。我可是三天两头见你们当中大部分人摔下来的。”

他走到马的身旁，脚踩上马镫。

“你最好还是回家，克拉多克，”外科大夫说，“我估计你有点受惊了。”

“回什么家。该死！”爱德华正要骑上去，便感觉胸口最上面一阵疼痛，“我想我摔断了哪儿。”

外科大夫走上前，帮他脱掉外套，扭动爱德华的胳膊。

“疼吗？”

“有点。”

“你摔断了锁骨。”外科大夫检查了一下说。

---

① 用垂直的柱子打入地面，柱子之间连接多根水平栏杆，这种乡村风格的围栏多见于马场。

“我还以为是哪儿摔碎了。骨头要多久才能长好？”

“只消三个星期。不必担心。”

“我不担心，但我想我起码一个月不能打猎了。”

爱德华被送去拉姆齐大夫那儿，大夫给他包扎好，送他回到莱伊府。伯莎见他坐双轮马车回来，吃了一惊。爱德华此时已恢复了好脾气，笑着解释事情的经过。

“没什么好大惊小怪的。只不过被绷带包了起来，感觉像个木乃伊，不知道该怎么洗澡。我担心的是这个。”

第二天，亚瑟·布兰德顿来看他。“你终于遇到对手了，克拉多克。”

“对手？差远了！过一个月我就没事了，到时候我还会骑出去。”

“我要是你呀，我可不会再骑那匹马，犯不着。那匹马有晃腿的毛病，会让你摔断脖子的。”

“呸，”爱德华不屑地说，“我骑不了的马还没生出来呢。”

“你现在成大块头了，身子骨也不像二十岁的时候那样利索了。再摔一次可就惨了。”

“胡说，老兄！你说这话，别人还以为我有八十岁。我还从没怕过哪匹马，绝不会现在就退缩。”

布兰德顿耸耸肩，没再往下说，但后来单独跟伯莎谈了谈。

“要知道，我要是你，我想我会劝爱德华别再碰那匹马。我觉得他不应该再骑，不安全。要是马有坏毛病，他骑得再好，也救不了他。”

对于丈夫的骑术，伯莎信心十足。他再无能，也肯定是郡里最好的骑手之一。尽管如此，她还是劝了他。

“呸，一派胡言！”他说，“听我说，下个月十一号，我们要越过几乎同一片猎场。到时候我要骑它出去,我保证它能越过库尔特田地上的立柱围栏。”

“你太冒失。”

“不,我没有。一匹马有什么能耐我了如指掌。我知道那匹马只要愿意就能跳跃,哎呀,我肯定能让它跳起来。嗨,要是我现在怕了它,就再也别想骑了。一个快四十岁的人摔惨了,就应该马上拼一把,否则就泄了气,再也没胆了。这种例子我见得多了。”

后来,等爱德华身上的绷带拆掉,恢复得不错了,格洛弗小姐恳求伯莎管管他。

“我听说那匹马很危险,伯莎。我觉得爱德华骑那匹马是不要命了。”

“我请求他把那匹马卖了,可他光是笑话我,”伯莎说,“他犟得很,我的话在他那里没什么分量。”

“难道你没有吓坏吗?”

伯莎笑了。“不,我真没有。你知道,他老是骑烈马,从来没受过什么伤。刚结婚时,我常常担惊受怕。他每次出去打猎,我常常会想象,他的尸体躺在担架上被抬回家。但他总是活着回来,我也就渐渐放心了。”

“真不知道你怎么放心得下来。”

“亲爱的,谁也不能提心吊胆连着过上十年。就算在火山上住上十年,也都不怕了。如果没有扶手椅可以坐,你很快就能习惯坐在火药桶上。”

“绝对不会。”格洛弗小姐说,语气坚定,脑海里浮现自己坐在火药桶上的生动画面。

格洛弗小姐身上没有任何变化。时间从她头顶上流逝,却奈何不了她。她看上去仍旧是二十五到四十岁不等的模样,头发也并没有比从前更显褪色，在盔甲似的黑衣之下，那身段依旧如少女一般。她的脑袋里从没有进过一个新的主意或新的想法。她就像《艾丽斯漫游奇境记》中的红桃王后，以她最快的速度奔跑，却一直停留在原地。但在格洛弗小姐身上，过程是逆转的：世界在不断前进，显然越来越快，本世纪临近尾声，她则岿然不动——成了十九世纪八十年代的化身。

离十一号还有一天。猎手要在“歇尔和库尔特”猎场会合，就是爱德华上次摔下来的地方。他把拉姆齐大夫请来，让大夫证明他的身子骨结实得很，好让伯莎放心。检查完以后，他把大夫带进了客厅。

“拉姆齐大夫说，我的锁骨比以前还要结实。”

“可我还是觉得他不该骑那匹杂色马。你就不能劝他别骑吗，伯莎？”

伯莎看了看大夫，又瞧了瞧爱德华，面露微笑。“我已经尽力了。”

“伯莎学乖了，不会操这个心，”爱德华说，“她觉得我当堂区俗人委员不怎么样，但论骑马，她对我很放心。对吗，亲爱的？”

“的确如此。”

“你看，”爱德华非常满意地说，“要我说，这就叫贤妻。”

第二天，马牵了过来，伯莎把爱德华的酒壶装满。

“要是我摔断了脖子，葬礼办得风光一些，好吗？”他笑着说，“订一块漂亮的墓碑。”

“亲爱的，你绝不会惨遭横祸。我很确定，你会在一百零二岁的时候寿终正寝，身边有一群子孙围着你哭丧。你绝对是这种命。”

“哈哈！”他大笑，“不晓得打哪儿来的子孙。”

“我有一种预感，我注定要让位给范妮·格洛弗。我确信，此事天数已定。多年来,我总感觉你最终会娶了她。我真可恶,害你等了这么久——尤其是她老惦记着你,可怜的人儿。”

爱德华又大笑。“好啦,再会!”

“再会。代我向亚瑟太太问好。”

她站在窗边,看他上马。他朝她挥舞手中的短鞭,她也挥了挥手。

冬季的这一天暗了下来,伯莎一门心思读着小说,听到钟敲响五点的时候,颇感意外。她纳闷,爱德华怎么还没回来,于是拉铃要茶点和灯,一边让人把窗帘拉上。要不了多久,他该回来了。

“不知道他是不是又摔了,”她微笑着说,“他真的不该再打猎了,他越长越胖了。”

她决定不等了,便给自己倒了杯茶,把自己安顿妥帖,好够得着司康饼,又能借着光舒舒服服地看书。接着,她听见有辆四轮马车靠近。会是谁呢?

“偏偏这个时候来,真是讨厌!”

门铃响了,伯莎放下书,准备迎客。但没人被领进来,外面传来一片嘈杂的说话声。难不成是爱德华真的出了什么事?她立刻站了起来,走过房间的一半,又停了下来。她听见门厅处有个陌生的声音。

“把这抬哪儿?”

这。这什么?这尸体吗?伯莎感到一阵寒意袭遍全身。她把手搭在椅子上,以免快要昏厥的时候站不稳。门缓缓打开,是亚瑟·布兰德顿,接着他迅速关上身后的门。

“我非常遗憾,出了意外。爱德华伤得很重。”

她看着他,脸色变得惨白,一句话也接不上。

“你必须振作,伯莎。恐怕他的情况很严重。你最好坐下来。”

他支吾了一下，于是，她突然气冲冲对着他。

“他是不是死了，你为什么不说？”

“我非常难过。我们尽力了。他又在那道立柱围栏前摔了，跟那天一样。我想他当时肯定是慌了。我就在旁边，见他鲁莽地冲向围栏，就在马跃起的时候，他勒住了缰绳。结果咚的一声摔了下来。”

“他死了？”

“是的。”

伯莎并没有感觉要昏倒。她能清楚地理解亚瑟·布兰德顿的话，她对自己的清醒有些惊愕。她似乎什么感觉也没有。那个年轻人看着她，好像在等着她哭泣或晕厥。

“要不要叫我妻子来陪你？”

“不用，谢谢。”

伯莎听得很明白，丈夫死了，可这个消息对她似乎没有任何触动。她听了无动于衷，仿佛死的是个陌生人。她发觉自己在寻思，小布兰德顿看到她的冷漠会作何感想。

“你不要坐下来吗，”他说着，搀起她的胳膊，带她坐在椅子上，“我给你倒点白兰地好吗？”

“我没事，谢谢。不用担心我。他在哪儿？”

“我让他们把他抬上楼。我把拉姆齐的助手叫进来好吗？他在外面。”

“不用，”她低声说，“我什么都不要。他们把他抬上楼了吗？”

“是的。不过，我觉得你还是别上去。你会受不了的。”

“我回自己房间。失陪一下可以吗？我想一个人待着。”

布兰德顿把着门，伯莎走了出去，她的脸色苍白，但看不出一丝情绪。布兰德顿走到利纳姆的教区牧师家里，去叫格洛弗小姐上莱伊府，然后他回了家，跟妻子说，那可怜的寡妇吓得昏了过去。

伯莎把自己锁在屋里。她听见房子里嘈杂的说话声。拉姆齐大夫走到她房门口,但她不肯开门。随后,一片寂静。

她对自己内心的麻木感到震惊。这种镇定太不近人情,她不知道自己是不是疯了。她什么感觉也没有。伯莎反复告诉自己,爱德华死了。他就躺在附近,死了——而她不觉悲痛。她想起几年前,她想象他死时自己有多么痛苦。而如今他真的死了,她却既没有昏过去,也没有掉眼泪,反而处之泰然。伯莎藏身屋里,为的是不在陌生人面前落泪,而如今,眼泪就是出不来。在她突然的怀疑得到证实后,她什么情绪都感受不到。丈夫不幸身亡,自己竟如此不为所动,这让她感到震惊。她走到窗边往外看,努力让自己集中精神,努力让自己动容。然而,她几乎毫无反应。

"我准是绝情透顶。"她嘟囔道。

接着,她突然想到,她的朋友见她这么沉着冷静,会怎么说她。她想挤出眼泪,可眼眶怎么也湿润不起来。

门口传来敲门声,还有格洛弗小姐的声音,带着抽抽搭搭的哭腔。"伯莎,伯莎,能让我进来吗?是我呀——范妮。"

伯莎腾地站了起来,但没有应门。

格洛弗小姐再次唤她,泣不成声。范妮·格洛弗身为一个外人,为什么能为爱德华之死而哭泣,而她——伯莎——反倒无动于衷?

"伯莎!"

"哎。"

"给我开开门。啊,我为你感到难过。求你让我进去。"

伯莎慌乱地盯着门,她不敢让格洛弗小姐进来。

"我现在谁也不想见,"她用嘶哑的声音叫道,"别叫我开门。"

"我想我能安慰安慰你。"

"我想一个人待着。"

格洛弗小姐沉默了一会儿，大声哭了起来。

“我在楼下等，好吗？你需要我的时候，拉铃就是了。也许，你过会儿想见我。”

伯莎想叫她走开，却又不敢。

“随你吧。”她说。

又是一片寂静，一种诡异的寂静，比烦人的嘈杂声更叫人煎熬。这种寂静使人神经紧绷，令人敏感至极——叫人不敢呼吸，唯恐打破寂静。

伯莎心里冒出一个念头，像魔鬼一样突然袭来，折磨着她。她惊恐地喊出声来，因为这个想法可怕至极，简直让人无法忍受。她一头倒在床上，把脸埋进枕头里，努力打消这个念头。她深感羞耻，用手捂住耳朵，不想听见无形的魔鬼那无声的低语。

她自由了。

她想到这个念头就不寒而栗，却无法将其压制。“竟到了这种地步！”她喃喃自语。

接着，她忆起恋爱之初的时光。她回想起曾经的激情，使她不假思索投入爱德华怀抱的那股激情；回想起曾经的羞辱，当初她发觉他无法回应她的爱时蒙受的惨痛羞辱。她的爱是一团在玄武岩上跳动的火焰，徒劳无益。她回想起幻想破灭后的那般恨，又最终化为麻木。让她此时心寒的正是这种麻木。

她将这两者作比较——对幸福的疯狂渴望与现实中遭受的痛苦——发现人生似乎都白白浪费了。伯莎内心的种种希冀像幽灵般浮现出来，她绝望地看着它们。她期待的那么多，得到的却这么少。想到自己经历的一切，她便心痛得要命。她失去力气，沉浸于自怜之中不能自拔。她跪倒在地，放声痛哭。

“噢，上帝！”她叫道，“我到底做错了什么，要让我这般悲惨？”

她大声啜泣，不愿压抑自己的悲伤。格洛弗小姐心善，候在屋外，以防伯莎想见她，一边默默哭泣。她听见屋内猛烈的啜泣声，便再次敲门。

“啊，伯莎，求你让我进屋。你谁也不见，只会憋得更难受。”

她拖着疲惫的身子，吃力地站起来，打开了门。格洛弗小姐进了屋，在压倒一切的同情心的裹挟下，她抛却所有矜持，将伯莎紧紧抱在胸口。

“啊，亲爱的，亲爱的，太可怕了。我替你感到难过。我不知道该说什么。我只能祷告。”

伯莎纵声痛哭——不是因为爱德华死了。

“你现在能依靠的只有上帝。”格洛弗小姐说。

最后，伯莎挣脱格洛弗小姐的怀抱，擦干了眼泪。

“别逞强，伯莎，”牧师的这位妹妹同情地说，“哭出来倒好。他是这么善良又体贴，还如此深爱你。”

伯莎沉默地看着她。

“我准是绝情透顶。”她想。

“我留下来过夜行吗，亲爱的，”格洛弗小姐继续说，“我给查尔斯捎去口信了。”

“噢，不，千万不要。你要是关心我，范妮，就让我一个人待着。不是我不近人情，我就是谁也不敢见。”

格洛弗小姐心痛不已。“我不想打搅你。你如果真要我走，我就走。”

“我感觉如果不能一个人待着，我会发疯的。”

“你想见见查尔斯吗？”

“不，亲爱的。别生气。别觉得我不近人情或不知好歹，可我什么都不要，只想一个人清静清静。”

第三十六章

屋里又剩下伯莎一个人了,往事涌入脑海。过去的岁月一幕幕从脑中掠过,最初的恋爱时光又历历在目——去农场见爱德华的那天,在莱伊府大门前他向她求婚的那个夜晚。她想起扑进他怀里时的那股狂喜。她忘了现实中刚刚去世的爱德华,只想着那个叫她爱得如痴如醉的高高壮壮的小伙。激情复燃,难以抗拒。壁炉台上摆着一张爱德华那时候的照片,在她面前放了这么多年,她却从未留意。她拿起来,紧紧捂在怀里,亲吻了一下。多少往事涌上心头,她又一次见他站在眼前,像当年一样,英姿勃发、身强力壮,让她觉得他的爱可以保护她不受任何伤害。

可眼下还有什么用?

“说什么都晚了,要是这时候再次爱上他,那准是疯了。”

令伯莎诧异的是,心中的怅惋竟愈发强烈,像魔鬼紧紧揪住她的心。啊,不能有一丝悲伤的念头,不能冒这个险,她早就吃尽了苦头,必须断了痛苦的根源。她不敢留下什么东西,生怕以后又勾起盲目的爱。要让心里踏实,唯一的机会就是毁掉会让她睹物思人的一切。

她抓着相框,不敢多看一眼,从中取出照片,迅速撕成碎片,而后四下张望。

“什么也不能留下。”她嘀咕道。

她瞧见有张桌上放着一本相册,里面是爱德华从小到大的照片,从留着长长鬈发的小男孩,到穿着灯笼裤的淘气鬼,后来变成学童，最后成了她心爱的人。在伦敦度蜜月时，她说服他留影，于是他用不同的姿势拍了六七张照片。伯莎把照片一张张撕碎，心也要跟着碎了；她用尽全身力气，才克制住自己，没去疯狂亲吻这些照片。她撕得手指隐隐作痛，但不一会儿，照片全成了碎片，被扔进了壁炉。接着，她绝望地将爱德华写给她的信也扔了进去，并点了一根火柴。她盯着纸片——卷曲，焦枯，燃烧。转眼，便化成了灰烬。

经过这一番挣扎，她筋疲力尽，颓然倒在椅子上，但很快又打起了精神。她喝了点水，振作精神，准备迎接一场更可怕的考验。她知道，接下来几个小时决定了她以后能不能过上太平日子。

此时夜已深，是个暴风雨之夜，风在光秃秃的林间怒号。风吹打在窗户上，发出人一般的尖叫声，伯莎吓了一跳。她即将要做的事情令她倍感恐惧，但迫于一种更深的恐惧，她不得不这么做。她拿起一根蜡烛，打开门，仔细聆听。没有人；狂风呼啸，声音又长又单调，树枝捶打着走廊里的窗户，发出可怖的嗒嗒声，好像看不见的幽灵就在附近。

在死人面前，活人能感觉到空气中充满未知而可怕的东西。较为敏感的人会产生一种说不清的感觉，感觉有什么东西存在，或是感觉有什么可怕的事情正在无形地发生。伯莎走到丈夫的房门口，有那么一会儿不敢踏进去。终于，她打开门，点着壁炉台和梳妆台上的蜡烛，走到床边。爱德华仰面躺着，一块手帕绕下巴绑着，以免下巴往下掉，双手交叉在身前。

伯莎站在尸体面前打量着。年轻小伙的形象已然消失，她见到的是他如今的真实面貌——身材肥壮，面色涨红，腮帮子上的小静脉清晰突显，形成发紫的网状物；两侧脸颊鼓胀，是近几年才这样的；还有点络腮胡。他的皮肤已经起皱，也很粗糙，顶门的头发稀少，露出光亮又发白的头皮；那双手曾因孔武有力而讨她欢心，她曾将其比作未抛光的雕塑上用斑岩做的手；而如今，它们粗糙得令人反感。很长一段时间，一碰到那双手，她就有些恶心。这就是伯莎想要刻在心头的印象。躺在她面前的死尸是个陌生人，一个她毫不在乎的人。

最后，她转身离开，走出房间，回到自己的屋里。

三天后，举行了葬礼。一上午，漂亮的花圈和十字花架纷至沓来。眼下，莱伊府前的车道上聚集着一群人。有黑马厩镇共济会成员（第 31899 分会），爱德华生前是该分会的尊主①，他们表明了来意，列队站在路的两旁，两人一排，戴着白手套，系着白围裙。同样，还有特坎伯雷分会（第 4169 分会）、大教区总会、马可共济会、圣殿骑士团的代表。黑马厩镇统一派联盟派来了一百名保守党人，两两一排跟在共济会的队伍后面。会友兄弟汉考克将军（前尊主）率领黑马厩镇分会（第 31899 分会），阿特希尔·巴科先生走在政治家队列之首，两人就谁先谁后有过一些争执；不过，最终决定由共济会排在前面，因其成立的时间更早。跟着走来的是当地市区政务委员会的成员，爱德华生前任该委员会委员长，再往后是乘着马车的绅士阶层。梅斯顿·赖尔太太坐着双排座活顶四轮双驾马车前来，而布兰德顿太太、莫尔森夫妇，还有其余人等只派了四轮单马马车来。要统率这么一支支队伍，需要过人的指挥能力，亚瑟·布兰德顿发脾气了，因为保守党那群人还没轮到就想抢在前头。

“哎哟，”会友兄弟罗杰斯（“猪与哨”酒吧的店主）说，“这时候就需要克拉多克出马。他是我见过的最棒的组织者，他能把队列安排得井然有序。要是有他，这时候葬礼早该办完了。”

最后一辆马车走了，伯莎总算落得清静了，她躺在靠窗的沙发

① 即会长。

上。她对遗孀不得参加葬礼这一古老习俗感激不尽。

她用疲惫又无神的双眼望着长长的林荫道，两旁的榆树上光秃秃的。天色昏暗，乌云黑沉沉地压下来。如今，伯莎是个脸色苍白的三十岁妇人，风韵犹存，披着一头浓密的鬈发；而她深色的眸子下方是颜色更深的皱纹，眼里的火星已经没了一半。她的眉心有一根垂直的细纹，唇边已失去了青春的欢快，嘴角下垂，一副忧伤的神情。她的脸瘦削而惨白，给人留下的第一印象是，她看上去疲惫不堪。她的面容仍旧不见一丝表情，眼里透着痛苦的漠然。那双眼睛在诉说，说她曾经爱过，却发现爱无法令她满意；说她曾是个母亲，可她的孩子死了；说她如今无欲无求，但求过得太太平平。

伯莎真的筋疲力尽，身心俱疲了；厌烦了爱与恨，厌烦了交友和看书，厌烦了流逝的岁月。她的思绪飘向未来，她决定离开黑马厩镇，把莱伊府租出去，这样一来，再脆弱的时候，也没办法回来。起初，她打算旅行，想住在没人认识她的地方，以便更容易忘却过去。伯莎回忆起在意大利的时光，那是失意之人得以慰藉的土地，那是一片安逸乡。她要去那里，去更远的地方，一直往太阳的方向去。如今，她在世上没了羁绊。终于，她终于自由了。

这阴郁的一天暗了下来，随着夜幕降临，悬于空中的密云变得黑沉沉。伯莎回想起她还是少女的时候，曾多么愿意向世界敞开心扉。那时，她感觉与全人类情同手足，想要投入他们的怀抱，以为他们会张开双臂接纳她。她的人生热情横溢，似乎要涌入别人的生命之中，与其融为一体，正如河流汇入大海。但很快，她的这股劲头消失了；她意识到自己和别人之间有一道屏障，感觉别人都是陌生人。她不明白，为何她一心所求之物不可求得，于是把所有爱、所有敞开心怀的能耐倾注于一个人身上，那人就是爱德华；可以说，这是最后一搏，为了打破意识上的障碍，将她的灵魂与他的合二为一。她竭尽全力吸引他，将爱德华这个男人拉向身边，想要了解他的内心深处，渴望沉迷于他的世界之中。但最后，她发现她苦苦追求的东西是不可得的。“我站在这一头，全世界站在那一头。”中间隔了一座深渊，任何力量都无法跨越，这是一道奇特的鸿沟，比火山更难以逾越。即便最恩爱的恋人也不了解彼此内心的本质。他们的爱再热烈，结合得再紧密，也永远都是陌路人，比萍水之交好不到哪儿去。

伯莎悟透这一点时，泪水涟涟，肝肠寸断，一个人默默发愣。但很快，她找到了慰藉。在沉默之中，她建造了属于自己的世界，不让任何人看见，她知道谁也无法理解她的世界。这样一来，所有的纽带都变得烦人，尘世的七情六欲皆是多余。

伯莎想着这些事，脑中一片混乱，思绪回到爱德华身上。

“假如我一直记日记，记下我的感情生活，那么我会在今日搁笔，结尾就写上：‘我的丈夫摔断了脖子。’”

然而，她为自己如此冷漠而痛心。

“可怜的人儿，”她喃喃自语，“他为人诚实、友好、宽厚。他竭尽所能，总是努力表现得像个绅士。他在这个世上很派得上用场，而且用他自己的方式喜欢我。他唯一的缺点就是，我爱他——又不再爱他。”

她身旁放着一本书，就是那天爱德华外出打猎，她在家等他时看的那本书。当时，伯莎要从沙发上起身，去迎接那位意料之中的来客，于是把书摊开，面朝下扣在桌上，后来就一直没动过。此时，她想心事想得烦了，便拿起书，静静地读了起来。

W. Somerset Maugham
MRS CRADDOCK

图书在版编目(CIP)数据

克拉多克太太/(英)毛姆(W. Somerset Maugham)著;施佳能译. —上海:上海译文出版社,2021.7
(毛姆文集)
书名原文:Mrs Craddock
ISBN 978-7-5327-8621-3

Ⅰ.①克… Ⅱ.①毛… ②施… Ⅲ.①长篇小说—英国—现代 Ⅳ.①I561.45

中国版本图书馆 CIP 数据核字(2021)第 098020 号

克拉多克太太
〔英〕毛 姆/著 施佳能/译
责任编辑/宋 佥 装帧设计/张志全工作室

上海译文出版社有限公司出版、发行
网址:www.yiwen.com.cn
200001 上海福建中路 193 号
浙江新华数码印务有限公司印刷

开本 850×1168 1/32 印张 9.5 插页 6 字数 173,000
2021 年 8 月第 1 版 2021 年 8 月第 1 次印刷
印数:0,001—7,000 册

ISBN 978-7-5327-8621-3/I·5320
定价:58.00 元